François Place

La douane volante

GALLIMARD JEUNESSE

Pour Claire

Retour de pêche

La Bretagne, c'est ce grand bout de granit qui termine la France, à l'extrême pointe du continent : *Finis Terrae*, disent les savants. L'océan vient s'y fracasser. Les gens qui vivent là ont toujours eu de l'eau salée dans les veines. Moi, je n'avais pas quatorze ans quand j'ai embarqué pour ma première campagne de pêche. C'était au plus fort de l'hiver, et peu importe la coque de noix sur laquelle j'ai frotté mes sabots, peu importent les jours et les nuits à vider le poisson, les mains plongées dans l'eau glacée, peu importe les coups et les humiliations, peu importe la méchanceté crasse de ce maudit équipage et de son capitaine à moitié fou, peu importe, finalement, puisque j'en suis revenu vivant. Tremblant comme une feuille et claquant des dents, mais vivant. Sitôt débarqué, on m'a couché sur un lit d'algues au fond d'une carriole, avec pour toute compagnie un tas de poissons aux yeux ronds, et roule ! Mes poumons cherchaient l'air comme une vieille baudruche crevée.

Il faisait nuit quand on m'a déposé à la sauvette devant la porte de la ferme. Une nuit froide, criblée d'étoiles. Ma mère n'y croyait pas, de me voir revenir dans cet état. Un bon à rien, aurait dit mon père. Ça, il faut dire que je n'étais plus bon à grand-chose. J'étais parti petit et souffreteux, les épaules guère plus larges que celles d'une sardine, et voilà que je revenais chez moi en tirant des traites sur ce maigre capital, avec une échéance à court terme, mon état ne laissant aucun doute sur mes faibles chances de passer l'hiver.

Mon père, d'être plus costaud et bien plus braillard qu'un troupeau d'ânes saouls, c'est pas ça qui l'avait empêché de passer par-dessus bord. Ça faisait un bon bout de temps qu'il nageait dans les eaux ténébreuses, assez longtemps pour faire rougir les yeux de ma mère. Pourtant, elle n'a pas les larmes faciles. Pendant deux ans, tous les dimanches, elle était allée brûler des cierges à l'église. Ensuite, elle descendait sur la grève, et elle s'asseyait sur un rocher pour l'attendre. Elle restait là des heures entières, les yeux plissés, face au vent du large. Comme s'il allait sortir des eaux ! Quand ses yeux ont enfin séché, ma mère s'est arrêtée de prier. Elle comptait sur moi pour prendre la relève. Elle m'a engagé comme mousse sur le *Jamais content.* J'ai fait ce que j'ai pu. Un couteau, une paire de sabots, et des heures à écailler le poisson, à lui sortir les entrailles, la houle au fond de l'estomac et la tête vidée de sommeil. Seulement voilà, mieux valait se rendre à l'évidence, non seulement je n'avais pas le pied marin, mais je revenais dans un si sale état que le plancher des vaches ne voudrait peut-être plus de moi !

Quatorze ans tout ronds, et né avec le siècle. Pour ce que ça change, ici, de basculer d'un siècle à l'autre. On vit pareil qu'avant, et on ne s'est pas plutôt fait bénir qu'on a déjà toutes les raisons de maudire le ciel. Quand elle comprit enfin qui était devant elle, tout branlant comme un château de cartes, que c'était bien moi, Gwen, son fils, et non une pâle apparition flottant dans une vareuse aux manches trop longues, ma mère leva une main devant sa bouche, et le nuage de sa respiration effaça presque tout son visage caché derrière. Elle passa un bras sous mon épaule, me porta jusqu'au lit, remit deux bûches dans la cheminée puis, emmaillotée dans son châle, elle courut chercher M. le curé.

Une âme perdue dans la famille, c'était suffisant pour la pauvre femme, elle ne voulait pas, en plus, perdre la mienne.

Les coups répétés contre la porte finirent par réveiller le curé. Le bonhomme qui dormait comme une souche passa une tête courroucée à la fenêtre. Ma mère eut beau le supplier de se dépêcher, il l'envoya vertement promener. Il n'allait pas traverser toute la paroisse, sacré bon Dieu, et par une nuit aussi froide, pour donner les derniers sacrements à un morveux.

Il fallut donc attendre le matin pour avoir l'honneur de sa visite. Ma mère fit un café, et une galette avec ce qui restait de farine. Je vis notre curé pencher la tête avec cette mine attristée qu'il grimaçait devant les fautes de goût et les écarts de langage. C'est tout juste s'il approcha de mon lit. Ma tremblante lui inspirait peu de pitié, attendu que, pour lui, être si jeune et si malade, c'était déjà un grand péché.

Il fit un vague signe de croix, s'attabla devant la galette et sirota son café. Entre deux gorgées, il reprocha à ma mère de moins venir à l'église. Il leva enfin sa bedaine dans un grand bruit de chaise, et dit, en poussant un soupir, qu'il reviendrait quand on pourrait vraiment la prendre au sérieux, ma petite comédie. Où irait-on, si chaque marin enrhumé devait rentrer à terre pour se moucher ? Un vrai Breton, ça trime ou ça crève. Ça ne garde pas le lit comme une demoiselle. Ma mère cracha en le voyant repartir. Elle resta les mains nouées, pendant deux jours et deux nuits, à mon chevet. Puis elle se décida à faire venir le vieux Braz.

C'est lui qui m'a tiré de là.

Mieux vaut éviter de savoir comment.

Il est venu tous les jours pendant un mois. Pendant tout ce temps, je n'ai pas eu plus d'une ou deux heures de conscience par jour. Je flottais entre deux eaux, comme mon père, bien loin, à la dérive. Je sentais une ombre s'agiter autour de moi, m'ouvrir les lèvres pour y porter des breuvages brûlants, psalmodier des phrases incompréhensibles en palpant mes tempes et mon front avec de grands doigts osseux. Quand j'ai pu tenir de nouveau sur mes pieds, ma mère a dit au vieux Braz qu'elle n'avait pas de quoi le payer de toute la peine qu'il s'était donnée. Le rebouteux a réfléchi, puis il a dit qu'il me prendrait à son service pour une durée d'un an, sauf le dimanche. En échange, ma mère toucherait un sou par mois. Il lui fit remarquer que cela ferait plus que ce que je pouvais rapporter en restant à la maison. Ma mère topa dans sa main. Personne ne m'avait demandé mon avis. Probable que j'étais trop faible pour en avoir un.

Le vieux Braz

On faisait un drôle d'attelage, le vieux Braz et moi. Quand on allait par les chemins, il me cramponnait à l'épaule, parce qu'il était aveugle. On toussait presque autant l'un que l'autre. Des fois, on s'arrêtait, secoués comme des pruniers. Je crois bien qu'on aurait pu faire danser tout un bal rien qu'à nous deux, de la façon dont on partait en quinte, la poitrine pliée en lame de couteau. C'est comme ça qu'on a commencé à m'appeler le Tousseux. Gwen le Tousseux. Avec les beaux jours, finalement, ça s'est un peu calmé. Peut-être, aussi, grâce aux soins du vieux Braz.

C'était un personnage, le vieux Braz. Avec sa carcasse toujours penchée vers le sol, ses précautions d'échassier, son long visage osseux encadré d'une rêche crinière blanche, et les imprécations qu'il lançait tout au long des chemins, il avait l'air d'un fou. Vrai, il ne faisait pas bon le rencontrer, quand on ne le connaissait pas. Parce qu'il tournait vers vous des yeux éteints avec ce vif mouvement de tête qu'on ne connaît qu'aux oiseaux de nuit, et qu'on restait saisi dans le faisceau de ses pupilles mortes sous la brousse des sourcils. Je n'ai jamais vu personne se moquer de lui. La nuit, il aurait fait peur au diable. Et je crois bien que le plus hardi patron de pêche de toute la Bretagne, capable d'essuyer une tempête sans bouger un cil, n'attendrait pas une minute pour baisser les yeux devant le vieux Braz, s'il venait à le croiser au détour d'un chemin éclairé par la lune.

Sa maison était au bord de la lande. La pièce où il vivait, presque un terrier tant il y faisait sombre, avait pour seul luxe une boîte à sucre en fer-blanc qu'il poussait en silence devant le visiteur, quand il offrait le café.

On ne se parlait pas beaucoup, lui et moi.

Pourtant il ne savait pas faire trois pas sans mâchonner trois mots. Faut croire qu'il avait plus à dire aux plantes et aux bêtes, aux nuages ou à la lune. Maintenant qu'il n'est plus là pour lancer sa voix rauque dans ces lambeaux de terre rouillée, le vieux fou arpenteur de lande, c'est douloureux de voir à quel point ça me manque.

On allait cueillir des plantes avant l'aube. Il appelait ça les « simples », et moi je trouvais ça compliqué. Il en prenait une dans ses grandes mains noueuses, il la nommait de sa voix caverneuse, il frottait une feuille, la portait à mon nez, et m'enjoignait de retenir son odeur. Il m'obligeait à distinguer chaque partie, à compter les pétales ou les lobes, à en goûter la sève. Il me faisait déterrer des racines, les nuits de pleine lune, qu'il fallait faire bouillir, ou bien réduire en poudre. On faisait aussi des choses un peu moins propres, avec des vers, des larves de ceci ou de cela qui se tortillaient sur du gros sel avant de finir broyées dans un mortier. Lui, rien ne le dégoûtait, sauf la connerie des hommes, selon ses propres mots. Il m'apprenait à « voir » avec le nez, avec le bout des doigts ou de la langue. Il me demandait de lui décrire la forme des nuages, ce qui est la chose la plus difficile au monde. Je ne sais pas pourquoi il y attachait autant d'importance. Les gens du pays, en tout cas, prétendaient qu'il avait le pouvoir de faire tomber la grêle. Je disais en « tête de cheval », « en boule de coton », « en fil de la Vierge ». Deux ou trois fois, j'ai voulu le gruger, vu qu'il ne risquait pas de les toucher du doigt pour vérifier, les nuages. Eh bien, ça m'a valu de belles avoinées. Il avait vite fait de sentir si je mentais, et il n'avait pas besoin de me voir pour m'envoyer une gifle à décorner un bœuf.

Mais c'était pas un type méchant. Tout le monde le craignait, seulement chacun pouvait compter sur lui. Il avait un « fluide », ou un « charme », quel que soit le nom que cela porte, et ça aussi, c'est vrai. Il ouvrait ses mains juste au-dessus d'une partie malade, d'homme ou d'animal, cela, il ne s'en souciait pas, il les déplaçait lentement et cette partie devenait presque brûlante à force de chauffer. Quand la séance se prolongeait un peu trop, ses yeux se révulsaient d'un coup, il était pris de tremblements. Ça l'épuisait, à chaque fois. Complètement. Mais ça marchait ! Ça marchait ! Enfin, des fois, ça ne marchait pas, faut être honnête. Disons que, dans l'ensemble, ça nous payait un poulet pour le dîner.

Vous voulez des exemples ? La Léontine, celle qui habite la maison près du calvaire, elle s'était déboîté l'épaule en tombant de l'échelle sous le pommier. Le vieux Braz lui a pris le poignet, il a tiré dessus et lui a remis l'épaule en place, comme ça, *clac* ! Elle a crié un bon coup, et elle lui a redonné tout son cageot de pommes. Un autre jour, je l'ai vu remettre tous les os de la patte d'un veau boiteux qui poussait des plaintes à fendre l'âme, avant de le laisser courir, quand même un peu branlant, jusque sous le pis de sa mère, qu'il a fini par téter comme si de rien n'était. Je l'ai vu, de mes yeux vu, calmer un grand cheval fou de douleur et couvert d'écume, qui frappait le sol de ses énormes sabots ferrés. Il l'a soigné comme ça, je le jure, rien qu'en lui massant la panse. Ce cheval, c'était un monstre, il fallait trois types pour le tenir tellement il souffrait, et son maître, qui s'était presque résigné à le conduire à l'abattoir, quand il a senti les naseaux de la grosse tête venir souffler dans le creux de son épaule, eh bien ! il a éclaté en sanglots.

Et des guérisons, il y en avait eu bien d'autres, plus incroyables encore, qu'on m'a seulement racontées. Il savait « couper le feu » d'une personne brûlée, guérir la migraine aussi bien que le torticolis. Il ne craignait pas les champignons vénéneux, il connaissait les remèdes aux poisons, aux piqûres et aux morsures des bêtes venimeuses. Le vieux Braz, même les gens de la ville venaient le voir pour se faire soigner.

Des fois, pour comprendre, je prenais très fort ses mains dans les miennes, je les frottais longtemps, je me concentrais en plissant le front, je voulais attraper le fluide, moi aussi. Il me laissait faire. Au bout d'un moment, ça le faisait rire, rire et puis tousser. De plus en plus fort, d'ailleurs. Et donc, à la fin du mois de juillet, il a passé. Il n'a pas mis longtemps à faire ses bagages pour le grand voyage.

Moi, je dormais dans la cuisine, sur une paillasse étendue près de la cheminée, et lui, à l'autre bout de la pièce, dans un lit clos, très haut, et fermé comme une armoire. Le bruit que faisait le vieux Braz, là-dedans ! La plainte de ses pauvres bronches, c'était impressionnant, on aurait dit qu'il entrait chaque soir en agonie. J'ai entendu sa voix sortir de ce coffre à sommeil, entre deux sifflements, mais si faible qu'il m'a fallu, je pense, assez longtemps pour me réveiller. J'ai allumé une chandelle, j'ai fait glisser le volet. Le vieux Braz était en sueur, les lèvres toutes sèches et parcheminées, et il râlait, cherchant l'air à petits coups brefs, immobile sous l'édredon. J'ai passé un linge mouillé sur son front. Il s'est dressé sur un coude, et ce simple effort lui coûtait mais, quand j'ai voulu le soutenir, il a repoussé mon aide d'un petit mouvement agacé. Il m'a demandé son gilet. Il l'a fouillé d'une main hasardeuse, lui d'ordinaire si précis dans ses gestes, et il en a retiré sa montre à gousset, une belle montre en argent gravé. Il a mis la montre dans ma paume, sa grande main coiffant mon poing qu'il a refermé dessus. Et puis il s'est laissé repartir en arrière, dans le creux de l'oreiller.

On est restés un bon bout de temps comme ça tous les deux, nos deux mains refermées sur ce petit cœur mécanique, tandis que le sien cessait de battre peu à peu. Son bras s'est détendu d'un coup, j'ai senti l'objet peser davantage et la chaînette couler entre mes doigts. Alors, la première larme est venue s'écraser sur mon poing.

Notre curé lui a fait un éloge funèbre à sa façon :

– Il n'y aura pas de messe pour le père Braz ! Ni dans ma paroisse, ni dans aucune autre !

Le curé et le vieux Braz, c'était chien et chat, depuis toujours. Alors maintenant, forcément, le curé pouvait aboyer son aise.

– Je ne veux pas d'un rebouteux dans mon cimetière ! Je ne laisserai pas la dépouille d'un serviteur de Satan souiller cette terre consacrée ! Qu'il aille se faire enterrer ailleurs !

Le petit troupeau de bigotes massées devant l'église, et dont la moitié était encore en vie grâce aux soins du défunt, se signa pour bien marquer son assentiment.

– Vous toutes, prenez garde. Il vous a fait boire des potions de sorcier et goûter aux salades de Lucifer, le rebouteux. Seulement, quand on soupe avec le diable, il faut prendre une cuiller à long manche, sinon, continua-t-il en les montrant du doigt, c'est lui qui vous attrape !

Un frisson de terreur parcourut les bigotes. Il referma dans un bruit de tonnerre la lourde porte de la maison de Dieu.

– L'Ankou n'a qu'à s'en charger, qu'il l'emporte dans sa maudite charrette, et bon débarras !

Quand elles entendirent ce mot terrible, l'Ankou, les robes noires s'éparpillèrent dans les rues du village en multipliant les signes de croix. Des blattes se glissant dans les fentes du plancher ne vont pas plus vite. Ça l'aurait bien fait rire, le vieux Braz, parce qu'il avait pris ses dispositions depuis belle lurette. Le lieu choisi pour sa sépulture, le prix du cercueil et le salaire du croque-mort, tout était prévu, payé et consigné chez le notaire, sous l'enveloppe cachetée qui contenait aussi son testament.

C'est comme ça que le samedi 1er août 1914, moi, Gwen le Tousseux, à quatorze ans et demi, je suis devenu propriétaire d'une maison à toit de chaume et de quelques dizaines d'arpents de lande, abandonnés à la friche, au piaillement des buses et au glapissement des renards, alors que le pays tout entier se préparait pour la plus terrible, la plus sauvage et la plus meurtrière de toutes les guerres qui eût germé dans ses entrailles. Car, à peine avait-on mis le vieux Braz en terre, que le tocsin se mit à sonner à toute volée dans chaque église pour annoncer la mobilisation générale, et je crois bien que cette longue plainte sonore lancée jusqu'au ciel s'est enfoncée loin dans la mer, comme une masse de douleur, et qu'elle y a réveillé des monstres marins qui dormaient là depuis des siècles.

Les jours suivants ont été marqués de cette étrangeté. Des affiches sur la maison du maire, des gendarmes qui poussaient leurs vélos jusqu'aux fermes les plus reculées, des chevaux parqués sur les foirails, et de grands rassemblements d'hommes qui s'ébranlaient vers la gare la plus proche, un sac de toile à l'épaule. Ma mère partait, elle aussi, le fermier avait vendu la ferme qu'elle habitait, et pour rien au monde la pauvre femme ne serait venue vivre avec moi sous le toit d'un sorcier. Deux bras de femme, et moi qui tenais tout juste sur mes jambes, c'est trop peu pour remuer la terre, de toute façon. Elle avait trouvé une place à l'usine de la grande ville.

Voilà, de partout la campagne se vidait. Tout ça dans une grande inquiétude, mais comme un dimanche de kermesse, au milieu des rues pavoisées. Le vieux Braz, quand il avait senti venir le grand chambardement, ça l'avait fait grincer des dents. Il n'avait pas décoléré de tout le mois de juillet. Tout le monde se démenait comme un diable pour arriver le premier au bord du chaudron, disait-il, alors qu'on aurait trouvé à grand-peine, d'ici à l'autre bout du continent, un seul homme de raison capable de faire marcher sa tête à l'endroit. Mais non, c'est lui qu'on traitait de fou !

Je tournais et retournais dans la maison. Je l'ai dit, elle n'était pas bien grande, et chichement meublée. Pas de basse-cour, ni de vache, ni de chèvre, pas de potager non plus, le vieux Braz ne s'encombrait pas, on le payait en nature. Il n'y avait qu'une petite réserve à patates, un tonneau de cidre, trois bottes d'oignons, un pot de beurre, un autre de lard séché, quelques chandelles, un peu de tabac, une boîte à café. La bouteille d'alcool dont il s'imprégnait les mains, et sa « pharmacie », soigneusement rangée dans un placard. C'est tout. Ça m'a fait sourire, d'un coup, l'idée du vieux Braz dans sa tanière comme un loup de mer dans son rafiot, gardant juste assez de vivres pour tenir jusqu'à la prochaine escale.

Fortune de chasse

Difficile de dire quand les ennuis ont commencé, mais petit à petit, on m'a fait comprendre que tout ça, la bicoque et les bricoles, c'était encore bien trop pour un fainéant comme moi. Le croque-mort s'était vanté d'avoir été mieux payé par le vieux Braz que s'il avait porté en terre M. le préfet. Il avait donc du bien, le rebouteux ! Ça rôdait autour du clos, la nuit. On sondait les murs du jardin à petits coups de masse. Au matin, je trouvais des pierres descellées, un trou dans la cour, les bûches déplacées sous l'abri. Le vieux Braz, pardi, il avait forcément un bas de laine, quelques pièces d'or ou au moins un « truc » planqué quelque part – qui sait, un trésor, peut-être ? « La connerie des hommes », qu'il aurait répondu. Les jours défilaient dans un cliquetis de baïonnettes. La grande valse avait salement commencé là-bas, aux frontières. Les casques à pointe avaient enfoncé nos lignes, et les nôtres se battaient maintenant à quelques portées de canon de Paris. Une hécatombe. Et des milliers de pauvres gars fauchés comme les blés.

Ici, du moins, la vie continuait. J'allais poser des collets dans les buissons, histoire d'attraper un ou deux lapins, parce que les vivres du vieux Braz s'épuisaient.

Après plusieurs tentatives infructueuses, j'ai fini par attraper un petit monsieur à grandes oreilles. Mais une chose est de mettre la main sur ces bestioles remuantes et gigotantes, une autre de poser dessus le couvercle de la marmite. Pendant que je dénouais le lacet emprisonnant les pattes de mon dîner, deux gaillards m'attendaient un peu plus loin, bien décidés à profiter de l'aubaine. La chasse est faite de ces fortunes qui changent de main. Deux teignes, deux brutes, le cerveau pas plus gros qu'un bulot, et les poings comme des sabots. Le grand Loïc Kermeur, de la ferme des Essarts, et Yvon le Rouquin, le fils à Bennec, le maréchal-ferrant. Le premier avait remporté, à dix-sept ans, le concours de lutte du canton, à la foire de la Saint-Jean, en battant des hommes de deux fois son âge, et capables de soulever un âne. Le second était expert en sournoiseries de toutes sortes, ce serait trop long de les énumérer, d'ailleurs sa cervelle en inventait chaque jour de nouvelles. Les deux ensemble cumulaient de redoutables capacités de bêtise et de méchanceté. Je n'avais aucun moyen de leur échapper, mais ce n'était pas une raison pour leur céder ma prise. Je m'étais donné assez de mal pour l'attraper. Je les ai donc laissés venir, j'ai attendu le dernier moment, et hop, je l'ai relâchée, juste sous leur nez. Le lapin n'a pas demandé son reste. En trois bonds il a gagné la broussaille, où il s'est carapaté en nous montrant son cul blanc. Les deux gars en sont restés comme deux ronds de flan. Ça m'a bien fait rire. Ça les a rendus furieux.

Je me suis fait salement étriller. Sans gloire, je dirais. Dérouillé, Gwen le Tousseux, essoré ! Une belle pluie de gnons et de jurons, de quoi être dégoûté de la chasse et du braconnage pour un bon moment. Quand ils m'ont laissé, la tête me tournait, et une douleur au côté me faisait craindre d'avoir une côte cassée. J'avais des vertiges, je m'étalais dans les fourrés, je repartais en ivrogne, tirant des bords de droite et de gauche.

Chez le vieux Braz, la pièce à vivre était à mon image, sens dessus dessous, les portes du buffet dégondées, les tiroirs renversés, on avait même gratté la cheminée, et il y avait de la suie jusque sur l'édredon. On avait fouillé la maison pendant que je me faisais casser la figure. Je tentai de réfléchir, mais je n'y comprenais pas grand-chose. Qu'en aurait dit le vieux Braz ? Pour sûr, il m'aurait servi sa réponse favorite, seulement voilà, quoi faire avec ça ?

Ma mésaventure avait fait le tour du pays et, plutôt que de me plaindre, on me raillait de m'être fait aussi facilement dépouiller. Les incursions, la nuit, se multipliaient dans la cour, je ne dormais plus que d'un œil. Heureusement, la protection du vieux Braz s'étendait à son logis. Même mort, il faisait encore peur. Tant que je me tenais entre ses quatre murs, j'étais en quelque sorte intouchable, intouchable et maudit. Pour en sortir, c'était autre chose.

Septembre était passé. Mon territoire se rétrécissait. Je n'allais plus au village, et j'évitais la grand-route : les vieilles se signaient devant moi, les gamins me balançaient des cailloux en criant « Gwen le Tousseux, le pou du rebouteux ! » Je ne savais plus où aller. Il y avait ce chemin qui partait de la remise et qui, entre deux murets, descendait à brefs ressauts sur le dos de pierres couvertes de mousse. C'était la promenade favorite du vieux Braz, ça se perdait dans la lande, là-bas, au beau milieu de nulle part, où on l'avait enterré. Je m'y rendis un matin, à la pointe de l'aube. Je l'imaginais saluant ces arbres tordus qui émergeaient lentement du brouillard, je murmurais les compliments qu'il aurait adressés aux fougères s'égouttant à mon passage.

Un scarabée, le ventre en l'air, griffait le vide autour de lui. Je m'accroupis. Il semblait à bout de forces, la terre tout entière sur le dos. Je le retournai entre deux doigts. Il mit du temps à repartir sur ses pattes raides, il dérapait sur les pierres mouillées, mais il reprit enfin bravement sa route.

– Tout va bien, vieux Braz, dis-je tout bas en guise d'offrande, celui-là va retrouver sa petite vie d'insecte.

C'est en voulant me relever qu'une douleur fulgurante me fit vaciller. Les tempes dans un étau, la nausée qui coupe les jambes, et de terribles élancements, vague après vague, à l'intérieur du crâne. À mon tour d'être cloué le dos au sol, à mon tour d'agripper le vide et d'agiter mes pauvres pattes comme une bestiole retournée. Bien à cheval sur mes côtes, et pesant de tout son poids, le grand Loïc fouillait mes poches, pendant que le Rouquin, un peu plus loin, faisait le guet. J'avais un bras coincé sous moi, les pierres du chemin martyrisaient mon dos, je suffoquais. Le grand Loïc poussa un glapissement et brandit la montre du vieux Braz suspendue à sa chaîne. Il la fit tournoyer comme une fronde en redoublant de cris de triomphe. L'autre vint le rejoindre, ils s'amusèrent un bon moment à ouvrir et refermer le boîtier, à écouter le mécanisme, à balancer la montre comme un pendule juste au-dessus de mon nez, indifférents aux plaintes que je laissais échapper. Moi j'étais déjà loin, je m'en allais, les lèvres bleues, le souffle anéanti. Ils se levèrent enfin, me gratifièrent d'un dernier coup de sabot dans les côtes, presque amicalement, chacun le sien, il faut reconnaître à ces deux-là un fraternel sens du partage, et ils s'éloignèrent en riant. Couché en chien de fusil, à moitié asphyxié, un œuf de pigeon à la base du crâne, je regardai crapahuter la carapace luisante du scarabée, jusqu'à ce qu'elle disparaisse tout là-bas, minuscule dans la blancheur humide du silence.

Je me traînai tant bien que mal jusqu'à la tombe du vieux Braz, une simple dalle de granit au milieu des bruyères. Je restai là à ruminer un bon moment. J'aurais bien donné la maison, son peu de terre, et jusqu'à ma chemise, pour qu'il revienne. J'avais confiance, avec lui. Il m'aurait appris, parce que je ne demandais que ça. Soigner les gens. Soigner les bêtes. J'étais comme lui, je ne demandais rien d'autre, de quoi dormir, de quoi manger. Pour le reste, il ne ménageait pas sa peine, il abattait plus de chemin que le facteur, il se levait avant l'aube, il rentrait tard dans la nuit, il ne disait pas trois mots aux gens de rencontre, mais jamais il ne les ignorait, et jamais, au grand jamais, on n'avait pu le prendre à les mépriser. Il les plaignait, plutôt, et lui avec : la connerie des hommes. Il me manquait, le vieux Braz, et maintenant j'aurais tant voulu lui parler. Personne n'osait me toucher quand il était encore là. Personne. Quand il s'agissait de se faire soigner, on lui faisait des politesses, et même, on le suppliait. Mais le reste du temps il faisait peur. Il leur foutait la trouille. Tous, ils tremblaient devant lui. Mais moi, c'est pas pareil. Moi je l'aimais, tout de bon, avec ses jambes d'araignée et ses yeux morts de prophète.

Je n'ai rien mangé, ce jour-là. Le vertige me tirait vers le sol, ça dansait trop autour de moi. J'ai mis une éternité à retrouver la maison. J'ai grimpé dans le lit du vieux Braz, je me suis réfugié dans les profondeurs de son coffre à sommeil, j'ai creusé l'oreiller de ma cervelle lourde, lourde, et terriblement, affreusement douloureuse. Et j'ai fini par m'endormir.

C'est une sorte de roulement de tambour qui m'a sorti du lit. La porte de dehors était grande ouverte, et une odeur de terre humide envahissait la pièce. On se serait cru au fin fond d'un caveau. Une charrette manœuvrait dans la cour. Elle était noire et tirée par un grand cheval noir. L'homme qui menait le cheval était, lui aussi, tout de noir vêtu, et couvert d'un chapeau si noir que son profil disparaissait dans son ombre. La charrette s'arrêta devant le seuil, ses grandes roues cerclées de fer encadrées par la porte. L'homme restait en retrait, raide comme un bois de justice. Je frissonnai d'un coup. Comment ne pas reconnaître cet attelage, si parfaitement incrusté dans les ténèbres de la nuit ? Quand il est là, on sait qu'il est trop tard. On ne peut plus lui échapper. L'homme ne prononce pas un mot. On ne voit que son dos. Il attend. Rien ne vient, rien n'affleure, ni les larmes, ni le rire, ni la peur. Car on sait que c'est lui, l'Ankou. « Celui du Grand Voyage. » On est sans résistance, sans volonté, sans espoir. On se voit faire les gestes de sa propre perte, on enfile sa veste, on referme la porte, on fait les trois pas nécessaires, on se hisse sur le plateau de la haute carriole, et, debout, cramponné à la ridelle, secoué par les cahots, on se laisse emporter.

La charrette s'ébranla, traversa la cour, contourna la remise à bois, et s'engagea dans le chemin que j'avais si souvent emprunté. Elle passait tout juste entre deux murets, mordait sur le talus au risque de verser, tanguait dans les ornières et dérapait sur les pierres, mais rien ne l'arrêtait. Dans le virage de la ferme des Essarts, j'entendis les chiens, là-bas, non pas aboyer à grand-voix pour prévenir du passage d'un étranger, mais gémir et geindre comme s'ils sentaient venir un orage de grêle, ou pire, un tremblement de terre. Bientôt ce furent les fougères, leur froissement énervé contre les rayons, la grande côte semée de genêts qui mène au champ de la pierre levée puis, tout au bout, la terre mate de la lande. J'aperçus, par-dessus la croupe du cheval, la tombe du vieux Braz dressée au loin dans les bruyères. La dalle qui la couvrait était déchaussée, et le chemin empierré, bifurquant d'un coup, continuait dessous, plongeant dans les entrailles de la terre. L'attelage tout entier s'y engouffra.

Long, long, très long voyage, et la voûte si près du crâne, la fatigue plaintive de l'essieu, le grincement des roues et le vacarme de leurs grands cercles de fer, les pas lourds du cheval, le bois qui gémit à chaque ressaut de la descente, et le noir absolu dans lequel tout cela se propage, et qui fait qu'on est soi-même pierre, sabot, bois, fer, et tête de douleur.

Ailleurs

En portant la main à mon crâne, je constatai que la bosse était toujours là. De sourdes pointes de douleur en partaient, qui venaient battre à mes tempes. Des oiseaux tournoyaient dans la lumière du matin. Je marchai pieds nus sur une grève, les traces de la charrette s'effaçaient dans le sable mouillé, mais je sentais encore cette odeur de cave imprégnant mes vêtements. Quelques voiles, au loin, cinglaient vers la haute mer.

Je longeai la plage. Un chien courait, à la lisière des vagues, aboyant après les mouettes qui s'envolaient à son approche. C'était un pur bonheur de les regarder faire, lui, sautant dans les vagues, et les oiseaux blancs flottant comme des bouchons à l'attendre, qui donnaient juste un petit coup d'aile pour lui échapper. Il repartait à fond de train sur le sable, les autres s'éparpillaient dans un ballet criard, avant de se poser devant son nez. Le chien finit par se décourager. Il lança un dernier aboiement, remonta au trot la pente de la plage et disparut derrière les dunes.

Je suivis ses traces et j'avisai, planté sur la dune, un mât au bout duquel flottait un bout de chiffon. Ce mât signalait l'entrée d'un chemin dans les joncs. Un poste de guet, constitué d'une cabane à moitié enterrée dans la dune, en défendait l'accès.

Des filets de pêche séchaient près d'un tas de nasses en osier. Un âne broutait les chardons. Et il y avait une dizaine de personnes parlant une langue froide, légèrement gutturale, une langue étrangère en tout cas et, je l'aurais juré, fort ancienne. Le paradoxe est que j'en comprenais l'essentiel, comme si elle avait habité mon crâne d'avant ma naissance, ou que son souvenir remontait d'une cave enfouie et soudain découverte.

Une femme à gros jupons bouffants, avec un panier de poissons posé sur la tête, toucha l'épaule d'un homme qui me tournait le dos. L'homme, qui s'appuyait sur une pique, inclina la tête dans ma direction, me vit et, d'un geste de la main, m'invita à les rejoindre. Je m'approchai. Il me demanda mon nom. Comme je restais coi, il insista, marquant une légère impatience. Il haussa les épaules, et dit que je devais rester là. Je fis non de la tête, et commençai à reculer pour filer vers la plage, mais il me rattrapa, me saisit par le bras et m'entraîna vers la cahute creusée dans la dune.

– Il faut attendre la douane, m'expliqua-t-il.

Il retourna auprès des autres. Une des femmes fit griller du poisson, ils se mirent autour du feu pour manger. Elle posa une question au garde, qui fit un bref hochement de tête. Elle m'apporta de l'eau, et un peu de cette grillade de poisson mêlée de charbons de bois. J'avais vraiment faim, et très soif. Je vidai le cruchon et dévorai mon repas. Puis je dormis, presque d'une traite, jusqu'au soir. Il y avait moins de monde à mon réveil. Un autre garde était venu remplacer le premier, il conversait avec des pêcheurs occupés à repriser leurs filets. Ils allumèrent un brasero pour la nuit, disputèrent quelques parties de dés, me firent signe de les rejoindre pour manger. La nuit venue, je retournai sur la plage. Personne ne m'en empêcha. Je gravis une dune qui dominait les alentours, où la lueur rougeâtre d'un brasero, un peu plus loin, signalait un autre poste de guet. Du haut de mon observatoire, je vis quelques-uns de ces braseros, égrenés face à la mer, qui dessinaient la côte en pointillé, une côte basse, sablonneuse, et séparée par les dunes d'une immense étendue marécageuse. Un chemin surélevé traversait cette étendue.

Il me semblait facile, en arrondissant ma route, de contourner le poste de guet et de rejoindre ce chemin, dont j'apercevais au loin le ruban pâle au milieu des ajoncs. Je dévalai la dune vers la masse confuse du marais. Pendant une bonne partie de la nuit, je bataillai pour avancer, m'enfonçant dans les bourbiers d'eau saumâtre jusqu'aux cuisses. Mais la vase me retenait, les buissons m'épinglaient, et le chemin restait toujours hors d'atteinte. Mes poumons jouaient au soufflet de forge, le sang battait à mon cou. Au petit jour, j'étais collé là comme une mouche sur du papier glu, et secoué de quintes de toux. Je vis trois hommes s'approcher en jurant. Ils me lancèrent une corde.

Je fus ramené au pied du grand mât.

J'y retrouvai le garde qui m'avait reçu la veille. Il me donna une petite tape dans le dos et je m'écroulai sur le talus, couvert de vase, en levant la main pour m'avouer vaincu. Il me tendit une tranche de pain et un morceau de fromage :

– Alors, comment que tu t'appelles ?

– Gwen.

– Ça pue mais ça parle ! Gwen comment ?

– Gwen le Tousseux, ajoutai-je en baissant la tête, furieux de cette infirmité qui avait anéanti mes efforts, et trouvant une joie mauvaise à l'accoler à mon nom.

– Gwen le Tousseux, moi c'est Jorn, et tu veux que je te dise quelque chose ? T'as eu de la chance d'en sortir vivant !

– Je recommencerai, dis-je, tout en mordant à pleines dents mon casse-croûte, ce qui manqua m'étouffer, car je partis aussitôt d'un nouvel accès de toux.

Il me tendit sa gourde, l'alcool brûlant me déchira les bronches et fit jaillir mes larmes. J'attendis, secoué, honteux, que la pitoyable machinerie de mes entrailles modère ses emballements.

– Gwen le Tousseux ! C'est plein de sables mouvants, là-bas, tu sais, et plein de pauvres gars qui ont voulu traverser. Si tu veux retourner faire le malin, à ta guise ! Seulement, la prochaine fois, on te laissera crever dans la vase. Tu dois attendre, c'est tout. Je te l'ai dit, hier. J'ai été clair, il me semble. C'est comme ça. Un peu de patience. Ceux de la douane volante vont passer. Ils sauront quoi faire de toi.

Je l'examinai. C'était un solide jeune homme, avec un début d'embonpoint, la bouille ronde et malicieuse, une tignasse de cheveux bouclés, une petite barbiche et des moustaches blondes, qu'il frisait méthodiquement du bout de ses doigts : une tête de faune. Il portait son casque de façon débonnaire, comme un bonnet trop encombrant. Je lui posai la seule question qui me vint à l'esprit :

– Où est passé l'Ankou ?

– Le quoi ?

– L'Ankou. Un charretier, maigre, tout en noir des pieds à la tête, c'est lui qui m'a amené ici. Et son cheval aussi est noir. Un grand cheval noir, une charrette, noire également. Tu les as forcément vus.

Il dessina, de la pointe de sa pique, un trait sinueux dans le sable, indiquant le profil de la côte. Il plaça quelques-uns des postes de guet. Plus loin, il traça une dizaine de cercles, des villages, peut-être bien, mais je ne comprenais pas tous les mots. Ensuite il planta une brindille pour figurer le mât au-dessous duquel nous nous trouvions, et en fit partir un trait qui le reliait au premier village :

– Tu vois, Gwen, le seul chemin qui mène à la côte, à travers les marais, c'est celui qui passe ici. Il n'y en a pas d'autre. Le seul, à des lieues à la ronde. Et il est gardé tout du long. Alors, s'il était passé par là, on l'aurait entendu, ton charretier.

Il laissa filer son regard sur l'horizon, puis ajouta :

– Les gens comme toi viennent de la mer. Tu m'as tout l'air d'être un bon garçon, Gwen le Tousseux. Ne t'avise pas d'aller conter tes sornettes sur l'Ankou à la douane volante. Tu te ferais du tort, et à moi aussi.

Il y avait un petit peuple qui vivait là, principalement de la pêche. Des barques renversées, à moitié ensablées, leur servaient d'abri. Peu d'événements venaient troubler le cours de leurs jours, et par conséquent des miens. Une partie de la pêche était salée, et repartait en charrette par le chemin des marais. Je reprenais des forces. Je ramassais des coquillages, je prenais mes repas avec Jorn, le garde nonchalant. J'étais toujours traversé de vertiges qui me donnaient l'impression d'avoir la tête trop lourde et les pieds trop légers, mais je respirais mieux, plus amplement, presque sans bruit et, surtout, chaque fois que je me pinçais, j'éprouvais l'incroyable et délicieuse certitude d'être vivant.

La douane volante

Un matin, des cavaliers, accompagnés d'un convoi de mules, s'arrêtèrent au poste de guet. Jorn déplia une table. Ils sortirent un nécessaire à écrire, des registres, une balance. Les familles de pêcheurs arrivaient en petits groupes, et puis des gardes des autres postes de guet ; cela finit par faire une bonne cinquantaine de personnes. Les chiens trottaient de-ci de-là en remuant la queue. Jorn me prit par l'épaule.

– C'est la douane volante, me dit-il en me poussant légèrement. T'en fais pas, tout ira bien.

Il y avait un peu de vent, je m'en souviens parce qu'il faisait voleter l'aigrette blanche qui ornait leurs chapeaux. Ils étaient vêtus de sombre, portaient des souliers à boucle, des culottes bouffantes, un habit de drap à boutons avec une sorte de collerette qui isolait la tête du corps de façon assez ridicule.

– Toi, le garçon, approche.

Celui qui venait de parler, une sorte de greffier assis derrière la table, tenait une plume à la main. De l'autre, il fit signe à la foule de s'écarter, elle s'ouvrit devant moi. Jorn me donna une petite poussée supplémentaire.

– Ne va pas leur parler de ta charrette, me souffla-t-il à l'oreille, ça va me retomber dessus. En plus, ces types détestent qu'on se moque d'eux.

Le plus grand déplia une cordelette à nœuds et marcha droit sur moi, il avait un œil en promenade, et l'autre d'une fixité inquiétante. Il faisait un pas en avant, j'en faisais un en arrière, il tournait dans un sens, je tournais dans l'autre. Un garde m'a saisi par le bras pour m'immobiliser. Le bigleux promena sa corde à nœuds sur tous les segments de mon corps avec une dextérité confondante. Il annonçait des chiffres que le greffier inscrivait au fur et à mesure. Pour les ongles et les parties plus petites, il avait une cordelette plus fine, avec de minuscules divisions. Ensuite, il inspecta mes oreilles, mes yeux (les paupières, l'une après l'autre, relevées d'un pouce énergique), ma langue et mes dents. Très désagréable. Pour finir, il me tapota le dos et la poitrine du plat de la main, ce qui déclencha une toux inextinguible. Les douaniers firent une moue entendue et désabusée. J'avais touché le fond de l'humiliation : c'était bien moi, Gwen le Tousseux, plié en deux, une fois de plus, et maudissant ma constitution branlante. La risée de mon village, le pou du rebouteux. Ici aussi, ça les faisait rire. Un parasite, un avorton, disait le grand Loïc Kermeur, quand il me secouait comme un prunier en se moquant de mon corps trop maigre. Lui qui n'avait que trois ans de plus que moi, et qui était déjà fort comme un homme fait, eh bien, il devancerait l'appel, parce que pour rien au monde il ne voulait rater la guerre.

On lui donnerait un fusil, un uniforme, et, avec tous les autres, il s'en irait fêter Noël chez le Kaiser. À Berlin.

On me demanda d'où je venais, et je fis, après un coup d'œil interrogateur à Jorn, un geste vague et découragé du côté de la mer, ce qui me valut de sa part un petit signe approbateur, et de la leur un hochement de tête satisfait. Je restai là, échoué comme un bois flotté. L'entretien était clos.

Les douaniers firent décharger les sacs. L'un d'eux déploya un livre de comptes. Je compris qu'ils vendaient du sel aux pêcheurs. Ou plutôt qu'ils en avaient le monopole, et qu'ils leur imposaient d'en acheter. Un sac fut ouvert. Un des pêcheurs s'en approcha, prit dans sa main une poignée qui devait contenir autant de sable que de sel. Son visage s'allongea quand ils annoncèrent le prix. Il jeta le sel derrière son épaule.

Sa colère gagna les autres. Un enragé cria qu'il ne paierait plus, un autre vint compter ses sous un à un sous le nez du greffier, avant de les lui balancer en pleine figure en le traitant de voleur. Le douanier tenta de l'empoigner, mais l'autre riposta d'une gifle si vigoureuse qu'elle déchira la collerette du bonhomme en le faisant tomber par terre. Des gamins se mirent à pleurer. Les chiens aboyaient. Les femmes commencèrent à éventrer le reste des sacs au couteau pendant que les pêcheurs en dispersaient le contenu à pleines brassées, tout en menaçant de pendre ces « salauds de douaniers », qui suffoquaient d'indignation. Les gardes s'en mêlèrent et repoussèrent brutalement la foule avec leurs piques. Une brève bataille s'ensuivit, beaucoup de jurons échangés et de coups dans le vide, quelques côtes froissées, mais la foule finit par se disloquer. Résignés, les pêcheurs ramassèrent le sel répandu. Tous durent s'acquitter de l'impôt, et celui qui s'était emporté le premier eut à payer, de surcroît, une amende pour rébellion. « Toujours les mêmes qui trinquent », je pensai.

Les douaniers s'épongeaient le front, encore rouges de l'épisode, et le greffier, sa collerette en lambeaux autour du cou, recomptait la monnaie. Il dit à Jorn, en levant le nez, de préparer des provisions. Jorn me fit un petit signe : on repartait avec eux.

Je fis la découverte que j'étais plus à l'aise à dos de mule que sur le pont d'un bateau, mais le paysage était bien morne. Des kilomètres de marais, en fait, avec une cabane de roseau de loin en loin, et parfois un hameau gardé d'une simple perche posée en travers du chemin. Je ne connaissais que mon village, la lande alentour, le port et la mer. Ici, je ne savais même pas où j'étais, sinon dans un pays plat comme la main. Le territoire de l'Ankou ? Le pays des morts ? Allons, j'étais bien vivant ! Mon corps balançait son poids de chair et d'os sur le dos de la mule, je respirais la puissante odeur de vase des marais, je voyais un héron plonger le bec dans l'eau, et en sortir le poisson, encore tout frétillant. Je parlais avec Jorn, qui se montrait enchanté de rentrer plus tôt de la côte, grâce à l'occasion que lui offrait mon apparition sur la plage.

– Où allons-nous ?

– Au quartier de la douane. Ce n'est plus très loin, tout de suite à la sortie du bourg de Waarm.

– Le quartier de la douane ?

– Honnêtement, ça m'étonnerait qu'ils te gardent. On va te poser deux, trois questions, compléter ton dossier, et on va te relâcher, c'est sûr. Enfin, je crois que tu as vu, me dit-il en donnant un petit coup de menton vers les cavaliers qui nous précédaient, il vaut mieux ne pas trop énerver ces petits messieurs. Il y a toujours de plus gros bras pour les défendre.

Il décidait à ma place. On décidait toujours à ma place. Depuis ma naissance, c'était comme ça. Plus que jamais, j'enviais la force du vieux Braz. Parce que lui, même sa mort, il ne l'avait pas subie. Il était parti en roi, un roi de Bretagne, très vieux et très sage, la crinière blanche sur l'oreiller, allongé comme un gisant dans son grand coffre à sommeil. Et moi, j'avais trahi son dernier geste, sa dernière volonté. Quelqu'un d'autre se promenait quelque part avec la montre du vieil aveugle, la montre qu'il m'avait confiée. Une belle montre en argent, gravée à son nom. Est-ce que j'étais condamné à toujours tout rater, tout gâcher ?

– Gwen ?

– Oui ?

– Ne t'en fais pas. Je serai dans le coin. Ma bonne amie est de là-bas. De Waarm. Tu seras le bienvenu chez nous.

Silde

Waarm était un grand bourg qui s'étirait le long de la route. La douane, tout au bout, le dominait, avec son beffroi, son corps de logis en brique, son imposant grenier à sel et ses multiples écuries. Les mules hâtèrent le pas, impatientes de retrouver la paille tiède et leur ration d'avoine.

La salle principale sentait le feu de bois, le cuir et le tabac. La lumière du soir tombait en rayons obliques sur un énorme poêle en faïence bleue, autour duquel les douaniers fumaient de longues pipes. Les trois nôtres racontèrent l'épisode qui avait tourné à l'émeute. Ils parlaient fort en bombant le torse. Les autres leur donnaient des claques dans le dos. Les collerettes blanches détachaient leurs faces rougeaudes sur leurs habits noirs, et Jorn riait avec eux. Un officier me fit signe de le suivre dans un bureau. Pendant que je restais debout, il consulta les notes de ses collègues, un sourcil relevé, en laissant la porte ouverte pour profiter de la conversation qui se poursuivait à côté. Il prit un temps de réflexion, croisa les mains sous son menton et pencha le buste en avant.

– Tu t'appelles ?

– Gwen.

– Gwen... (il suivit du doigt une ligne sur son registre)... le Tousseux, c'est bien ça ?

– Si on veut, oui.

Il marmonna à toute vitesse les mensurations et particularités physiques alignées devant lui, marqua un temps.

– Alors tu tousses, c'est ça ?

– Oui, ça m'arrive.

Il fit une moue ironique. Me regarda encore, attendant peut-être de ma part une explication, ou au moins un début d'excuse.

– Enfin, souffla-t-il, c'est comme ça. Poursuivons. On t'a trouvé sur la plage de... de... (il consulta ses notes)... de Zoeldigge, tu confirmes ?

– Sans doute...

– Réponds clairement.

Mon oui fut recouvert par une explosion de rires, un douanier passa la tête par la porte :

– T'en es où avec l'Égaré ?

– J'arrive, j'ai presque fini. Le nom du bateau ?

– Le bateau ?

– Le nom du bateau qui t'a débarqué ?

Je marquai un temps. Je fus sur le point de raconter mon voyage dans la charrette de l'Ankou, mais les recommandations de Jorn me revinrent à l'esprit. Pourquoi ne pas mentir, inventer, après tout ? En quoi cela changerait-il l'absurdité de ma situation ?

– Alors, Gwen le Tousseux, tu es venu à la nage ? Sans boire la tasse ?

– *Le Vieux Braz.*

– C'est le nom du bateau ? Ça s'écrit ?

Je commençais à m'accoutumer à leur drôle de langue, je la baragouinais assez pour me faire comprendre, mais je n'avais aucune idée de la façon dont je devais épeler les mots.

– J'attends.

Je fis signe que je voulais la plume. Il leva un sourcil, fit faire un demi-tour à son cahier, et m'indiqua l'endroit où inscrire le nom du bateau. J'inscrivis, en tirant la langue : *Le Vieux Braz.* Je n'avais pas l'habitude de la plume d'oie, chez nous elles étaient en acier. L'homme parut satisfait.

– Tu vas loger, ici, à Waarm ?

– Chez le garde Jorn, il m'héberge.

– Pour combien de temps ?

– Je ne sais pas, c'est provisoire, je crois.

– Parfait, de toute façon, j'en ai fini avec toi. Je ne te retiens pas. Tu es tenu de signaler tout déplacement en dehors de Waarm, ton dossier n'est pas clos. Allez, fit-il en me congédiant d'un aller-retour de sa main en éventail.

Jorn m'attendait devant le porche de la cour, tout souriant. Il me passa affectueusement le bras autour du cou.

– Sacré Gwen, je te l'avais pas dit, que t'en sortirais bien vite ? Viens, on va s'en jeter un, et après, je te présente à ma mie. Waarm, crois-moi, y a pas mieux.

Je regardai un troupeau de vaches rentrer à l'étable, poussées par un gamin pieds nus dans la boue. Le soir descendait, la fumée montait des cheminées, l'humidité de la nuit imprégnait déjà les ruelles, je pensais à mon village, recroquevillé, pauvre et soumis à de semblables lois, lui aussi, dont celle que résumait le vieux Braz en trois mots, et voilà, j'avais quelques raisons de douter de l'enthousiasme de mon compagnon. Et ce n'est pas le détour par le troquet enfumé où braillaient déjà deux ou trois ivrognes qui me fit changer d'avis. J'avais froid, j'étais fatigué, je somnolais à moitié sur la table pendant que Jorn saluait un à un ses compagnons de beuverie, et je fus soulagé quand il se leva enfin, quoique peu assuré sur ses jambes, pour retourner chez lui.

La porte s'ouvrit sur un visage de femme encadré de lin blanc. Jorn avait un peu présumé de la patience de sa bonne amie, elle n'était pas ravie de le voir rentrer si tard, ni dans un équilibre aussi précaire. Mais elle se radoucit en m'apercevant, presque enseveli sous la masse de mon bienfaiteur, qui m'utilisait peu ou prou comme une béquille.

– Voilà Gwen, dit Jorn, en guise de présentation.

– Bonsoir, fis-je.

C'était une grande jeune femme, à proportion de son compagnon, belle, la taille bien prise, les joues comme deux pommes, les cheveux blonds dépassant en bouclettes sous sa coiffe. Son sourire me réchauffa d'un coup.

– Entre, Gwen. Moi, c'est Silde. Elle referma la porte. Je vous ai préparé une soupe, tu dois mourir de faim.

Je crois bien que je pris trois fois de la soupe ce soir-là, une fois parce que j'avais faim, une autre fois parce que j'avais faim, et une dernière fois parce que mon appétit s'étendait à la table, au feu de bois chassant les ombres, à la présence chaleureuse de Silde, qui me souriait, tout en grondant Jorn qui commençait à piquer du nez dans son assiette. Elle me conduisit par un petit escalier tout raide à ma chambre, sous le toit. Mon lit était dressé et, comme je n'avais plus de raison d'avoir faim, je m'endormis.

Sa voix me réveilla le lendemain. Elle chantait. Je descendis. Elle me fit deux bises, je reculai vivement la tête. Elle me regarda, amusée, me frotter pensivement la joue.

– Bien dormi, Gwen ? Il y a du lait sur la table. Il sort de la traite. Il est encore tiède.

Je m'attablai. Je détaillai la pièce : un buffet, un miroir encadré de bois noir. Une des fenêtres donnait sur le jardin, tout en longueur, borné par un ruisseau. J'apercevais l'alignement du potager, la petite étable et sa remise à fromage, et trois ruches à chapeau de paille, bizarrement inclinées selon le même angle, tout au fond, sous une rangée de peupliers. Près de la porte s'appuyait une pique et, sur un coffre plongé dans la pénombre, luisait doucement l'éclat atténué d'un casque.

– Où est Jorn ?

– Il dort encore. Si tu me racontais ?

– Ce serait long, je crois.

Elle s'assit en face de moi.

– Tu es vraiment un Égaré ?

Je la regardai sans comprendre. J'essuyai, du revers de la main, la mousse blanche soulignant le duvet sous mon nez. Le geste la fit sourire, et je me le reprochai aussitôt, en me tortillant sur ma chaise.

– Un Égaré ? On peut dire ça comme ça, oui ! dit Jorn en faisant son entrée.

Je me redressai. J'étais content de le voir ici, dans sa maison, en « civil », les cheveux en bataille, la chemise débraillée sur ses larges culottes bouffantes. Il enlaça brièvement Silde, me fit un clin d'œil en guise de bonjour, s'assit en faisant racler sa chaise, s'empara du pain, en trancha une part qu'il fit glisser vers moi, avant de se servir à son tour.

– On doit en ramasser un par mois, tu sais, dit-il en pointant son couteau. La douane les inscrit, on fait de vagues recherches, et voilà. Des gamins, souvent, qui sautent des bateaux, parce qu'on leur mène la vie trop dure à bord. Y en a toujours qui préfèrent se noyer plutôt que mourir sous les coups. S'il n'y a personne pour les recueillir, on les envoie aux jardins de Fer, on cherche toujours des bras, là-bas... Mais, bon, je ne sais pas pourquoi, tu m'as plu. Un oiseau tombé du nid. J'ai dit aux douaniers que je te prendrais en charge. En tant que garde à la côte, j'ai le droit de t'employer comme domestique. Ça n'a pas fait trop d'histoires, je n'ai même pas eu besoin de leur graisser la patte. Il faut dire que t'es pas vraiment taillé pour les jardins de Fer. Je crois pas qu't'y aurais fait d'vieux os, on dirait que tu as de la dentelle dans les poumons, parole ! Et habillé comment ! Tu peux nous donner un coup de main, ici : on a trois bonnes vaches à l'étable, le jardin à s'occuper, et moi, je dois encore faire une partie de mon service à la côte.

– Jorn... je te jure... je n'ai pas sauté d'un bateau.

– Encore avec ça ? (Il frappa du poing sur la table.) Écoute-moi bien, Gwen, ceux qui parlent de cheval noir et de charrette, on ne les revoit plus. Tu m'entends ? Tu n'es pas le premier. La douane les embarque. Tu sais pourquoi ? Parce que c'est des fous. Tu comprends ? Des fous. Tu as vu la plage ? Le chemin ? Tu crois qu'on remarquerait rien ? Mais on n'est là que pour ça, nous autres, guetter : le chemin, la plage, la plage, le chemin. Et surveiller la pêche. Mais qu'est-ce que tu as dans la tête, mon pauvre garçon, hein ? Je te tire des pattes des douaniers. Je t'évite les jardins de Fer. Et toi, tu t'entêtes à débiter des âneries. Tu ne veux pas que je t'aide, c'est ça ?

– Si.

– Bon, alors, recommence pas avec ces histoires à dormir debout. Y a pas d'Ankou ou de je ne sais quoi qui tienne, tu m'as compris ?

– Oui.

Il se renversa en arrière, attrapa Silde par la taille.

– Tu verras, ici, c'est le paradis. Il n'y a pas au monde de meilleur endroit que Waarm.

– Tu en connais beaucoup d'autres ?

– Non, pourquoi ?

– Comme ça. Pour rien.

Il avait peut-être raison. Après tout, ce n'était pas pire que chez moi. La douane faisait vivre le bourg, et plutôt bien. La grand-rue était bordée de maisons à façade blanche, et il y avait toujours du passage. Les jours de marché voyaient affluer des paysans en habits de couleur, chargés de paniers de fruits et de légumes ou trimbalant des canards et des oies.

Je devais soigner les bêtes, les emmener en pâturage, aider au jardin. J'étais dispensé d'aller au culte, parce que les Égarés, comme tout ce qui vient de la mer, sont des âmes perdues. Ça m'arrangeait bien. J'allais un peu explorer le territoire. La route, à l'entrée et à la sortie de Waarm, était gardée par des postes de guet. Au-delà des derniers toits de chaume et des jardins tressés de palissades, les quelques rues partant du centre allaient se perdre dans des bois de pins, des fondrières et des marais à tourbe.

Quand Jorn repartait à la côte, je restais seul avec Silde. Elle était d'humeur égale, toujours enjouée, et n'élevait jamais la voix. Et je l'étonnais si souvent par mes questions qu'elle éclatait de rire. Quand elle ne savait pas quoi répondre, elle m'ébouriffait les cheveux. Je détestais ce geste, et je l'aimais tout en le détestant. J'avais été habitué à des caresses plus rugueuses, des taloches, des bourrades, des mornifles. Mon père avait expérimenté toutes les trajectoires que la main peut effectuer, paume ouverte ou poing fermé, avant de s'abattre à toute volée sur un nez, une bouche ou une oreille. Cependant il avait la main heureuse des ivrognes, et il s'était toujours débrouillé, allez savoir comment, pour me laisser un œil ouvert, après la correction. Mais la tendresse de Silde ouvrait une brèche bien plus difficile à refermer, plus dangereuse aussi, parce qu'elle me donnait l'envie de m'y abandonner.

Mère-Grand

Une fois par semaine, j'allais avec Silde vendre son fromage au marché blanc, dans un champ derrière la douane. Elle avait un port de reine, la tête haut levée sous une coiffe blanche, la taille bellement cambrée, et de larges jupons qui dansaient avec un bruit délicieux d'herbe froissée. Il se trouvait toujours un ou deux douaniers pour siffler sur son passage, et m'égratigner par la même occasion :

– Marche pas trop vite, Silde, tu vas écraser ton Égaré !

Elle les traitait en riant de corbeaux mal embouchés. Mais moi, les bras lestés de deux paniers, j'enrageais de ne pouvoir leur voler dans les plumes.

Silde était bonne vendeuse. Elle connaissait tout le monde. Je crois qu'elle aurait pu, de mémoire, lever l'arbre généalogique de toutes les familles de la région.

Ce jour-là, elle n'arrêtait pas de demander des nouvelles d'une certaine « Mère-Grand ». Et tout le monde de répondre d'un ton enjoué : « Elle va bien, Silde, elle va bien. » Vers la fin de la matinée, Silde m'annonça une surprise.

Elle me demanda de fermer les yeux et, me prenant par la main, elle m'entraîna à travers le brouhaha du marché.

Je me pris au jeu. Ce nom de « Mère-Grand » revenait dans chaque conversation, entre les marchandages et les rires étouffés. Soudain, silence. Comme si toutes les paroles tombaient au fond d'un puits.

– Tu peux ouvrir les yeux, me chuchota Silde.

La foule formait une ronde.

Il y avait un animal au centre de ce grand cercle de muets. Une tortue. Jamais je n'en avais vu d'aussi grosse. Renversée sur le dos, elle agitait ses lourdes pattes griffues et allongeait son cou, avec des mouvements très lents et de soudaines convulsions. Sa vieille tête de sage parcheminée râlait faiblement, et son œil en détresse, déjà voilé, m'attirait comme un aimant. Je restai figé, cloué par ce regard qui n'avait plus rien d'animal. Je l'entends encore me supplier de l'aider à en finir. Je le jure, ma tête à couper, c'est bien moi qu'elle appelait. Je suffoquais, j'avais besoin d'air. « Non, cet animal n'est pas d'ici », pensai-je. De tels signes ne trompent pas. Le bâtiment de la douane, au loin, le foirail aux chevaux, les toiles blanches des étals, les arbres sur la rivière, tout cela commençait à onduler sous mes yeux. Le vertige me reprenait : cette sensation d'avoir le crâne à la renverse, bras et jambes ramant vers le ciel. Une sorte de noyade sèche, la poitrine serrée dans un étau. Comme cet animal. Exactement. Comme une tortue sur le dos.

Une clameur explosa.

Silde me serra plus fort la main. La tortue était morte.

Les gens commencèrent à tourner en chantant. Silde voulut m'entraîner dans la ronde. Je la repoussai. Elle me lâcha la main, se glissa entre les danseurs. Quand elle revint, tout essoufflée, elle avait le rouge aux joues, et l'œil brillant.

– Enfin, Gwen, arrête de faire la tête ! Tu as vu cette bête magnifique ? Gwen, réponds-moi. Tu es sûr que ça va ? Pas très bien, on dirait.

En fait, j'étais courbé en deux, les mains sur les côtes, et c'est tout juste si je parvenais à respirer.

– Chez moi, les tortues ne sont pas si grandes, dis-je en manière d'excuse.

– Mais ici non plus, Gwen, ici non plus. Elle vient de très loin, tu sais. Ce soir, on va la faire cuire dans sa carapace. C'est un mets très rare.

– C'est horrible de la laisser mourir comme ça. Je ne sais pas comment dire. C'est… dégueulasse. C'est cruel.

Elle s'arrêta, sidérée. J'étais tout aussi étonné qu'elle. Je ne me connaissais pas d'intérêt particulier pour les bestioles. Encore moins pour les tortues. Pourtant, le choc était tel que je tremblais encore sur mes jambes.

– Tuer une Mère-Grand ? T'es complètement idiot ! Ça doit mourir de mort lente. Plus ça prend de temps, meilleur c'est. Surtout celle-là, elle a vraiment l'air très vieille. C'est une vraie Mère-Grand.

Je tournai mon regard vers l'animal mort, renversé, le cou tordu et les pattes raidies. La terre, autour, était raclée par ses efforts.

– Elle a drôlement bien tenu. Elle est arrivée ce matin. Ça fait trois jours et trois nuits qu'elle voyage dans une carriole, couchée sur le dos. On lui a juste donné à boire un peu de lait.

– Vous l'avez bien tranquillement regardée crever, étouffée par son propre poids ! Et maintenant, vous dansez !

– Ce n'est qu'une bête, Gwen.

Silde haussa les épaules. Elle n'avait pas deux grammes de méchanceté. Elle était sûre que tout était pour le mieux dans le meilleur des mondes, et plus sûre encore que la tortue, si elle avait pu parler, aurait remercié chacun de l'honneur qu'on lui faisait. J'en avais pourtant vu crever, des animaux. Mais cet œil, cette tête de vieux sage, cette supplique, ça m'avait bouleversé, vrillé les nerfs. Je crois que Silde finit par faire une sorte de rapprochement entre la mort atroce de l'animal et mes propres difficultés à respirer, parce qu'elle reprit plus doucement :

– Mais on ne la laisse pas seule, Gwen. Il y a des gens qui la veillent.

– Ouais, les vautours aussi, il paraît que ça veille les morts. Avant de les bouffer.

– On la respecte. On la pleure. Plus on est nombreux à son agonie, plus grand est son prestige, et plus cher elle sera vendue. Le cœur d'une tortue vaut son poids en or, Gwen, tu ne sais pas ça ? Jorn a dit qu'il m'en offrirait un jour une portion, mais ça m'étonnerait. Il n'en aura jamais les moyens !

– C'est si bon que ça ?

– Quel benêt ! C'est pas pour ça qu'on la mange. Ça prolonge la vie.

– N'importe quoi !

Une journée par bouchée, c'est ce qu'on dit. Mais si on en mange trop, continua-t-elle en fronçant les sourcils, ça devient du poison, et alors on meurt plus tôt que prévu. C'est comme tout : il faut savoir s'arrêter à temps.

– Et tu y crois, toi ?

– Bien sûr ! fit-elle en haussant les épaules. Je connais pas mal de gens qui en ont mangé et qui sont devenus très vieux, figure-toi. Et je ne suis pas la seule. Tu crois qu'il y aurait autant de monde, si ce n'était pas vrai ?

J'avais bien une réponse toute faite, mais c'était celle du vieux Braz. La foule se dispersait. Deux douaniers, deux corbeaux, s'affairaient déjà autour du cadavre en allongeant leurs cordes à nœuds. Un troisième notait leurs mesures, l'air bougrement satisfait, pendant que le marchand de tortue, inquiet, penché sur son épaule, regardait s'aligner les chiffres. Pardi, la douane prélevait une taxe sur la tortue. Ceux-là, avec leur manie de tout mesurer ! Maintenant le plus petit, qui était aussi très gros, s'efforçait de la remettre à l'endroit. Il soufflait comme un bœuf, poussait de tout son poids, arc-bouté sur les talons, son dos glissé sous la carapace. Les deux autres le regardaient faire avec intérêt. Pas bien dur de voir qu'ils avaient fait un pari. Pas bien dur, non plus, de voir qu'ils le gagneraient. L'homme parvenait à faire osciller l'animal d'un côté, mais chaque fois le mouvement de balancier dans l'autre sens annulait ses efforts, avec une amplitude de plus en plus forte. Ridicule. Soudain, il s'affaissa comme un chiffon, et resta là, par terre, roulé en boule. Les autres se tapaient sur les cuisses en pleurant de rire. L'homme ne bougeait plus. Il avait dû se faire très mal, c'est sûr, au minimum un bon tour de rein. « Bien, me dis-je, très bien. Un point pour Mère-Grand ! » En même temps, j'eus une intuition, assez vague, mais avec une envie irrésistible de la vérifier. Si je n'essayais pas, là, tout de suite, je ne saurais jamais.

– Attends-moi là, s'il te plaît, Silde. Je voudrais voir quelque chose.

Je courus m'agenouiller auprès du blessé. Je roulai les manches de ma chemise et le palpai légèrement, lui prenant le pouls comme me l'avait appris le vieux Braz. Les deux autres douaniers, occupés à se disputer autour du pari, ne s'occupaient ni de lui ni de moi. Je fermai les yeux, j'étendis les doigts et je mis en imposition les paumes de mes mains au-dessus de son dos, laissant la chaleur de mon corps affluer, par vagues de plus en plus rapides, jusqu'à épouser le rythme des battements de mon cœur. Ma vue se troublait, un tremblement léger me parcourait le corps, mais j'étais bien, légèrement à la dérive, entre deux eaux, comme suspendu, et je commençais, peu à peu, à sentir « le mal ». Lentement, par gestes précis le long de la colonne vertébrale, je modifiais sa position, et je glissais le long de la douleur jusqu'à sentir un noyau plus dur, le véritable nœud de souffrance. « C'est là, me dis-je. Maintenant ! » Et cela fit comme une brusque décharge, un voile noir devant mes yeux. L'homme se détendit d'un coup. Il se remit sur ses pieds, ramassa son chapeau et, tout en lui assenant des petites tapes rageuses pour l'épousseter, il s'en alla rejoindre ses compagnons. Je ne sais pas s'il fuyait la diablerie de mon procédé ou l'obligation de me remercier, mais ce n'était pas un bavard. Ses camarades l'accueillirent avec des mines mi-figue mi-raisin. L'un d'eux me jeta un regard appuyé.

– Gwen ?

J'étais encore à genoux, un peu sonné. Silde me touchait l'épaule.

– Gwen, ça va ?

Je levai la tête.

– Ça va bien, Silde.

– Tant mieux. Tu m'as fait peur. Tu sais que tu es bizarre, comme garçon.

Elle me tendit la main pour me relever. Sur le chemin du retour, elle me questionna, mais je n'avais rien à répondre, c'était trop confus. Je ne voulais pas parler du fluide, parce que ce n'était peut-être qu'un simple coup de chance. De toute façon, ces choses-là ne se disent pas. Sinon, on les perd pour de bon.

Au dîner, sa curiosité reprit le dessus. Elle m'interrogea de nouveau :

– Gwen, il ne bougeait plus. Tu arrives, et il se redresse. Ne me dis pas que tu n'as rien fait.

– Rien, Silde. Rien du tout. J'ai assisté à des concours de lutte, chez moi, et je sais relever les blessés. J'ai juste senti que je pouvais le soulager un peu. J'étais le plus près. D'ailleurs, tu as vu par toi-même, les autres ne faisaient rien pour l'aider. C'est à peine si je lui ai touché le dos.

– Mais tu as un don, Gwen. Je l'ai vu. J'étais là.

– Non, je t'assure. Je n'y connais rien. J'en sais pas plus que toi. Je l'ai aidé à se relever. C'est tout.

Ce n'était pas tout à fait vrai. Il s'était bien passé quelque chose. Le fluide, le fameux fluide du père Braz, je l'avais senti, là, au bout de mes doigts. On le sait, quand il est là. C'est trouble et lumineux à la fois. Ça ne se voit pas, mais ça flambe au bout des doigts, ça crépite comme le feu

Saint-Elme par une nuit d'orage. Une sensation au seuil de la douleur, presque agréable, comme si le corps ployait sous une foudre légère. Mais pour rien au monde je n'aurais voulu l'avouer. Le fluide, les gens croient que c'est un don. Foutaises ! C'est plutôt le contraire. Et je connais le prix à payer pour ceux qui en font « profession ». Un prix exorbitant : la solitude, d'abord. Et la terreur, la sainte trouille qu'on inspire à ses semblables.

Pour la plupart des gens de mon village, les choses sont claires : soulager une souffrance, c'est retirer à Dieu une part de son pouvoir. Et ça, on ne peut le faire qu'avec l'aide du diable. Seulement voilà, la souffrance est parfois si vicieuse, si cruelle, qu'on vendrait son corps, son esprit, son âme, rien que pour la voir disparaître. Alors le curé peut bramer tout ce qu'il voudra, le ciel peut attendre une éternité si ça lui chante, on se précipite vers le seul endroit où se niche le dernier espoir. Chez le rebouteux. La souffrance nous jette dans ses bras. D'abord, tuer « le mal ». Vite, là, maintenant, tout de suite. À n'importe quel prix. On aura tout le temps de sauver son âme, après.

On n'est pas plus tôt guéri qu'on oublie. Le corps retourne à son obéissance première, sa discrète soumission. Le rebouteux, merci bien. Surtout, qu'il passe son chemin. On ne le connaît plus. On lui en veut d'avoir dû se montrer faible et misérable devant lui. Il redevient le sorcier, le faiseur de grêle, le jeteur de sort. On change de trottoir.

Moi, je n'avais pas la force d'âme du vieux Braz. Lui s'était tenu droit, toute sa vie, au milieu d'un tourbillon de plaintes et de sanglots, d'envies mesquines, de jalousies meurtrières, de coups de folie et de malédictions. Celle qui le bénissait d'avoir sauvé son enfant, le lundi, crachait le dimanche à son passage, et savez-vous pourquoi ? Pour avoir guéri la vache de la voisine ! Pauvre vieux Braz. Moi seul, je l'ai vu pleurer sur la lande, sa crinière blanche éparpillée au vent. J'étais trop fragile pour m'aventurer sans lui sur ce terrain-là. Trop fragile, et trop loin de chez moi.

Silde, de l'autre côté de la table, essayait de suivre le cours de mes pensées. Elle capitula, sans être convaincue, et changea de sujet :

– Tu m'accompagnes aux enchères ?

– Je ne sais pas de quoi tu parles.

– On va faire cuire Mère-Grand. On va danser toute la nuit. Et on va vendre sa viande. Il y a des gens qui viennent de loin pour ça. Même de Bruguelude. De beaux messieurs, de belles dames. Des riches. Toute la douane, aussi, parce qu'il faut surveiller la pesée des portions, surtout celles du cœur.

– S'ils ont de l'argent à perdre, grand bien leur fasse !

– Mais on va chanter, Gwen, et on va danser. Tu ne veux vraiment pas venir t'amuser ?

– Sûrement pas.

– Cela n'a rien de macabre, je t'assure.

– N'en parlons plus, d'accord ? Et dis-toi bien que je me moque de cette tortue. Qu'on l'appelle Mère-Grand ou tortue-en-pot ou je ne sais quoi d'autre. C'est qu'une bestiole, rien de plus. Mettez-la à bouillir, au four, à l'étouffée, je m'en moque. Empiffrez-vous bien. Vous gênez surtout pas pour moi. Ça me donne la nausée.

Elle était au bord des larmes, je l'avais blessée. Elle repoussa une mèche sous sa coiffe, et ajouta :

– Jorn revient demain.

– Eh bien ! je vois qu'il t'a manqué.

– Bien sûr qu'il m'a manqué. Enfin, Gwen ! Pourquoi es-tu si sec ? Qu'est-ce que je t'ai fait ? Tu n'es pas bien ici ?

– Pardonne-moi. Je suis juste de mauvais poil. Va t'amuser.

Mais ça sonnait un peu faux. Je n'étais pas sûr d'être si heureux que ça, moi, du retour de Jorn. Silde commença à me passer la main dans les cheveux, et je la repoussai d'un coup. Je ne voulais plus, voilà. Jorn avait, quoi, allez, cinq ou six ans de plus qu'elle. Et moi, combien ? À peine cinq de moins ! Ça nous mettait à égale distance, non ? Je n'étais plus un gamin, après tout. Un coup à la porte. Les voisins venaient chercher Silde en agitant leurs lampions.

– À demain matin, alors, petit Gwen, me lança-t-elle, un peu triste, sur le pas de la porte. Tu t'occuperas des vaches ?

– Sûr. Je m'occupe de tout.

Ensuite, j'entendis son rire se mêler à celui des autres, et disparaître au coin de la rue. Je finis d'aller couper de l'herbe pour les vaches. Même de la maison, on pouvait entendre le raffut de la fête, à peine tamisé par le bruissement des peupliers. Les vaches commençaient à s'agiter dans l'étable. Elles meuglaient en tendant le cou. Je les appelai par leur nom. Je les calmai de la main, le plus tranquillement du monde. Le vieux Braz aurait été fier de moi. Je pris une couverture, et je m'assis sur le banc. Le dos calé au mur de la maison, les yeux mi-clos, je laissai venir à moi les odeurs montant du jardin.

La mélancolie des oiseaux

Jorn m'entraîna au cabaret, je crois qu'il y passait davantage de temps qu'à soigner ses bêtes ou cultiver son jardin. Bien sûr, il était un peu déçu d'avoir manqué la fête mais, de toute façon, il n'aimait pas la viande de tortue, et il aurait d'autres occasions de danser. Silde avait les pieds les plus légers du pays, et il n'y avait rien de plus plaisant que de tourbillonner en la tenant par la taille. Il me parlait pardessus un flacon de genièvre et deux gobelets d'étain, mais le sien se vidait régulièrement, quand j'avais toutes les peines du monde à tremper les lèvres dans le mien. Il se consumait d'ennui sur la côte. Il n'y avait rien d'autre à faire, là-bas, que scruter la mer, et compter les allées et venues de chariots de poisson salé, dans le froid et sous la pluie. Mais il ne lui restait plus beaucoup de temps à faire, encore une période de deux mois, et ce serait fini. Après, la vraie vie commencerait. Il pourrait postuler au service de la douane volante. C'était une fonction sacrément mieux rémunérée, et après ça, il pourrait acheter une charge d'officier, avec tout le prestige afférent, un uniforme sombre, des missions vers l'intérieur du territoire, le contrôle du sel et des denrées, la surveillance des étrangers. Il resta un instant rêveur, alluma une pipe, contempla la fumée et poursuivit à voix haute l'idée qui lui trottait dans la tête :

– Gwen, c'est vrai ce que m'a raconté Silde, que tu as le don ?

– Le don ?

– Elle m'a raconté. Tu sais bien, le type que tu as soigné comme ça, avec les mains.

– Je ne l'ai pas soigné, je l'ai aidé à se relever.

– Ça m'étonne que tu n'aies pas encore reçu la visite de la douane. Tout ce qui sort de l'ordinaire les dérange. Ils n'aiment pas ça, d'habitude. Je veux dire, les trucs bizarres. Remarque, dit-il en chassant la fumée vers le plafond, ça fait partie de leur boulot…

– Puisque je te dis que je n'ai rien fait, Jorn. Il allait déjà mieux quand je suis arrivé près de lui… Il avait dû se froisser un muscle, ou un truc de ce genre.

– D'un autre côté, poursuivit-il, ça peut être intéressant.

– Comment ça, intéressant ?

– Tu sais qu'il n'y a pas de docteur à Waarm ?

– Et ?

– En revanche, il y a pas mal de malades. Tu imagines, quelqu'un avec le don, ce qu'il pourrait faire ici ?

– Arrête, Jorn, arrête ça tout de suite.

– N'en parlons plus. Bois un coup, petit Gwen. Bois un coup.

Une fois de plus, je dus le ramener. Silde nous accueillit en riant. Elle n'en faisait pas un drame. Tous ceux qui allaient à la côte buvaient. Il n'y avait pas d'exemple du contraire. Quand Jorn serait installé à demeure, pensait-elle, il perdrait cette mauvaise habitude. J'avais des raisons d'en douter, mais je n'en avais aucune pour l'empêcher d'y croire. Silde aimait Jorn comme il était. Elle chantait le matin, ne se plaignait jamais le soir. Elle cultivait son bonheur.

Elle m'incluait dedans.

Seulement, j'ignorais tout de ce pays, et rien ne m'expliquait ce que je faisais dans cette situation, à cet endroit, à ce moment. Je n'appartenais pas à cette petite famille, quoi qu'elle en pense. Avec la meilleure volonté du monde, je ne me voyais pas passer le restant de ma vie en animal domestique.

Au marché, je m'arrêtais souvent devant l'étal du marchand de pièges, un petit homme noir de poil, le sourcil épais et l'œil toujours aux aguets, économe en gestes, avare de paroles. Son fils l'accompagnait de temps en temps, c'était sa réplique en taille réduite, mais bavard comme une pie. Je me penchais vers le goulot des nasses à poissons, attiré par la logique impitoyable de leurs labyrinthes d'osier. Je décortiquais les mécanismes des pièges à oiseaux. Je m'imaginais en animal déjouant les ruses de la malice humaine, contournant la clenche qui fait s'abattre un couperet, ou la tige flexible prête à se détendre pour serrer un lacet. Ça amusait Silde, elle croyait à des jeux de garçon. Elle avait tort, même si je ne la détrompais pas. Ce n'était pas l'ingéniosité ni la complexité de ces machines à capturer qui me fascinaient, mais bien le miroir qu'elles me tendaient sur ma propre situation. Car j'étais entré dans ce pays comme on tombe dans un piège, conduit par cette maudite charrette noire tout au fond d'une nasse dont je ne devinais ni l'entrée ni la sortie, et je me débattais depuis sans rien comprendre, sans pouvoir crier au secours, bouche ouverte, prisonnier des mailles d'un invisible filet.

À force d'observer, je finis pas en construire un, de piège, tout en bois et en osier. Je ne savais même pas ce que je voulais attraper ! Une bascule, au fond de la cage, laissait s'abattre, comme une guillotine, la porte grillagée. Sa fermeture faisait aussitôt tomber un crochet dans une encoche, ce qui la rendait impossible à ouvrir de l'intérieur. Cela m'avait pris un temps fou pour équilibrer le mécanisme et calculer le contrepoids nécessaire.

J'installai mon œuvre au fond du jardin. J'essayai toutes sortes d'appâts, des miettes de pain trempées dans le lait, des graines de sésame, des grains de blé, un morceau de pomme. Un jour, j'attrapai une souris, tremblante de froid sous la rosée, et je la relâchai aussitôt. Une autre fois, ce fut un loir. À lui aussi, je rendis la liberté. Tous les matins, Jorn me demandait d'un air goguenard où en était la chasse. Il envoyait un clin d'œil à Silde. Une immense tristesse, sans aucune commune mesure avec mon sort, descendait la nuit sur mon sommeil, et j'étais pris de quintes de toux, ce qui me valait d'ordinaire une sévère engueulade, si j'avais le malheur de réveiller Jorn à l'autre bout de la maison. Plus vide était la cage, plus fort je me cognais à mon angoisse. Silde chuchotait son inquiétude à l'oreille de Jorn, mais lui répondait par de petits rires en la tenant au menton pour lui décocher des baisers.

Un jour, il revint avec une poignée de graines qu'il déposa sur la table. C'étaient des graines rouges, gansées de noir. J'en pris une au bout des doigts, elle était lisse et douce au toucher, mais le goût, un peu amer, piquait légèrement quand on la mettait sur la langue.

– Qu'est-ce que c'est ?

– Du soliris mélancolique. Ça ne vient pas d'ici. N'en prends surtout pas, ça rend triste. C'est interdit d'en faire commerce. On n'en trouve qu'à la douane. Soi-disant qu'on peut attraper une sorte d'oiseau avec ça. Le pibil siffleur. Je me suis dit que ça t'amuserait d'essayer.

Je retournai ce mot dans ma tête : pibil siffleur.

– Tu crois que j'ai une chance ?

– Honnêtement ? Pas beaucoup. Mais ça vaut peut-être la peine de tenter le coup. Tu n'as pas grand-chose à perdre. Normalement, il faut tremper les graines dans le genièvre, juste un peu. Paraît-il que les pibils raffolent de cette odeur ; et que ça les endort, aussi.

– Et ça ne mange que ces graines ? Je ne pourrais pas essayer avec autre chose ?

– Alors là, mon vieux Gwen, tu peux aussi bien attendre jusqu'à ta dernière tortue. Le seul truc dont je suis sûr, c'est que jamais, sans ces graines, un pibil siffleur ne viendra visiter ta cage. C'est beaucoup trop méfiant comme oiseau. Et malin. Les merles auront moissonné ton champ de blé, les grives auront pillé tes plants de vigne, avant qu'il ne picore un seul épi, avant qu'il ne gobe un seul grain de raisin ! Et même si tu l'attrapes, ce n'est pas gagné, crois-moi. La plupart se laissent mourir au fond de la cage. Il est presque impossible de gagner leur confiance.

– Ça va, j'ai compris, je laisse tomber !

– Si tu étais quelqu'un d'autre, c'est ce que je dirais. Sûr. Mais, ces oiseaux-là, ils choisissent toujours leurs maîtres. Ils ne vont que dans les pièges de certaines personnes… particulières. Et toi, comme tu es…

– Un Égaré ? compléta Silde en ouvrant des yeux ronds.

– Voilà, tu as deviné, ma belle…, conclut-il en se tournant vers elle.

Un oiseau… je n'y avais pas pensé. J'allai poser mon piège sur la basse branche d'un peuplier, et j'attendis. Des jours et des nuits passèrent. La routine reprenait. La routine de Waarm : les commérages, les patrouilles de la douane, le marché, les vaches, le cabaret de Jorn, ses beuveries, ses rodomontades et ses retours chaloupés. Le temps s'écoulait comme du sable gris. Un matin, j'entendis des sifflements rageurs monter du fond du jardin. Je me levai d'un bond, et me précipitai en dégringolant l'escalier.

Il y avait bien quelque chose. Un oiseau, de la taille d'un merle, à peu près, et qui s'acharnait à coups de bec contre sa prison de bois. À mon approche, il poussa une espèce de long sifflement rêche et, sous la touffe de plumes hirsutes qui coiffait le sommet de son crâne, il darda sur moi un œil où se concentraient toute la colère et l'indignation qu'un si petit corps autorise. Et comme je glissais mon doigt entre les barreaux pour l'amadouer, il le frappa du bec. Du sang perla au bout de mon index. C'est qu'il avait le bec dur, l'animal !

Bigre, ça n'allait pas être facile.

En tout cas, il avait un solide appétit. Il avait boulotté toutes les graines de la cage.

Seulement voilà, les jours suivants, il refusa de se nourrir. Au début, je ne m'en inquiétais pas, Jorn m'avait prévenu que c'était chose courante. Je visitais mon petit prisonnier régulièrement. Je lui parlais à voix basse en remplissant son réservoir d'eau claire, je laissais des graines odorantes, je veillais tard la nuit pour rester auprès de lui, bref, je ne négligeais rien pour l'habituer à ma présence. Mais je le voyais dépérir. Ses pattes, d'un beau noir de velours, ne pouvant plus le porter, il restait couché sur le flanc, le bec entrouvert juste assez pour laisser passer un filet d'air. Sa huppe retombait, et son œil orangé, si net, si vif, perdait peu à peu l'éclat de son orbe doré. Il se laissait mourir.

Je ne voulais pas ça. Je l'attrapai aussi doucement que possible. Son cœur, tiède et minuscule, palpitait à peine dans le creux de ma main. Sa tête ne pesait rien, elle dodelinait vaguement, paupières closes.

Je le suppliai de vivre. Sa tête retomba. Brusquement, la colère me prit.

– C'est ça, fous le camp, sale piaf. Tire-toi. Crève, si ça te chante. Je m'en sortirai tout seul, va. J'ai pas besoin de toi !

Je sentis des larmes couler le long de mes joues tandis que mon poing se serrait. L'une d'elles dégringola dans son bec, qu'il venait d'ouvrir tout grand pour prendre sa dernière inspiration et, contre toute attente, elle y disparut. Je le vis déglutir, avec un petit hoquet.

– Ça ne serait pas plutôt ça, la graine de soliris : la goutte salée d'une larme ? me souffla la voix de Silde, qui s'était approchée sans bruit dans mon dos. Tu as vu avec quelle avidité il l'a bue ? (Elle posa sa main sur mon épaule.) Il va vivre, Gwen, j'en suis sûre.

Du bout du doigt, je récoltai au creux de mon œil une autre larme que je lui fis boire, puis une autre, et une autre encore.

Ensuite, je pus lui donner un peu d'eau. Une heure après, il accepta une première graine. J'exultai. Je l'emportai, blotti dans la coupe de mes mains. Jorn me donna une petite tape d'encouragement.

– Alors, tu as réussi, Gwen ! Chapeau ! Je peux bien te le dire, maintenant : je n'y croyais pas trop. Parce que c'est vraiment pas banal d'attraper un pibil siffleur. Ça tient du miracle. Et toi, tu es le premier type que je vois le faire, et dans toute la région.

– Merci, Jorn.

– Prends-en soin. N'oublie pas de tremper les graines dans le genièvre, surtout. Ils ne les digèrent pas, autrement. Enfin, c'est ce qu'on dit, ça, et d'autres choses…

Il n'était pas facile à apprivoiser, mais il se faisait à ma présence, à ma façon de lui parler. Jour après jour, je réduisis la distance qui nous séparait. La première fois que je le vis s'approcher des barreaux pour me tendre le bec à la recherche de sa nourriture, j'en eus la chair de poule. Après, ce fut un jeu d'enfant. Il se laissait prendre sans colère, mangeait dans le creux de ma main. Quand ses serres minuscules crochaient autour de mon index, je le portais comme un petit roi, l'aigrette haut dressée sur la tête, les ailes écartées du corps, sans même chercher à s'envoler.

Jorn repartit à la côte pour sa dernière période. Silde en fut plus affectée qu'à l'ordinaire ; dans ma vanité, je la croyais jalouse des soins que j'accordais à l'oiseau. Je m'endormais en pensant à lui, je courais le voir dès mon lever. Il me saluait d'un trille joyeux. Je l'emportais dans ma poche partout avec moi, au bord de la rivière, dans l'étable, au marché. Il m'écoutait en penchant la tête. Ça les amusait, les autres, les marchands, les douaniers, les commères, de voir passer l'Égaré et son pibil siffleur. Mais je n'en avais rien à faire. J'avais un compagnon, un frère de captivité. Quelqu'un pour me comprendre, pour la première fois depuis le vieux Braz. Il savait même me répéter quelques jurons du rebouteux. Et donc, pour sceller notre pacte, et la renaissance qu'il devait au coin de mon œil, je l'appelai Daer, qui veut dire « larme », en breton.

Je ne vis pas passer les deux mois du service de Jorn. Silde pleura de joie en l'accueillant. Elle n'aurait plus à subir cette alternance de plénitude et d'attente. Son Jorn allait rester auprès d'elle, pour toujours. Elle dansa dans la cuisine entre ses bras. J'étais heureux pour elle.

Jorn avait demandé son incorporation dans la douane volante, et il obtint presque aussitôt un poste de premier degré, à Waarm. Il faut dire qu'il y connaissait suffisamment de monde. On l'appréciait. J'avais eu plus d'une fois l'occasion de m'en apercevoir, au cours de ces interminables soirées passées au cabaret. Et puis, me confia-il, « en te prenant à mon service, je leur ai ôté une belle épine du pied, parce qu'un tousseux, un bon à rien comme toi, personne d'autre n'en aurait voulu, crois-moi ».

Il étrenna son nouvel uniforme. Il fallut s'habituer à son costume sombre, et à la collerette blanche qui soulignait sa couperose de bon vivant. Il n'endossa pas que l'habit, il en prit aussi les contours, les défauts et les manières et, pardessus tout, une forme de suffisance dont il se sanglait dès le saut du lit, en refermant sur sa panse la boucle de son ceinturon. Les amis, la famille vinrent le féliciter de sa bonne fortune. Il commanda un festin et fit couler la bière à pleins tonneaux pour étancher leur soif; la petite maison trembla pendant deux jours du raffut des noceurs. Je n'eus pas le temps d'y goûter, Silde m'envoyait à tout moment aux quatre coins de la ville faire de nouvelles courses.

Un matin, un pressentiment me fit lever avant l'aube. Daer ne répondit pas à mes appels répétés. J'allumai une bougie. Il gisait, inerte au fond de la cage. Ouvrant la porte avec précaution, je sortis cette pauvre boule de plumes ébouriffées. La langue pendant de son bec entrouvert, il respirait trop vite, à tout petits coups. Je lui donnai à boire et, en le retournant, je compris les raisons de sa détresse. Une de ses pattes pendait, bizarrement tordue. Il souffrait. Je le déposai sur la table. J'inspirai deux ou trois fois, en fermant les yeux. J'ouvris la paume de ma main gauche au-dessus des griffes recroquevillées que je tenais de la main droite, et j'attendis que vienne la chaleur.

Je tirai tout doucement sa patte entre le pouce et l'index, en murmurant des paroles d'encouragement. Un minuscule clac me répondit. Je lissai délicatement son aigrette rayée pour la redresser, je le caressai sous la gorge. Je le posai en équilibre. Daer se remit peu à peu à sautiller et, renversant soudain la tête en arrière, il lança trois notes pleines de gaieté pour me remercier. Je le pris à mon doigt, le laissant me picorer comme il aimait faire. Quelqu'un d'autre avait assisté à sa résurrection. En levant les yeux, j'aperçus un bref reflet dans le miroir plongé dans l'ombre. C'était, à peine éclairé par la flamme rougeoyante de la chandelle, le sourire grimaçant de Jorn qui m'observait.

Silde se faisait du souci. Elle d'habitude si légère, voilà qu'il lui arrivait de soupirer. Je croyais en être la cause, parce que je traînais un peu les pieds pour lui obéir. J'avais du mal à garder la fibre domestique. Je m'acquittais de mes tâches sans enthousiasme, et je m'en débarrassais au moindre prétexte. Mais la raison était ailleurs. La fête avait coûté trop cher. Jorn devait encore honorer ses nouvelles fonctions, c'est-à-dire offrir des cadeaux aux officiers, et la tradition voulait qu'il tienne table ouverte au cabaret. Le soir, elle sortait un cahier et, la langue tirée, faisait le décompte vertigineux de ses dépenses.

J'étais monté me coucher, lorsque la voix de Jorn, inhabituellement dure, me fit redescendre. Trônant derrière la table, il consultait une liasse de papiers. Silde se tenait debout, plus inquiète que jamais. Il alluma sa pipe, sans m'inviter à m'asseoir.

– Gwen, mon garçon, je crois qu'il est temps pour nous de parler entre gens raisonnables.

Il m'adressa un sourire qu'il voulait engageant, mais je commençais à me méfier de ses airs patelins.

– Comment comptes-tu nous rembourser tes dettes ?

– Mes dettes ?

Même Silde avait sursauté devant l'incongruité de la question.

– Voyons, ça fait… dis-moi si je me trompe… huit mois que tu vis sous notre toit bien nourri bien logé…

– Mais je travaille, Jorn, demande à Silde.

Elle approuva vigoureusement, alors que je lui avais si souvent fait défaut ces derniers temps.

– Je fais tout ce qu'elle me demande, je m'occupe des bêtes et du jardin, je l'aide pour le fromage, je soigne les abeilles...

– Il ne manquerait plus que le contraire ! Silde est trop bonne avec toi, on ne peut pas dire que tu te tues à la tâche. Je te rappelle que tu es notre domestique ! Seulement, ça ne paie pas tout. Loin de là. D'abord, il a fallu que je t'achète à la douane...

– Mais tu m'as dit toi-même...

Son poing énorme s'abattit sur la table.

– Ferme-la, tu veux bien ? Il y a eu des frais, des frais de dossier, d'enregistrement, est-ce que je sais ? Je suis en compte pour toi avec la douane, et si elle te reprend, tu ne tiendras pas trois mois aux jardins de Fer. De toute façon, je ne veux pas en discuter, pas avec toi.

Il porta la main à sa poche, déplia un papier plié en quatre et le fit glisser vers moi. Un papier où s'inscrivait une somme faramineuse.

– Voilà ce que tu nous dois.

J'avais suffisamment fréquenté le marché pour me rendre compte que le chiffre était au-delà de toute mesure, parfaitement grotesque. Silde, gênée, ouvrait des yeux incrédules.

– Comment comptes-tu t'y prendre ? Je connais un acheteur intéressé par Daer. Ça fera toujours un début. Ces sacrés piafs valent une petite fortune, et le tien a tapé dans l'œil de mon bonhomme, ça m'en a tout l'air.

– Mais tu n'as pas le droit, tu entends ? Pas le droit ! Daer est à moi.

Il redonna du poing sur la table.

– Pas le droit ? Mais qu'est-ce que tu me chantes là, mon petit Gwen. Que moi, je n'ai pas le droit ? Mais c'est toi qui n'as aucun droit ! Toi ? Mon pauvre ami, mais tu n'as même pas le choix !

– Silde, dis quelque chose, je t'en supplie.

– Laisse Silde en dehors de ça, tu veux bien ? Je ne suis pas revenu de la côte pour me faire marcher sur les pieds par un jupon. Alors, nous sommes d'accord, tu me laisses le pibil ? Après tout, tu n'auras qu'à en attraper un autre.

– Je ne peux pas. Et tu le sais très bien.

– Pourquoi donc ?

– Parce qu'il m'a choisi, et ça aussi, tu le sais.

– On progresse, petit Gwen, on progresse. Bien. De toute façon, ce ne serait pas suffisant. Alors qu'est-ce que tu proposes ?

– Je peux travailler davantage.

Il fronça les sourcils, fit semblant de considérer ma proposition, en tapotant le carré de papier replié contre ses dents.

– Travailler plus ? Hum... pourquoi pas, mais pendant combien de temps ? Je te rappelle que pendant que tu me rembourses les huit mois, il faut bien que moi, je continue à te loger et à te nourrir. Et ça, qui peut me le payer, sinon toi ? Au rythme où tu travailles, il te faudrait, quoi, une petite dizaine d'années pour me rembourser. Aïe ! Si tes poumons tiennent jusque-là, mon pauvre Gwen, si tes poumons tiennent ! J'ai bien peur de ne pas vouloir trop parier là-dessus. Alors, tu as une autre idée ?

Et là, je compris.

Cette fois-ci, j'y étais, dans la nasse, et bien au fond. Me débattre ne servirait de rien. Lui n'avait qu'à plonger sa grosse patte velue pour me saisir à la nuque. Un piège sans défaut, solidement tressé, et à double détente.

D'abord les graines de soliris mélancolique, puis le pibil siffleur, un simple appât pour attraper une proie beaucoup plus grosse, et assez stupide pour tomber dans le panneau. Floué, cloué, Gwen le Tousseux. Une lueur amusée dansa dans les yeux de Jorn. Je ne connaissais qu'Yvon le Rouquin pour manœuvrer avec une telle sournoiserie. Il téta trois ou quatre bouffées de sa pipe, plissa les yeux comme un chat se pourléchant devant une souris.

– N'est-ce pas, Gwen ? C'est la seule solution ! On va fêter ça.

Il remplit son verre, le siffla d'un trait, essuya sa moustache et se servit une nouvelle rasade. Puis il porta la botte finale, en me fixant froidement.

– Au fait, Silde, tu sais comment on appelle le pibil siffleur ?

Silde, muette, se tourna vers moi, autant pour chercher une réponse que pour quêter de ma part un début de pardon.

– L'oiseau du rebouteux, dis-je dans un souffle, vaincu.

– Bravo, Gwen ! Bravo ! Nous en avons eu la preuve magistrale tout récemment, je crois.

– Je veux le garder.

– Mais comme tu voudras, mon petit Gwen, comme tu voudras !

Et il leva son verre.

– À la tienne, petit Gwen ! À Daer ! À nos affaires !

L'ART DE SOIGNER LES PAUVRES

Désormais, je pouvais être réveillé à toute heure de la nuit. Jorn attrapait une lanterne sourde et moi la cage du pibil. On allait toquer à des portes en rase campagne. La gorge nouée et les jambes en coton, je promenais au-dessus du corps du patient le pibil roulé en boule entre mes mains. J'avais bien expliqué à Jorn que ça ne servait à rien, mais il ne voulait rien entendre : un rebouteux, ça travaille avec son pibil ! Quand Daer finissait par pointer du bec telle ou telle partie, j'appliquais ma médecine de charlatan. En gros, j'imitais les gestes du vieux Braz, je disais trois mots de breton, et je prescrivais des tisanes inoffensives. Mais je n'en menais pas large.

Après trois mois de visites, nous n'avions toujours pas un seul résultat.

– Patience, petit Gwen, patience. Pour l'instant, tu apprends.

– Et les deux morts du mois dernier ?

– Des cas désespérés. Déjà, ils étaient pauvres. Un pauvre, ça ne vit pas vieux.

– Les autres ne vont pas mieux.

– Eux aussi, c'est des pauvres. T'en fais pas. Ils survivent, faut pas qu'ils se plaignent.

– Mais tu vois bien que tout ça ne sert à rien, Jorn ! Je… je n'ai pas de don. On mène tous ces pauvres gens en bateau.

– Et le pibil, alors ? C'est bien toi qui l'as attrapé. La maladie ou les accidents, chez eux, c'est comme le chiendent. Ça repousse toujours. Ça sert juste à te faire la main. Tu fais comme je t'ai dit, vu ? Continue, concentre-toi, et ça viendra tout seul. Fais-moi confiance. T'as juste à t'entraîner.

Rien que ça, ça me donnait la nausée. Il me rapportait de petits animaux blessés, et je devais replacer leurs membres déboîtés par ses soins, ou recoudre leurs plaies à vif.

– Et sers-toi davantage de Daer, puisque tu manques de fluide. Un rebouteux sans pibil, c'est comme un douanier sans chapeau. Il éclata de rire avant de redevenir subitement sérieux. Lui aussi doit s'entraîner. Tiens, d'ailleurs, je viens de dégoter de nouvelles graines. Tu n'as qu'à augmenter sa ration.

Voilà, j'étais tombé sur un fou.

Quels que soient mes échecs, il n'en démordrait pas, j'étais un rebouteux, ma capture du pibil le prouvait. Il avait sa propre idée de la médecine : soigner est un pouvoir dont il ne faut user que pour agrandir le sien. Conséquence : quand on soigne les pauvres, on les étrille, on les fait payer. En plus, c'est bon pour apprendre. Mais ce qu'il faut viser, c'est soigner les riches et les puissants, et le faire dans la plus grande discrétion. Surtout ne jamais leur demander d'argent ! Il y a cent fois, dix mille fois mieux à faire que de se payer sur la bête : il faut se rendre in-dis-pen-sa-ble.

– Et ça, crois-moi, disait-il avec de l'exaltation dans la voix, ça ouvre toutes les portes, et ça n'a pas de prix. On n'en est pas encore là, mais ça viendra, petit Gwen, ça viendra.

Tu parles !

Je m'épuisais à travailler le jour et à faire des visites la nuit, je n'avais pas un moment à moi, et pas plus de fluide qu'une enclume. Je me résignais à attendre le moment où le masque tomberait de lui-même. Cet entêté de Jorn finirait bien par se rendre compte de mon incompétence absolue. Fuir ? Bien sûr que j'y pensais. Seulement, les accès de Waarm étaient limités et des corps de garde barraient les rares chemins qui allaient se perdre dans la lande. Tout autour, ce n'étaient que des marais couverts chaque nuit du linceul d'un brouillard glacé. Mes poumons ne m'y mèneraient pas bien loin. Je ne voyais pas non plus où me cacher, ni même qui accepterait de m'aider. Jorn serait tout de suite au courant. C'était l'un des agents les plus redoutés de la douane. Grand buveur, grand diseur, mais l'oreille fine et attentive, rapide à faire le tri entre les ragots et les racontars. Fou ou malin, j'avais renoncé à le comprendre. Ça m'était complètement égal. Tout ce que je savais, c'est qu'il avait l'entêtement d'une bille de bois, le bras trop long pour moi et le coup de patte assassin. Et moi, je voulais juste survivre.

Le plus triste, finalement, c'est que j'entraînais Daer dans cette déconfiture. Il dépérissait. Il tenait à peine sur ses pattes, tournait sur lui-même en se cognant aux barreaux de la cage. Plus d'une fois, je tentai de le laisser partir en laissant la porte grande ouverte, mais ça ne l'intéressait pas. Il s'éloignait à peine, se heurtait aux meubles et aux portes en poussant des cris plaintifs. Je compris qu'il était en train de perdre la vue. Un matin, je le crus mort. Son corps ne faisait plus qu'un petit tas inerte sur le plancher. Éparpillées autour de son corps, les graines empestaient l'alcool de genièvre. Je sentis la grosse patte de Jorn peser sur mon épaule.

– Tu laisses sa cage ouverte, maintenant ? T'es vraiment une pomme ! Mais regarde-le ! Tu imagines, si seulement il s'échappe ? Il ne peut plus vivre dehors. C'est simple, mon pauvre Gwen, qu'il fasse trois pas en dehors du jardin, et il se fera bouffer par le premier renard venu !

– Pourquoi tu as fait ça, Jorn ?

– Fait quoi ?

– Le genièvre.

– Quoi, le genièvre ?

– T'en as rajouté. Il y en avait dix fois trop.

– Je sais ce que je fais, Gwen. Le soliris, quand ils y ont goûté, ils ne peuvent plus s'en passer. C'est un poison auquel ils s'accoutument. C'est pour ça qu'on trempe les graines. Le genièvre fait passer l'amertume, ça les aide un peu. Mais c'est surtout grâce à ça qu'ils finissent par devenir aveugles.

– Comment ça, aveugles ?

– C'est comme je te dis. Les yeux leur servent à rien. Un bon pibil, ça ne doit rien y voir. Aveugle, ça doit être. Seulement, faut y aller tout doucement, bien prendre son temps, sinon ils en crèvent. Question de dosage. C'est vrai que là, j'ai peut-être forcé la dose... C'est assez délicat, comme animal. Mais ne t'inquiète pas, il n'est pas mort, il est juste fin saoul. Et aveugle, bien entendu.

– C'est pas vrai, tu n'as pas fait ça ?

– Dis donc, m'est avis qu'il pourra plus du tout se passer de toi, pauvre petite chose ! Un peu comme toi avec moi, non ?

– Espèce de...

Je n'achevai pas, je m'emparai de la cage vide et je la balançai de toutes mes forces en plein sur sa figure. De surprise, il recula. Il retroussa ses lèvres sur un rictus, essuyant, d'un revers de main, le sang qui commençait à y couler. Puis, secouant la tête de l'air de celui qui ne peut pas y croire, il revint vers moi, et m'envoya un tel coup au creux de l'estomac que je fus projeté de l'autre côté de la pièce. En deux bonds il fut sur moi, sa poigne écrasant mon cou contre le mur.

– Qu'est-ce qui ne va pas chez toi, tu peux me le dire ? Tu te prends pour un homme, maintenant ?

J'étais bien incapable de répondre. Il me relâcha. Je tombai au sol, plié en deux.

– Même les agneaux peuvent mordre, Jorn, dis-je, en tentant de ramener les genoux sous mon ventre pour calmer la douleur.

– Il paraît. Encore que ça, c'est tant qu'on leur laisse des dents. Ne t'avise surtout pas de recommencer, parce que je te jure que la prochaine fois, je te les brise à coups de pied, tes sales petites mâchoires.

– Tu peux toujours cogner, ça t'empêchera pas d'être une belle ordure.

– Je vais t'dire une chose, Gwen. Quand on est taillé comme toi, on se la boucle. Je te dis ça pour te rendre service, parce que tu m'as pas l'air d'être bien éveillé, comme garçon. Et je te parle pas du respect que tu me dois comme domestique, ça, je ne devrais même pas avoir besoin de te le rappeler. Non, je te parle de comment tu es fait. Tu veux te battre ? Mais tu te casserais la main à taper dans une motte de beurre ! Pourquoi tu ne te sers pas plutôt de ta tête ? C'est pourtant simple, ta situation. Moi je m'occupe de toi et toi tu fais ce que je dis. Tu as tout à y gagner.

– C'est toi qui as démis la patte de Daer. Et maintenant, tu l'as tué. Parce qu'il ne te sert plus à rien.

– Bien sûr que non, je l'ai pas tué. Je sais ce que je fais ! Il bouge encore, que je sache. Relève-toi. Tu vas gentiment te remettre au travail, on a assez perdu de temps comme ça !

Le fait est que c'est à partir de là que mon fluide a commencé à se manifester de façon régulière. Aveugle, Daer avait d'étranges intuitions. Je le promenais au-dessus d'un corps, et il pointait son bec sans hésitation. À tous les coups, lorsque j'imposais mes mains à l'endroit indiqué, même si cette partie n'était pas visiblement malade, la chaleur affluait par vagues au bout de mes bras comme une marée montante. J'ai réussi à guérir des petits maux sans importance, à la satisfaction de Jorn. Les faits lui donnaient raison, quoi que je fasse. À mon grand soulagement, il relâcha sa pression et cessa progressivement de me tourmenter.

Je devais profiter de ce répit. Il était temps de faire marcher ma tête, comme il l'avait si bien dit. Je ne pouvais pas envisager une évasion sans emmener Daer. J'avais besoin de lui. Dans ce monde où j'errais sans boussole, il était mon unique point d'appui ; bien sûr, il y avait la présence généreuse de Silde, mais je ne pouvais pas compter sur elle. Jamais elle ne ferait quoi que ce soit qui puisse nuire à son Jorn.

Or, le pibil était dépendant de ces maudites graines de soliris mélancolique, et seul Jorn pouvait se les procurer à la douane. Il fallait prendre le risque de l'en déshabituer. J'entrepris de remplacer le soliris, dont je constituais des réserves, par de l'orge ou des graminées, et certaines baies sucrées dont sont friands les oiseaux. On ne peut pas dire que Daer apprécia la substitution. L'heure du repas se transformait en cauchemar, il bouillait de rage, envoyait tout promener dans sa cage. Ça le rendait complètement hystérique. La nuit, il s'acharnait sur ses barreaux ou tournait en rond en poussant des *djeeerk !* à fendre l'âme. Je devais me lever pour le faire taire, et le bercer des heures durant au creux de ma main. C'était bien ma veine d'être tombé sur un partenaire aussi peu discret. Je cédais le moins possible. Une graine de soliris de temps en temps, et de plus en plus espacée. Quand il vit que je n'abandonnerais pas, il se mit à inventer toutes sortes de caprices et de protestations dont je fus le seul à faire les frais. Il se soulageait régulièrement dans la poche au fond de laquelle je le transportais, tout en sifflant comme un pinson, ou bien il m'envoyait un méchant coup de bec à travers le tissu quand j'allais avec Silde au marché, ce qui ne manquait pas de me faire sursauter, voire de lâcher les paniers en poussant un juron.

– Ce que tu peux être maladroit, mon pauvre Gwen, me disait Silde, pendant que la sale bête, sortant la tête, faisait mine de venir aux nouvelles.

Quand il ne me brimait pas, il était d'un caractère exécrable, pire que celui du vieux Braz, auquel il ressemblait de plus en plus, avec sa huppe toujours ébouriffée et ses yeux morts. Pour tout dire, je ne parvins qu'à moitié à mes fins. Il finit par se passer à peu près complètement de ces graines de malheur, mais du genièvre dont elles étaient imprégnées, jamais. J'en avais toujours un flacon sur moi pour calmer sa mauvaise humeur quand il devenait insupportable. En même temps, ses gesticulations de volatile indigné prenant tout au tragique me faisaient souvent éclater de rire.

En fin de compte, c'est moi qui ne parvenais plus à me passer de lui. Et puis son talent s'affirmait, en dépit, ou, peut-être, va savoir, grâce à son penchant pour l'eau-de-vie. Il lui arrivait de pousser des trilles délirants ou de sombrer dans une insondable torpeur mais, dès qu'on arrivait devant un patient, il retrouvait toute sa concentration, tendait le cou comme un vieux professeur et montrait d'un coup de tête péremptoire l'endroit où je devais intervenir. Quand il essuyait un échec, ce qui était assez rare, il jurait en breton et retournait bouder au fond de ma poche, dont il ne sortait que sur la promesse d'une nouvelle rasade. De mon côté, j'avais fait des progrès, assez pour prendre confiance et suivre la plupart de mes intuitions.

Je n'ai complètement reconquis l'estime de Jorn que lorsque j'ai soulagé le chef de la douane d'un mal de dos qui le clouait au lit avec des douleurs intolérables.

Ce chef de la douane était un vieux cavalier à moustache,

réputé pour ses coups de colère qui traversaient comme un ouragan les couloirs de sa maison et pétrifiaient son entourage. Avec moi, il se tenait aux lisières de la politesse, parce que mes soins lui ménageaient chaque jour quelques heures de répit, et qu'ils le remettaient sur pied peu à peu. Chaque matin, il m'attendait, au fond de son lit, tordu comme un fil de fer et grimaçant de douleur. Je passais deux bonnes heures à le soigner, après quoi il me renvoyait d'un ton sec, avec un grand geste d'impatience. Seulement, petite différence, il était debout sur ses pieds et il avait le menton relevé. Ça le dérangeait de m'être redevable. Pour dire les choses telles qu'il les voyait, je n'étais que le petit commis de sa délivrance, un gamin poussé en graine, plus ou moins doué, mal fagoté, à moitié simplet, et traînant toujours avec lui l'odeur un peu rance de son abruti d'oiseau. Sa reconnaissance et sa gratitude allaient uniquement à messire Jorn, qui s'éloignait le moins possible de la chambre du malade, transformée en cabinet de travail.

Toutes les informations passaient par là et, bien sûr, toutes les décisions en partaient : bien malin qui aurait pu dire si ces dernières venaient de la guérison du commandant, ou bien de l'influence croissante de son nouveau conseiller, toujours est-il que la douane changea sacrément pendant cette période. Les tournées d'inspection se multiplièrent. La pression s'accentua sur les pêcheurs de la côte. Le sel rendait deux fois l'ordinaire, la douane s'enrichit honteusement, et le bourg de Waarm avec. Silde revenait de chez le drapier avec des étoffes de plus en plus luxueuses. En quelques mois, Jorn gravit tous les échelons. Il passa capitaine, commandant en second de la place de Waarm, avec licence et privilège de porter l'épée au côté. La cérémonie eut lieu dans la grande cour de la douane, et c'est le commandant en personne, debout sur ses deux jambes et le dos bien droit, qui lui remit l'épée, devant tous les subordonnés.

« Eh bien, c'est pas ça qui va l'arranger », me dis-je, en apprenant la nouvelle. En confirmation, le pibil fit entendre une sorte de *brrroou* de réprobation.

Il y avait du monde au cabaret pour fêter sa promotion. Pas seulement des douaniers, mais aussi des marchands de la région, des commissionnaires, tout un ramassis de trognes dont les regards s'aiguisaient au premier cliquetis de pièce de monnaie. Jorn savait faire circuler l'argent. Des sommes considérables passaient entre ses mains, mais il n'était pas du genre à thésauriser. Ça repartait aussitôt pour arroser la compagnie, du haut en bas de l'échelle. Au milieu de la fumée et des vapeurs d'alcool, je le regardais parader entre les douaniers comme un roi au milieu de sa cour. Incroyables, la vitesse et l'énergie avec lesquelles il avait pris l'ascendant sur cette bande de corbeaux. Le peu qui faisaient grise mine parce qu'il leur passait devant, eh bien, il les forçait à trinquer. Qu'est-ce qu'il y pouvait si le commandant de Waarm le trouvait plus malin que les autres ? On venait le féliciter, lui taper dans le dos ou l'attraper par le bras pour lui faire miroiter de nouveaux bénéfices.

Les cartes et les pipes sortirent de leurs étuis. Jorn jouait comme il buvait, avec un appétit d'ogre, sans frein ni raison. Il perdit plus que sa bourse, et celui qui lui faisait face, un certain Jan de Vriss, fit l'erreur de laisser entendre qu'il aurait du mal à le rembourser, même avec sa paye de capitaine. Jorn bondit de sa chaise, lança son bras par-dessus la table et ramena dans le même mouvement ce maladroit en le tenant au collet.

– Elle te plaît ma maison ?

Jan de Vriss bafouilla trois mots. C'était un long maigre, avec un long et triste visage enchifrené, le nez toujours rouge et sans cesse à renifler. Or, ce nez misérable et pleurnichard se trouvait à toucher un appendice d'un autre calibre, le nez de messire Jorn, tout aussi rouge, mais pour une raison diamétralement opposée. Car les énormes veines qui battaient au cou de ce redoutable adversaire, gonflées par des flux de sang rageurs, augmentaient la pression qui bouillonnait sous son casque de boucles blondes, lui faisaient sortir les yeux de la tête, et enflammaient d'écarlate un nez d'ordinaire empourpré par la couperose. Même pour moi, habitué aux avis de tempête de Jorn, la fulgurance de cette colère cardinale était impressionnante à voir. Combat inégal, observai-je, entre un sanguin explosif et un bilieux décomposé. L'issue en était écrite avant même de commencer. Le nez de Jan de Vriss, malmené par celui de son adversaire, et reculant sous les piques répétées qu'il en recevait, se mit à renifler convulsivement.

« Si par malheur il éternue, pensai-je, c'est la mort immédiate… » Le pibil avait la tremblote au fond de ma poche. Tout le cabaret retenait sa respiration.

– Et ma femme, elle te plaît aussi ? rugit Jorn. Silde, elle s'appelle. Je crois bien qu'elle te plaît. Tu crois que j'te vois pas la reluquer, quand elle va au marché ?

– Arrête, Jorn, c'est plus drôle.

Jorn se tourna vers moi, soufflé par mon culot. (Mais quoi, je ne pouvais quand même pas le laisser massacrer ce pauvre diable, quand bien même il était enrhumé.) Il lâcha d'un coup le malheureux qui dégringola sur sa chaise avec un bruit de soufflet.

– Te mêle surtout pas de ça, Gwen, tu veux ? Prends-en plutôt de la graine, la leçon est offerte par la maison. On va régler ce petit différend à ma façon. Voilà ce que je propose, messire Jan de Vriss. On remise tout sur la table. Si je gagne, fort bien : j'empoche la mise. Toi, tu décampes, tu files, tu disparais de ma vue, et tu vas faire ton trou ailleurs, ordre du capitaine Jorn, ici présent. Si je perds, d'accord, c'est moi qui pars. Je rends ma plaque et mon épée, et je te cède la maison ! Ma maison, avec tout ce qu'il y a dedans, dis-moi que ce n'est pas une bonne affaire ! Allez, sors ton jeu, et bats les cartes. Qu'on en finisse !

Les cartes tremblaient tellement dans les mains du bonhomme qu'elles tombaient de ses doigts sans qu'il ait la force de les abattre, tandis que la grosse paluche de Jorn, imperturbable, fauchait les plis l'un après l'autre. Jan de Vriss, blanc comme un os, se leva sur des jambes de flanelle et, sans ajouter un mot, se fraya un chemin vers la sortie. Jorn prit les pièces étalées sur la table et les jeta à la volée dans toutes les directions, en beuglant :

– À boire, à boire pour mes amis !

Un tonnerre d'applaudissements salua la fin de la partie.

Je ramenai le géant à la maison, saoul comme une barrique.

Silde dormait. Il y a longtemps qu'elle n'ouvrait plus la porte, les soirs de beuverie.

Les jardins de Fer

Le dos calé contre un sac, je m'étais assoupi malgré les cahots de la route. Ma tête, ballottée de droite et de gauche, tapait contre le bois. Jorn était assis à côté du cocher de cette carriole bringuebalante chargée d'une cargaison de sel. Une embardée un peu trop brutale me réveilla pour de bon. On gravissait une longue côte sablonneuse. Je sautai à bas, histoire de me dégourdir les jambes. Tout en haut de la dune, un mât tordu surmonté d'un bout de chiffon signalait un poste de la douane volante. Jorn fit arrêter l'attelage. Il montra son laissez-passer aux douaniers et en profita pour discuter. L'un d'eux lui désigna, du menton, deux types ratatinés contre le talus.

– On les a attrapés cette nuit, dit l'un des douaniers. D'une façon ou d'une autre, on finit toujours par les reprendre. Le petit, c'est sa troisième tentative. On attend la relève pour les faire redescendre. Ils vont pas lui faire de cadeau, en bas.

Jorn s'accroupit à côté des évadés. Ils étaient couverts d'une poussière noire et grasse qui ne laissait apparaître que le blanc des yeux, et on leur avait entravé les mains et les pieds. Tous deux regardaient dans le vide. Jorn alluma sa pipe et la proposa au plus âgé. Il resta sans rien dire pendant que le prisonnier savourait les premières bouffées. On pouvait tout reprocher à ce grand braillard de Jorn, mais il avait un don pour le contact. Personne ne se méfiait de lui. Sa grosse tête ronde inspirait confiance. Tout le monde se faisait avoir. J'en savais quelque chose. Il commença à poser des questions. Les autres répondaient, parfois d'un simple grognement. Ils avaient l'air absents, indifférents à leur sort.

Les chevaux broutaient l'herbe du bas-côté, en chassant les mouches d'une queue nonchalante. J'avisai dans une ornière une petite flaque assez propre pour y baigner Daer et lui donner à boire. À chaque gorgée, il renversait la tête en arrière avec un gloussement de plaisir pendant que je lui caressais la nuque du dos de l'index. C'était une matinée paisible. Pourtant, ces deux types ligotés à dix pas de là, le cul par terre, avec la promesse d'un terrible châtiment pesant sur leurs épaules, et les autres, tranquillement appuyés sur leurs piques, bien campés sur leur petit pouvoir, ça ne passait pas, ça râpait, ça raclait, ça me faisait des nœuds dans l'estomac. Sans doute la colère du vieux Braz qui se réveillait sans crier gare, comme le feu sous la cendre…

Je détournai les yeux vers la mer qui scintillait au loin.

Jorn récupéra sa pipe, claqua sur ses cuisses et donna le signal du départ.

En passant près du poste, le plus jeune des évadés accrocha mon regard. Mon cœur fit un bond. Sous le masque de suie, il m'avait semblé reconnaître les traits amaigris d'Yvon le Rouquin, la teigne de mon village. Tout me revint d'un coup, la montre, la maison, l'homme en noir, la charrette… mais le garçon, déjà, baissait la tête d'un air abattu. Jorn fronça les sourcils.

– Tu le connais ?

– Qui ça ?

– Ce jeune gars, pardi. Je suis pas fou, il t'a regardé.

Pour me donner une contenance, je fouillai dans ma réserve de graines pour Daer.

– Moi ? Je ne vois pas pourquoi !

– Ah bon, j'ai cru un moment… Parce que lui aussi, c'est un Égaré. Et même, d'après les gardes, c'est un de ces pauvres bougres qui trimballent ces histoires d'Ankou.

– L'homme à la charrette ? C'est toi-même qui m'as dit que c'étaient des contes. Il faudrait savoir !

– C'est tout vu : c'est une légende, cette histoire de charrette noire. Mais il y en a quand même qui s'en servent pour faire croire qu'ils ne sont pas des naufragés et qu'on n'a aucun droit sur eux.

– Ça doit pas trop vous plaire, à la douane…

– Bien pour ça qu'on l'a embarqué. Ça sert à rien de jouer au plus malin.

– Qu'est-ce qu'on lui va lui faire ?

– C'est un récidiviste. Il en est à sa troisième tentative d'évasion. En principe, pour lui, c'est la corde. Mais comme on a besoin de bras, ils vont sûrement le renvoyer d'où il vient, avec des fers aux pieds et un bon boulet de cinq livres. On va pas le plaindre, il l'a bien cherché. T'es mieux avec moi, pas vrai, mon petit Gwen ?

Je ne répondis pas. Le cocher siffla entre ses dents pour encourager l'attelage.

Le barrage avait disparu derrière la butte. Nous avancions au pas et les roues avaient tendance à s'enliser dans le sable. Au sortir d'une interminable forêt de pins, le chemin s'élargit, nous croisâmes un lourd convoi tiré par des chevaux attelés en ligne. Devant, le ciel s'assombrissait au-dessus d'une sorte de longue forteresse basse, étirée sur tout un pan de l'horizon. Il s'en échappait une odeur de soufre, qui arrivait par bouffées, au gré des sautes du vent. De la suie se mit à voltiger autour de nous.

On se fit contrôler à une première porte, ce n'était qu'un pont de bois jeté au-dessus d'un canal qui courait dans l'herbe rase. La seconde entrée, percée dans un large mur d'enceinte, ouvrait sur une immense cour pavée fermée par des bâtiments et encombrée de tas de bois. Des cheminées de brique rejetaient la fumée au-dessus des toits. Tout au fond, la forêt des mâts indiquaient le port, prolongé par une série de bassins aménagés entre les entrepôts. Des ronflements de forge, des marteaux qui s'abattent en cadence, des hommes maigres, le torse noir et luisant, qui poussent des chariots, des bouches de chaleur crachant des flammes en grondant, et des fûts de canon en bronze qui refroidissent par dizaines sur leur lit de sable gris : les jardins de Fer.

Jorn fit stopper l'attelage devant un entrepôt. Il signa un registre pendant qu'on déchargeait les sacs de sel. Puis il m'entraîna vers le bâtiment principal et grimpa la volée de marches qui menait au bureau du gouverneur de la place. Ce dernier, occupé à dicter des ordres, se leva pour venir à notre rencontre.

— Voilà le garçon dont on vous a parlé, dit Jorn, après les salutations d'usage.

— Ah ! le fameux Gwen de Waarm. Il a l'air bien jeune..

— Vous en serez satisfait. Voici la lettre de recommandation du commandant de la place de Waarm.

Le gouverneur parcourut rapidement la lettre, et considéra Jorn d'un air si froidement outragé que, pour la première fois, je le vis perdre son assurance coutumière.

— Vous vous moquez de moi. Rien, là-dedans, n'indique que ce jeune homme fera l'affaire, strictement rien. Je suis bien aise que votre supérieur ait pu retrouver la station verticale grâce aux bons soins de votre petit protégé. De la graine de rebouteux, si j'ai bien compris. J'ai peur que cela ne soit pas suffisant. C'est d'un médecin dont nous avons besoin. Le nôtre est débordé. J'ai des canons à fabriquer, des forges qui tournent nuit et jour. Et plus d'une trentaine d'hommes sur le carreau.

Le gouverneur conclut sa tirade d'une tape sèche sur le feuillet et retourna derrière son bureau. Jorn comprit qu'on l'avait mal renseigné. Il croyait me placer quelques jours auprès du gouverneur, à seule fin de le soigner, et donc d'en tirer bénéfice. Mais là, il avait en face de lui un homme en pleine santé, qui cherchait quelqu'un pour seconder le médecin des jardins de Fer, et pour une durée indéterminée. Il lui fallait retirer ma candidature, et rebrousser chemin au plus vite, sur la pointe des pieds.

— Vous me faites perdre mon temps ! soupira le gouverneur.

Jorn esquissa un retrait, en m'entraînant par le bras, mais un soudain coup de bec contre la cuisse me cloua sur place. Et je m'entendis prononcer, d'une voix parfaitement assurée :

– Laissez-moi faire mes preuves.

De surprise, le commandant redressa la tête. Jorn me jeta un coup d'œil furieux. Sa main se resserra autour de mon bras. J'avais une boule dans l'estomac, mais je ne bronchai pas. Voilà que son petit domestique, ce moins que rien, prenait des initiatives. Il ne s'était pas donné tout ce mal pour me laisser à d'autres maîtres, juste au moment où je commençais à devenir rentable.

– Je grois gu'il fera l'affaire, bonzieur le gouverdeur, dit une voix nasillarde dans mon dos.

Celui qui venait de parler s'avança à grands pas décidés, et nous contourna pour venir se placer face à nous. C'était un homme d'une cinquantaine d'années, guère plus grand que moi. Un nez en cuir, retenu par un cordon passé derrière les oreilles, laissait deviner, au milieu de son visage, une affreuse cicatrice. Ce qui expliquait cette voix désagréable. Il sortit de sa poche une paire de lorgnons pour mieux m'examiner.

– Oui, za ira. De toude fazon, bonzieur le gouverdeur, nous n'avons bas le joix.

– Je dois cependant vous alerter qu'il est de santé fragile, objecta Jorn, tout en me secouant. Il tousse. Très souvent.

– Mon jer, bous êdes bien bon, mais dout le monde dousse ! Zurdout ici, aux jardins de Fer.

– Eh bien ! c'est entendu, monsieur le docteur, fit le gouverneur, je fais préparer une lettre de mise à disposition. (Il leva un sourcil.) Je crois que vous pouvez le lâcher, capitaine, il ne va pas s'envoler.

– Cependant, continua Jorn, nous sommes d'accord que ce garçon reste affecté au poste de Waarm, monsieur le gouverneur ? Comme vous l'avez vous-même remarqué, il est encore très jeune. J'enverrai quelqu'un le chercher dès que vous lui aurez trouvé un remplaçant plus satisfaisant.

– Nous verrons.

– Le commandant de Waarm peut encore avoir besoin de ses soins, c'est pourquoi je me permets d'insister.

– J'en doute, votre supérieur précise dans sa lettre qu'il est parfaitement guéri. C'est d'ailleurs pour ça qu'il me le recommande.

– Je suis au regret d'ajouter que ce garçon est attaché à ma propre maison comme domestique. Il rend de très signalés services au poste de Waarm, par ailleurs dépourvu de médecin. Je vous prie de m'indiquer la durée de son affectation et la date à laquelle je pourrai envoyer le faire quérir.

– À quoi jouez-vous, capitaine ? Vous nous l'amenez, et à peine arrivé vous le reprenez ? Un pas en avant, deux pas en arrière ? Il restera ici tant qu'on en aura besoin. Vous serez dédommagé. Bien. Je ne vous retiens pas plus longtemps. Vous passerez signer les papiers de mise à disposition demain matin avant votre départ. Un double vous sera remis pour votre supérieur. (Il leva un doigt vers le garde.) Conduisez le capitaine à ses quartiers.

En descendant l'escalier, Jorn m'agrippa à nouveau par le bras et siffla entre ses dents :

– Espèce d'imbécile ! Qu'est-ce qui t'a pris, tu ne pouvais pas la boucler ? Le gouverneur était prêt à te renvoyer. Et toi, la gueule enfarinée, tu ne trouves rien de mieux à faire que de te proposer ? N'oublie pas que tu m'appartiens ! Tu es loin d'avoir terminé les dix ans que tu me dois. Tu comprends ça, Gwen ? Tu m'appartiens.

Je me dégageai sèchement.

– Ça, c'est toi qui le dis, Jorn. C'est toi qui as décidé toutes ces conneries, les dix ans que je te dois, et tout le reste. Mais tu t'es largement dédommagé, il me semble, et c'est écrit nulle part que je dois rester ton esclave. Je ne t'appartiens pas, non. Tant mieux si tu t'es fait avoir. Fallait pas m'amener là.

Il éclata de rire.

– Tu te souviens de ce que j'ai dit, pour tes dents ? C'était pas des paroles en l'air. Et ça tient toujours, même si je ne t'ai plus sous la main. Je connais assez de monde ici pour te les faire recracher une à une. Penses-y avant de dire n'importe quoi. Débrouille-toi pour te faire jeter d'ici au plus vite. Je te donne quinze jours, tu m'entends ? Pas un de plus...

– Adieu, Jorn. Donne mon salut à Silde.

– À très bientôt, Gwen. Garde le sourire, si tu peux. Au fait, une pensée me traverse l'esprit. Naturellement, tu as assez de soliris pour le pibil ? Ça serait dommage que la pauvre bête crève de faim par ta faute, tu ne crois pas ?

Je ne répondis pas. Dans ma poche, le pibil fit un petit tour sur lui-même pour trouver une meilleure position dans son sommeil. De le sentir si tranquille me donna la force de négliger les menaces de Jorn. Nez-de-Cuir nous avait rattrapés au bas des marches et me faisait signe de le suivre.

Une dernière fois, je regardai Jorn, à la dérobée. Il secouait sa grosse tête comme s'il avait pris un coup de massue Ouais, on peut voir ça comme ça, mon gars : l'oiseau t'a bel et bien échappé.

Nez-de-Cuir

Nez-de-Cuir régnait sur l'hôpital. Une trentaine de blessés et de malades couchés sur la paille y subissaient les excès de son dévouement. Quand il venait leur prendre le pouls, les malheureux se rétractaient avec une folle lueur d'inquiétude au fond des yeux. Il appliquait aux brûlés des emplâtres sous lesquels la plaie avait trop souvent tendance à empirer. Ceux qui souffraient de la poitrine restaient assis le dos collé au mur, à grelotter de fièvre, incapables de tremper leurs lèvres dans le bouillon censé les aider à tenir jusqu'au jour d'après. Nez-de-Cuir les réconfortait d'une petite tape qui leur arrachait un gémissement ou les faisait avaler de travers. Sa grande affaire était de leur purger le sang. Au moindre accès de fièvre, il les soulageait d'une saignée au creux du coude qui avait le mérite de les laisser blancs comme des linges et parfois froids comme le marbre. Lui aussi ça le contrariait de constater tous ces obstacles à la guérison, mais il ne leur en voulait pas, il les grondait comme des enfants pas sages et passait aux suivants. Bref, il dispensait les bienfaits de sa thérapeutique avec générosité, et sans jamais prendre ombrage de leur ingratitude.

Il conclut ma première visite en brandissant sous mon nez un carnet couvert de pattes de mouche :

– Mon jer, le B.A.BA de la médezine, z'est l'obzervazion. Dout est noté ici, dans ce carnet. Dout, abzolument dout. Obzervez, obzervez. Obzervez engore et doujours. Nous appelons za, nous audres médezins, le diag-noz-digue. Z'est dout zimplement la clé de la guérison.

C'était malheureusement totalement illisible, et j'avais, de plus, bien du mal à le suivre, car cet homme ne marchait pas, il arpentait au pas de charge. Il ouvrit en coup de vent la porte du cabinet des remèdes, une pièce qui servait d'herboristerie. Une espèce de colosse y était occupé à broyer Dieu sait quoi dans un mortier.

– Je vous prézende Ignaas. Il s'occube des soins guodidiens. Et il me donne un coup de main bour les ambudations.

Le colosse, qui me tournait le dos, approuva d'un bref hochement de tête, sans cesser de manier le pilon.

– Alors je vous laisse, n'est-ce bas ? Ignaas vous exbliguera dout. Vous dormirez ici.

Il me désigna un simple banc couvert d'une paillasse, que l'ouverture de la porte dissimulait en partie.

Il sortit. J'entendis décroître ses pas pendant que le gaillard continuait à faire crisser son mortier. J'attendis un peu. Ignaas n'avait pas l'air de pouvoir faire deux choses en même temps : trop consciencieux, ou peut-être un peu demeuré. Je lui demandai prudemment ce qu'il préparait.

Le front bas sous son bonnet, il redoubla d'énergie en serrant les mâchoires. Non, décidément, pas consciencieux; carrément obtus, en fait. Une tête d'enclume, oui!

Le local se distinguait par une longue table de bois, épaisse comme un billot de boucher, et creusée sur son pourtour d'une rigole profonde. Un carré de lumière s'y découpait, venant de la fenêtre d'en face. À ma droite, il y avait un placard à double porte, plus loin, un alambic et un fourneau. Juste en face, « Tête d'enclume » officiait debout, penché sur un plan de travail dont les vibrations faisaient osciller une petite balance de cuivre. Sur les murs couraient des étagères encombrées de flacons et de cornues, de pots d'onguent, de pommades, de plantes sèches et de remèdes. Je comptai trois rangées de livres, tous reliés de cuir. J'en attrapai un, le posai sur la table et l'ouvris au hasard. Rédigé en latin, il alignait des listes de mots compliqués, mais il était également illustré de nombreuses gravures. Tout cela décrivait un monde effrayant de maladies, de plantes, d'amputations et de monstres. Le froissement produit en tournant les pages me donna la chair de poule. Je m'installai, et restai là un long moment, captivé, à tenter de les déchiffrer, une à une.

– Tu sais lire le latin?

Le bruit du mortier s'était arrêté. Tiens! Ça se réveillait donc, ces bêtes-là? Ce grand diable d'Ignaas me regardait avec des yeux de hibou surpris en plein jour. Je ne répondis pas. Il s'approcha. Gêné par son encombrante carcasse, je m'obstinai à suivre le texte du bout du doigt avec l'application d'un disciple d'Hippocrate. Il se pencha au-dessus de mon épaule, me plongeant dans son ombre.

Je refermai le livre d'un coup sec et, le regardant droit dans les yeux :

– Évidemment. C'est la base, il me semble.

Je n'attendis pas longtemps pour être mis à l'épreuve. On nous réveilla au milieu de la nuit. Il y avait eu un accident aux forges. Enveloppé dans sa cape, Nez-de-Cuir nous précédait à grandes enjambées. Ignaas portait la lanterne, et moi, je suivais en bâillant. Daer était bizarrement de bon poil, la tête hors de la poche, il humait l'air nocturne avec la satisfaction d'un bourgeois qui pointe son nez au balcon.

Les forges étaient à l'autre bout, de l'autre côté du port. Il y régnait une chaleur infernale. Des silhouettes bougeaient autour des coulées de feu. Nez-de-Cuir nous entraîna vers une dizaine d'ouvriers qui s'affairaient autour de deux corps écrasés sous une pièce de bronze. Il jugea la situation au premier coup d'œil. Pour l'un d'entre eux, il n'y avait plus rien à faire, il avait pris sur lui l'essentiel de la charge et dégageait une abominable odeur de chair grillée. Le second, qui avait la jambe coincée sous ce corps, était en vie mais sans connaissance. On avait mis en branle un palan avec des cordes mouillées pour soulever la masse de métal qui fumait encore.

Nez-de-Cuir prit le pouls du blessé. Sa jambe n'était qu'à demi engagée sous le corps de son camarade. Le palan faisant peu à peu son effet, quelques centimètres suffirent bientôt à la dégager entièrement. Il n'y avait pas de plaie ouverte. Elle était très bleue, depuis le milieu de la cuisse jusqu'à la cheville, avec une énorme enflure au genou.

On installa le blessé sur une civière. Nez-de-Cuir avisa

deux hommes et leur ordonna de nous aider à le transporter à l'hôpital.

À peine arrivé dans le cabinet des remèdes, Nez-de-Cuir se débarrassa de son manteau et fit déposer l'homme sur la grande table. Il tira sur les battants d'un placard qui s'ouvrit en découvrant, dans la pénombre de son ventre de bois, une rangée d'instruments à faire tressaillir le cœur le mieux accroché : scies, couteaux, crocs et crochets, lancettes, tenailles et tire-balles, écarteurs, cuillers et pinces, la panoplie complète du coupeur de nerfs et du tailleur de chairs. Il enfila un grand tablier maculé de sang séché et se mit à aiguiser le tranchant d'une sorte de hachoir. De son côté, Ignaas, après avoir solidement ligoté la victime sur le billot, préparait de la charpie et activait le feu sous une marmite pour y faire bouillir l'eau. Les gestes des deux hommes, réglés comme un ballet d'assassins, tenaient de la boucherie d'équarrissage et de la haute cuisine. Nez-de-Cuir m'ordonna de poser un garrot autour de la cuisse, il tenait à la main une méchante petite lame, parfaitement affûtée. Je m'interposai :

– Si vous permettez, monsieur le docteur, on peut sans doute tenter de soigner cet homme autrement. Sa jambe n'est pas perdue.

Je la palpai tout du long sans déceler de fracture.

– Foudaizes ! Elle est déjà doute noire. L'ambudazion, z'est un remède derrible, bais z'est un remède zouverain, groyez-moi : cela soulage immédiadement ! Providez-en pour abbrendre, mon jer, et pour abéliorer vos connaizances !

– Je peux le soigner autrement. Je vous demande seulement une petite semaine.

– Soigner, dites-vous ? Moi, je vous barle de guérison. Zavez-vous ce qu'est la gangrène ? Non, évidemment non. Z'est un mal derrible, gui emborde le patient en guelques jours. Allons, regulez-vous.

Il agitait la lame en parlant, je remarquai que sa main était fort poilue, tout comme ses sourcils.

– Cinq jours.

– Regulez, vous dis-je.

– Quatre jours.

Nez-de-Cuir souleva son lorgnon pour me considérer plus attentivement. Il n'était pas habitué à ce que l'on discute ses ordres. Le blessé avait repris connaissance et, la bouche comprimée par un bâillon, il roulait des yeux affolés. Je compris que la rigole creusée dans le bois et qui faisait le tour de son corps en suivant le bord de la table servirait à en recueillir le sang et les humeurs.

– Vous voulez jouer avec moi ? Drès bien. Je vous donne drois jours. Drois jours, mon jer. Zi vous berdez, je vous goupe un doigt. Zela vous abbrendra l'obéizance.

– D'accord !

De l'autre côté de la table, Ignaas suivait notre échange, mi-admiratif, mi-incrédule. En entendant la menace, il retroussa ses lèvres, découvrant des gencives formidables, plantées de dents immenses et jaunes qui s'épanouirent en un magnifique sourire chevalin.

– Merci, monsieur le docteur. Vous n'aurez pas à le regretter.

Nez-de-Cuir sortit en claquant la porte. Sans attendre, je me précipitai vers l'étagère aux remèdes. Après avoir flairé plusieurs flacons, je m'emparai de celui qui contenait de l'huile d'arnica. Le vieux Braz avait toujours attribué de grandes vertus à cette plante des montagnes. Je préparai des cataplasmes avec de la charpie. Ignaas, la tête basse, rangeait les instruments avec l'enthousiasme d'un pauvre chien à qui l'on vient de retirer son os. Je commençai à masser doucement la jambe pour y faire pénétrer l'arnica. Le blessé avait de la fièvre, mais son cœur battait régulièrement. Je parvins à le calmer, puis à l'endormir. Au matin, Ignaas m'aida à le transporter dans la salle de soins.

Pendant trois jours, je ne quittai pas le chevet du blessé.

Nez-de-Cuir ne doutait pas de mon échec. Cependant, quand il s'avisa que l'amputation ne serait plus nécessaire, il se montra beau joueur et me laissa le soigner à ma guise. À force de manipulations, je parvins à replacer les ligaments abîmés et à réduire l'entorse du genou. Je sentais très exactement où placer mes doigts, comment agir sur la rotule, comment remettre la jambe dans son axe avant de l'immobiliser. Ensuite, il n'y eut plus qu'à attendre.

Mon patient, Matias, était un homme vigoureux. Pour cette raison, il récupéra l'usage de ses deux jambes en moins d'un mois. Bien sûr, il boiterait un certain temps, et il conserverait une faiblesse probablement toute sa vie, mais on peut considérer que j'avais sauvé sa jambe. J'avais eu de nombreuses occasions de discuter avec lui mais, au moment de partir, il tint à me remercier. Je levai la main pour protester.

– J'ai pris un gros risque, en fait. Nez-de-Cuir voulait te couper la jambe, mais il avait ses raisons.

– Quand même, c'est bien agréable de pouvoir marcher

sur ses deux pieds. Avec lui, c'est radical, tu arrives en entier, et tu ne sais pas comment tu repartiras.

– Oui, j'ai vu ça. Les malades en ont peur.

– Ça, on peut le dire. Moins que lui, cependant.

– Comment ça, moins que lui ?

– Je veux dire que c'est plutôt lui qui en a peur.

– Nez-de-Cuir ? Ça m'étonnerait. Rien ne l'impressionne. Rien ni personne.

– Tu ne sais pas ce qui lui est arrivé ? Sa cicatrice, là, au milieu de la figure…

– … ?

– Tu ne sais pas ? C'est simple, il s'est penché un peu trop près d'un type à qui il coupait le bras.

– Et ?

– Et avant ça, Nez-de-Cuir avait un nez, comme toi et moi, comme tout le monde. Mais quand la scie est arrivée sur l'os, l'autre est devenu fou de douleur, il l'a mordu au visage et lui a arraché le nez en le tranchant avec les dents.

– Tout net ?

– Tout net ! D'un seul coup ! Note, ce n'est pas un mauvais bougre, Nez-de-Cuir. On a l'impression qu'il se fout des malades, mais ce n'est pas du tout le cas. Il prend ses distances, nuance. Sinon, c'est un bon chirurgien. Tu sais, pour les brûlés, au bout d'un moment, il faut bien les amputer, sinon c'est la gangrène qui s'y met, et ils pourrissent vivants. Et lui, il est plutôt bon, là-dedans. C'est sûr, la plupart ressortent refroidis, mais il en a aussi sauvé quelques-uns. Va faire un tour au port, c'est là qu'il y a le plus d'éclopés. Ils sont à l'entretien des vaisseaux. Parce que, même avec un bras ou une jambe en moins, on peut toujours manier la brosse et passer le goudron. Oui, les brûlures, c'est surtout de ça qu'on crève, ici : la faute aux accidents, à la forge. De ça, ou alors des poumons. On finit par les cracher par petits morceaux, à cause de la chaleur, de la fumée qui les ronge, et de tout ce qui s'ensuit.

– Il y en a combien qui travaillent ici ?

– Un bon millier, je dirais, répartis entre l'arsenal et la servitude du port. Les canons qu'on fabrique, c'est pour la marine. On en sort dix par jour, percés pour des boulets de trente livres. Il y a une véritable armada en construction.

– Toi, Matias, t'es un Égaré ?

– Non.

– Mais tu es arrivé comment ?

– Comme les autres, je suppose. Contrebande, refus de payer la douane. De toute façon, tu trouveras que des gueux autour de toi : des petits voleurs, des vagabonds, des pêcheurs sans barque, des paysans sans terre, tous des traîne-misère. On n'a pas le choix, quand on est pris. Ils nous envoient ici, il faut des bras, qu'est-ce que tu veux.

– Des Égarés, tu en connais ?

– Pas beaucoup. Tous ceux qui sont repêchés à la côte, la douane volante a la haute main dessus, et elle nous les envoie. La dernière tempête en a livré tout un contingent. Il y avait même des pêcheurs de Frysland, c'est te dire la route qu'ils ont dû faire.

– Un rouquin, un petit peu plus âgé que moi, ça te dit quelque chose ?

– Quand ?

– Je ne peux pas te dire. Il s'est évadé des jardins de Fer, trois fois. La douane volante l'a repris il y a deux mois de ça. Je l'ai vu à un poste de guet, sur la route de Waarm. Un type avec le même accent que moi. Il a sans doute parlé d'une charrette noire.

– Ah oui, l'Ankou ?

– Tu connais l'Ankou ?

– Ça ne marche plus.

– Ça ne marche plus ?

– Ben non, comme la douane ne peut saisir que ce qui est refoulé par la mer, il y a des petits malins qui ont inventé qu'ils arrivaient sur la plage en charrette. Tu vois ça ? Une espèce de légende. Tout ça pour éviter les jardins de Fer. Le pire, c'est qu'ils s'accrochent à leur histoire, les pauvres bougres. Va savoir pourquoi, ils se déguisent. Il faut voir comment ils sont habillés ! C'est assez pitoyable. Ils en deviennent à moitié fous, à force de croire à leurs propres racontars. Des illuminés. Alors eux, oui, on peut dire que c'est vraiment des Égarés. On dirait une secte. Ça fait belle lurette que la douane ne les écoute plus. Direct, elle les envoie ici, pour qu'ils travaillent aux fourneaux, ou à la coulée, autant dire en enfer. Ils ne font pas de vieux os, crois-moi.

– Donc, tu le connais ? Il s'appelle Yvon.

– J'ai dû le croiser, oui, mais on ne tourne pas aux mêmes endroits... À mon avis, ils ont dû lui mettre les fers aux pieds. Je ne voudrais pas être à sa place.

Un éternuement jaillit de ma poche. Daer pointa le nez à la fenêtre. Matias le salua.

– Ah ! voilà le petit docteur. Avant de te connaître, je n'avais jamais vu de pibil siffleur. Combien tu l'as acheté ? Ça vaut une fortune, ces oiseaux-là.

– Je l'ai attrapé. En fabriquant un piège.

– T'es un vrai rebouteux, alors ? Je comprends mieux.

– Quoi ?

– Ma jambe. La guérison. Tu sais que Nez-de-Cuir n'en revient pas. Il ne te le montre pas, mais il a été très impressionné par ta première intervention.

– Comment tu sais ça ?

– C'est Ignaas qui me l'a dit.

– Quoi ? Cette tête d'enclume qui n'aligne pas trois mots ?

– Il lui en manque peut-être un peu du côté de la comprenette, je suis d'accord. Mais ça ne l'empêche pas d'avoir des oreilles. Ignaas, son bon Dieu, c'est Nez-de-Cuir. Il l'a sauvé en l'opérant du crâne. Demande-lui d'enlever son bonnet, à ta tête d'enclume, tu verras : il a un trou dedans, un trou gros comme une pièce de monnaie. Une trépanation, ça s'appelle. En tout cas, pour lui, tu viens tout de suite après Nez-de-Cuir. C'est un esprit simple, sûr, mais qui se ferait tuer pour toi.

– Lui ? Mais pourquoi ?

– Parce que t'es un savant, Gwen. Tout le monde sait ça.

J'entendis glousser Daer.

– Un savant ?

– Tu lis le latin, il paraît. Ça, pour Ignaas, c'est le sommet de l'humanité. Pour en terminer avec Nez-de-Cuir, c'est pas le boucher qu'on prétend. Il veut vraiment soigner les gars, sauf qu'il en a une sainte trouille. Franchement, avec ce qui lui est arrivé au nez, ça se comprend.

– Matias, tu vas retourner aux forges ?

– Non, ils me mettent au port, avec les éclopés.

– Comment on sort d'ici ?

Il se rapprocha, en baissant la voix.

– Personne ne sort d'ici, Gwen. Personne. Même en nageant. Le port, les vaisseaux, les chemins, les canaux : tout est gardé. La douane est partout, et ça se multiplie, les corbeaux, tu sais. Pas pour rien qu'on l'appelle la douane volante. On finit toujours par être repris. Pourtant, ici, on n'est pas à plus de quatre jours de Bruguelude.

– Ah oui, la grande ville… Jorn m'en a parlé.

Il dressa l'oreille, promena un regard circulaire, puis m'attrapa le bras en descendant encore d'un ton.

– Ce Jorn, c'est celui qui t'a amené ici, c'est bien lui ?

– Lui-même.

– Méfie-toi de lui, Gwen. Il a promis une belle somme d'argent pour qu'on te casse la gueule. Et ça commence à se savoir.

Ça faisait beaucoup d'informations à digérer. La dernière ne m'étonnait pas, et je prenais la menace de Jorn au sérieux. Mais j'avais quelques atouts : Nez-de-Cuir m'avait à la bonne, Ignaas me prenait pour un savant et Matias m'était redevable, j'avais sauvé sa jambe. Tout cela devait me permettre de rester à distance du géant de Waarm. Malgré tout, j'étais encore loin de pouvoir retrouver l'Ankou. Il devait y avoir un moyen de refaire le chemin de cette maudite charrette en sens inverse. Et si d'autres en parlaient, c'est que je n'avais pas rêvé. Ma vie, c'était la Bretagne, pas ce grand nulle part cerné de brouillards et de marais. Encore moins ces jardins de Fer, qui dévoraient la chair vive des hommes, pour en sortir des canons.

L'ANATOMIE DU PIBIL

Effectivement, Nez-de-Cuir était un brave homme. Ni boucher ni bourreau, il faisait simplement son possible. Il m'enseigna comment poser des sondes et pratiquer les saignées. Ça n'a rien d'agréable, mais ça peut soulager. Pour le reste, je devais surtout changer les pansements. Dès qu'il avait le dos tourné, je m'essayais à exercer mon fluide. Si j'obtenais des résultats, tout le mérite lui revenait, comme de juste.

Il était satisfait de mon travail, alors il me fichait une paix royale. Je pouvais, en dehors de mes longues heures à l'hôpital, aller et venir à ma guise dans l'enceinte de la fabrique.

Ignaas lui ayant révélé que je savais lire le latin, Nez-de-Cuir se mit en tête que je devais étudier. Je ne le détrompai pas, même si tout ça, pour moi, ce n'était que du charabia. Il me prêta un énorme livre sur l'anatomie du corps humain, *Anatomica Omnium Humani Corporis Partium Descriptio.* Cette sorte d'atlas montre les figures d'un homme auquel on a retiré d'abord la peau, puis les muscles, puis les organes, les nerfs et les veines, et ainsi de suite jusqu'aux os.

La nuit venue, pendant qu'Ignaas ronflait dans son coin, je posais l'ouvrage sur la table d'opération et, à l'aide d'une chandelle, je partais en exploration dans ce drôle de monde. Incroyable la quantité de choses qu'un corps peut contenir. Je prononçais tous ces mots à voix basse pour essayer de m'en souvenir : *humerus, cubitus, clavicula, oculi, lingua, etc.* En même temps, je retenais la partie dessinée qu'ils indiquaient. Daer me rejoignait, intrigué. Il balançait son bec en cadence, tout à l'écoute de cette langue morte déployée sur un cadavre de papier.

Le vieux Braz s'en moquait bien, de l'anatomie. Lui ne croyait qu'aux fluides et au mouvement.

« Un corps, Gwen, c'est comme la mer. Ça change au gré du jour, des mois et des saisons. Ça bouge tout le temps.

« Quant au mal, c'est différent : il court de corps en corps. Il voyage avec la lune, dans les rêves, dans l'ombre des arbres, la couleur des pierres et les traces des animaux et, quand il trouve une maison, il s'y loge comme au fond d'un terrier. On ne comprend pas ça avec des yeux, il faut être capable de voir autrement, et bien au-delà. Rien n'arrive jamais par hasard, même à celui qui tombe d'une échelle.

« Nous, les rebouteux, on traque le mal tapi dans un corps, exactement comme le ferait un chien courant qu'on lâche sur la piste du gibier : on le flaire, on le suit, on aboie après lui et, une fois débusqué, hop, on l'attrape d'un bon coup de crocs, au premier bond. (Après ça, il riait et il toussait.) Compter les os, la belle affaire. C'est bon pour nos petits messieurs en blanc de la ville. Les os, ce n'est rien d'autre que les rochers découverts à marée basse : c'est bien beau, mais ça ne nous dit rien des fluides et des vagues, ni des brumes et des courants. »

Le vieux Braz n'avait pas entièrement raison. Il y a beaucoup à découvrir, dans un livre peuplé d'écorchés, et beaucoup à comprendre. Alors j'apprenais, et Nez-de-Cuir m'y encourageait. J'en perdais le sommeil, de me plonger dans ces architectures de nerfs et d'os, ces géographies de chair où coulent des rivières de sang.

J'essayais même de trouver des correspondances avec Daer. Je l'attrapais au fond de ma poche, où il se planquait dans son nid douillet de brindilles et de bouts de tissu. La tête hirsute et vindicative, il se laissait examiner en faisant le mort. Son bec ouvert dégageait une écœurante odeur d'orge fermentée. Pas moyen de repérer les organes. Même les battements de son cœur, j'avais du mal à les percevoir : trop gras, le pibil. Dodu comme une caille farcie. Et au bout d'un moment, il se mettait à glousser, parce qu'il était chatouilleux en diable.

En tout cas, ça se terminait toujours de la même façon : il fallait récompenser la patience de ce petit docteur par une graine bien allongée, qu'il réclamait avec des cris de goret qu'on égorge. On peut facilement résumer l'anatomie d'un pibil siffleur : c'est un énorme foie couvert de plumes. Un foie qui crie avec un bec.

Un jour, un homme qu'on avait retrouvé foudroyé à la grande forge fut amené à l'hôpital. Il était tombé comme ça, d'un coup, sans raison. Nez-de-Cuir estima qu'il était temps pour moi de prendre une leçon d'anatomie. Une vraie. Son opinion était qu'un épanchement de bile noire avait eu raison du cœur de la victime. La leçon consisterait à rechercher cet épanchement et, en même temps, à découvrir les différentes parties du corps. Le cadavre, dépouillé de tous ses vêtements, était allongé sur la grande table, la face tournée vers le plafond.

Nez-de-Cuir avait sorti ses instruments de chirurgien, et puis de quoi écrire. Ignaas préparait des récipients en sifflotant dans son coin. Nez-de-Cuir me noua un chiffon autour de la bouche. Je n'en menais pas large. Je ne me sentais pas fait pour ça. Mes jambes me soutenaient à peine. J'aurais donné n'importe quoi pour être ailleurs. À bien y réfléchir, personne n'est « fait » pour ça. S'il y a une chose sur laquelle le vieux Braz et le curé tombaient d'accord, c'est bien celle-là : ouvrir un corps est pire qu'un crime, c'est une profanation.

Nez-de-Cuir me fit un signe pour m'annoncer qu'il allait commencer. Je reculai jusqu'au mur, le cœur au bord des lèvres. Il me regarda sans rien dire. Il y avait beaucoup de détermination dans ce regard, et aussi une sorte de bonté, d'encouragement paternel. Il attendait. Il m'attendait. Je voyais son masque de cuir se creuser à chaque inspiration, avec un bruit de soupape. Ça lui donnait un air un peu étrange, la face figée d'un animal surpris au détour d'un chemin. Daer, quant à lui, n'avait pas l'air trop inquiet. Je le sentais concentré, impatient de commencer.

À contrecœur, je m'approchai. Nez-de-Cuir promena sa lame un court instant dans l'espace, puis il fit une grande incision verticale de la base du cou jusqu'au bas du ventre. Il remonta un peu et croisa cette incision d'une deuxième, horizontale, au niveau du diaphragme. Ensuite, il prit une scie pour ouvrir la cage thoracique. Je faillis m'évanouir. Il attendit encore.

Finalement, la curiosité l'emporta. Je me penchai au-dessus de la cavité. Nez-de-Cuir avançait méthodiquement. Il découpait des membranes, soutenait un membre, sectionnait des vaisseaux, retirait des organes. Ce faisant, il m'interrogeait au fur et à mesure, en désignant telle ou telle partie, et je me contentais de répondre par les mots que j'avais appris par cœur : *sternum, costae, clavicula, pulmo, stomachus, intestinum...* le docteur à chaque fois approuvait en baissant les paupières. Il me donnait un mot d'explication, puis il continuait son exploration sans pitié, mais sans orgueil non plus. Il était magistral, souverain. Les heures passaient et, à chacun de ses gestes, l'homme diminuait un peu plus, les tendons, en se rompant, faisaient tressaillir sa carcasse, et je m'attendais alors à le voir se dresser sur sa couche. Des larmes me brouillaient la vue. Ignaas allait et venait, luisant de dévotion béate pour son maître.

Épuisé, Nez-de-Cuir finit par reposer ses instruments. Il n'avait pas trouvé la cause de cet arrêt du cœur. Mais Ignaas me chuchota qu'il avait bien démontré qu'il avait cessé de battre, et découvrit sa denture de cheval pour marquer sa satisfaction. Il en fallait davantage pour ébranler sa lourde cervelle.

Moi, je n'en dormis pas de toute une semaine. D'autant que mon lit était à deux pas de cette maudite table, et que mon esprit se trouvait imprégné de cette première leçon jusqu'à la nausée. Je me réveillais haletant, les cheveux collés par la sueur, les reins cabrés, le thorax ouvert comme un retable à deux battants, les bronches ronflant plus fort qu'un orgue de cinq cents diables à la messe, les poumons arrachés de leur cage, le cœur affolé, nu et rouge, palpitant au grand air. Ce n'est pas seulement ma raison qui s'en allait battre la campagne, c'est mon corps tout entier qui se démembrait. Je devais me palper les côtes pour me convaincre que tout était en place, rangé, refermé. Une main sur le cou, je tentais de retrouver le sommeil. Au matin, je me levais essoré par ces nuits de cauchemar.

Et pourtant, tout ce que j'avais vu resta imprimé de si forte façon dans mon entendement, que plus jamais je ne mis mes mains au-dessus d'un corps ou d'une douleur sans ressentir le merveilleux ordonnancement de tout ce qui pulsait, là, juste en dessous, sous la peau.

Après cela, Nez-de-Cuir voulut que je l'assiste dans ces terribles opérations où la scie et le couteau viennent au secours de la médecine. Le simple fait d'approcher la table me jetait dans une panique indicible. Mais il insistait avec tant de bienveillance, que je finis par être capable de le seconder. Sous son magistère, j'appris à dompter la peur, le dégoût et la fatigue, les trois démons qui se dressent devant ceux qui s'enfoncent au plus profond des effrayants mystères de la machinerie humaine.

Le ponton

Au port, Matias travaillait à la corderie, un bâtiment tout en longueur où se fabriquaient les cordages des navires. On se retrouvait là, après nos journées de travail, près de la réserve à goudron. Il y avait des vaisseaux en construction, et d'autres amarrés dans les bassins. On ne construisait pas de tels navires en Bretagne. Je les trouvais bien trop hauts sur l'eau, ils devaient rouler au premier coup de vent. On voyait, par les sabords ouverts, pointer la gueule noire des canons. Matias me montra une épave, qui pourrissait à deux encablures.

– J'ai demandé partout, pour ton copain. On ne l'a vu nulle part. Il ne reste plus que cet endroit. C'est là-dedans qu'il doit être, ton Yvon le Rouquin. On appelle ça le ponton. Ils sont une vingtaine à croupir dedans avec les fers aux pieds. Au bout d'un an, il en sort des squelettes vivants, et on les met au bassin de radoub, à racler les coques.

– Ils sont gardés ?

– Pour quoi faire ? Dans l'état d'épuisement où ils sont, ils ne risquent pas de s'évader. Il y a une barque qui va les nourrir, une fois par jour, et c'est tout.

On discutait de tout ça, assis sur le quai. Je fis un rapide calcul, il y avait huit mois que je travaillais aux jardins de Fer. J'avais beau me creuser la tête, je ne voyais pas comment sortir Yvon, si c'était bien lui, de ce caveau flottant. S'il était encore vivant. On se détestait, avant, et dans les grandes largeurs. Mais il était le seul que je connaissais à être venu d'un autre côté du monde. Le seul, à part moi.

– Gwen, tu te rappelles ? J'ai fait de la contrebande, dit Matias…

– Oui, tu m'en as parlé.

– J'ai retrouvé des hommes avec qui je travaillais. Il y a peut-être un moyen de sortir d'ici.

– Quoi ?

– T'emballe pas. Rien n'est encore sûr. L'un d'eux est le fils d'un vieux pêcheur qui connaît la côte comme sa poche. Il est prêt à venir nous chercher en barque.

– Quand ça ?

– C'est trop tôt pour le dire.

– Comment on le paye ? Il veut quoi ?

– Lui ? C'est mon affaire. Je suis en compte avec lui. Et puis, il y a de tout ici, de la poudre, des outils, de la toile, on peut se débrouiller pour en tirer un peu d'argent, assez pour le passage. Je me débrouillerai. Je te dois bien ça.

– Matias, si on part, ça sera avec Yvon. Je ne pars pas sans lui.

– Comme tu voudras.

On entendit les pas d'un garde-chiourme, il fallut se dissimiler derrière un gros tas de cordages. J'attendis que le bruit ait définitivement cessé.

– Quand, alors ?

– Il faut attendre les brouillards d'automne. D'ici un mois ou deux. Plutôt deux. Ils nous enverront une barque. Je te dirai.

Nez-de-Cuir ne voulut pas en entendre parler. Visiter les prisonniers du ponton, c'était interdit, mais je savais qu'en prenant mon temps, et en avançant quelques arguments de bon sens, je parviendrais peut-être à le convaincre. Ce que je fis les jours suivants, en lui faisant valoir que ce ponton pouvait être vu comme un garde-malade, tout comme il y a des garde-manger pour les cuisiniers. Et que, du coup, il serait bien dommage de ne pas utiliser cette réserve pour l'entraînement du médecin parce que, en soignant les plus faibles, on ne ferait que maintenir leur force de travail, sans beaucoup diminuer la punition. « Gomme je vous gombrends ! Édudier, abbrendre, z'est l'unigue horizon du médezin, mon jer Gwen ! » Il finit par me promettre d'en parler au gouverneur, lequel donna son autorisation.

J'accompagnai les gardes chargés de ravitailler le ponton, cette coque vermoulue, couverte d'algues et de coquillages. L'écoutille, en basculant sur sa charnière, libéra une telle puanteur que je dus plonger le nez dans mon bras replié. Comment peut-on laisser des êtres humains dans une pareille pourriture ? On descendait la nourriture et l'eau potable dans ce gouffre à l'aide de paniers et de tonneaux encordés, et c'est par le même chemin, suspendu dans le noir, que j'atterris au fond de la cale, dans le cloaque où croupissaient les enchaînés.

À grand bruit de chaînes, ils se rapprochèrent pour se disputer le pain et remplir leur écuelle. Impossible de distinguer qui que ce soit, dans la pénombre, au milieu de cet amas de guenilles et de cheveux en broussaille. L'un d'eux restait allongé sans bouger. Je crus d'abord qu'il était mort, mais il respirait encore. Je les fis tous détacher et hisser à l'air libre, puis transporter à l'hôpital, un par un. Certains ne survécurent pas deux jours. Les autres étaient à peine en meilleur état.

Il me fallut quelque temps pour reconnaître le garçon qui ressemblait à Yvon. Une fois rasé, vêtu de chausses de marin et d'une chemise de toile propre, il avait une vague ressemblance avec lui, mais il était difficile de lui donner un âge, parce que la maigreur de ses traits accentuait les saillies osseuses sous la peau du visage. Moi-même, j'avais grandi comme une asperge depuis la nuit de mon enlèvement par l'Ankou, et l'habit noir de l'hôpital me dessinait une sorte de masque lunaire, perché sur des membres grêles. Il ne marqua aucun signe d'intérêt à mon endroit. De toute façon, même si mon visage lui rappelait quelque chose, il était bien trop épuisé pour parler. Il passait son temps à dormir comme ses camarades, dans un sommeil secoué de cauchemars, et cela dura des semaines, si bien que je perdis l'espoir de le faire revenir à lui.

D'ailleurs, il n'y avait rien à faire pour sortir ces moribonds de leur état, sinon mieux les nourrir, et soigner leurs chevilles rongées par les chaînes reliées à leurs boulets. D'autres que moi auraient prié pour eux, mais ça, je ne savais pas faire. Je me contentais de mettre mes mains au-dessus des plaies, et d'en appeler au fluide du vieux Braz. Cela me causait une souffrance inouïe. Un jour, je me sentis d'un coup partir en arrière, et basculer dans le néant. Pas longtemps, je suppose, parce qu'une bordée de jurons en breton fusa aussitôt, et avec une telle colère que je me crus revenu à bord du *Jamais content*, le bateau de mon patron de pêche. Je me redressai d'un coup. C'était Daer qui braillait en insultant mon nom et toute ma descendance. Je l'avais à moitié écrasé dans ma chute.

– Qui parle le breton ici ?

Je n'avais pas été le seul à reprendre mes esprits.

La voix venait d'une paillasse un peu plus loin. C'était celui que j'appelais Yvon qui me parlait. Nos regards se croisèrent. D'un coup, il me reconnut.

– Gwen, c'est toi ?

– Oui, Yvon, c'est bien moi.

Je m'approchai. Il se tortilla pour se redresser sur les coudes.

– On est où, ici, Gwen ? Chez les morts ?

– Je ne pense pas, Yvon. Tu as pris une bonne demi-tête depuis la dernière fois. Ça prouve que tu es vivant. Les morts ne grandissent pas.

Il poussa un soupir, balaya la salle d'un œil fatigué.

– On est où, alors ? Chez les fous ?

– Je n'en sais rien, Yvon. Je ne connais pas ce pays. Je comptais un peu sur toi pour en savoir davantage…

– Sur moi ? Quelle blague ! On m'a balancé aux jardins de Fer, et voilà, j'y crève une seconde fois !

– Tu… Tu es déjà mort ?

– Plutôt, oui.
– Comment ça ?
– Quoi, comment ça ?
– Comment ça, tu es mort ?
Il ne répondit pas. Il replongea dans son sommeil agité.

Le latin sans peine

J'attendis le soir pour retrouver Matias. Je fus surpris par le froid du dehors. Matias avait de bonnes nouvelles, car ce froid pesant et humide annonçait les grands brouillards. Une barque tenterait une approche. Quand ? Pas cette nuit, ni la suivante, il y avait encore trop de détails à régler.

– Et si ça se lève ?

– Parti comme ça, il y en a pour une bonne semaine, me répondit-il, avec une tape dans le dos. Tiens-toi prêt, je te ferai signe.

Je rentrai dans la pharmacie. J'allai ouvrir l'atlas du corps. Je le connaissais presque par cœur, mais c'était mon rituel du soir d'en parcourir une section. J'avais dépassé le stade du déchiffrage. J'enchaînais les syllabes avec la volupté d'un musicien qui survole sa partition. Je m'attaquais même à des livres plus compliqués pour le seul plaisir d'entendre sonner leurs vieilles phrases. Le pibil y prenait goût. Il m'écoutait ânonner mes listes de mots d'un air satisfait, en battant la mesure. Tantôt du bec, tantôt de la patte. Et parfois du corps tout entier. On avait l'air de bedeaux joyeux récitant nos patenôtres, tous les deux.

Je ne sais quelle mouche piqua Ignaas, mais il se leva d'un bond, m'asséna une gifle à toute volée et me projeta d'un revers du coude en travers de la table de dissection. Je tombai des nues : jusqu'ici, mes messes basses ne l'avaient jamais empêché de ronfler. L'instant d'après, il avait un genou dans mes côtes, une paire de tenailles à la main droite, pendant que la gauche me forçait à ouvrir la mâchoire. Je n'y comprenais plus rien. C'est en sentant le froid du métal contre ma gencive que la menace de Jorn me revint en mémoire. Depuis le temps, je l'avais oublié, celui-là ! Je mordis la main d'Ignaas de toutes mes forces, sans aucun résultat. Cet animal aurait préféré perdre tous ses doigts plutôt que de lâcher prise. Il accentua la pression de son genou.

Je cherchai désespérément une solution lorsqu'un hurlement nous figea dans nos positions respectives. Une sorte de grincement de porte, mais si grave et si lugubre qu'il semblait sortir du fin fond des catacombes, et remontant d'un coup toute la gamme des aigus jusqu'à des stridences à faire dresser les poils et les cheveux sur la tête :

– *Horribilis !*

De saisissement, Ignaas lâcha son outil, et ma bouche par la même occasion. Il ouvrait des yeux démesurés. D'instinct, je me recroquevillai. Ignaas montra du doigt une chose dans mon dos.

– *Horribilis !* hurla la voix.

Quelle créature monstrueuse avions-nous réveillée

dans la pénombre de cet endroit où les corps livraient leur secret ? Un spectre ? Le fantôme d'un de ces malheureux, charcuté, mutilé par Nez-de-Cuir, venant réclamer vengeance ? Avait-elle surgi du néant, ou sortait-elle d'un de ces vieux livres pleins de viscères et de potions de sorcière, comme d'un grimoire de suppôt du diable ? Des frissons se mirent à courir le long de ma moelle épinière, comme si on l'arrosait d'eau glacée.

– *Horribilis ! Rigor mortis !*

Et cette épouvantable odeur de décomposition ! Elle me piquait les narines. Une infecte odeur de tombeau, fétide... avec, cependant, en y réfléchissant bien, une touche familière... oui, un petit quelque chose comme des relents de genièvre mal digéré. « Daer ! Il doit avoir ouvert son bec jusqu'à la luxation, pour dégager une telle puanteur », me dis-je soudain.

C'était bien lui. Il avait doublé de volume tant son plumage se hérissait. Il se cramponnait à mon épaule, il sifflait, crachait et grondait si fort que j'en avais des bourdonnements dans l'oreille.

– Le pibil, hoqueta Ignaas, il parle latin ! T'es un sorcier, Gwen, un sorcier !

Je me redressai en massant ma mâchoire endolorie. L'odeur de Daer me levait le cœur.

– *Horribilis ! Pulmo ! Demonia pneumonia !*

Il continuait à déverser un flot d'imprécations de sa voix éraillée. Ma parole, il avait retenu au moins la moitié de la bibliothèque ! Il ne s'arrêtait plus. Il était passé de la colère à la griserie de l'éructation. On se fait vite à l'inhabituel, il suffit qu'il se répète. Bien vrai qu'il m'avait fait peur, dans un premier temps, mais il commençait à m'agacer pour de bon : franchement, il débitait n'importe quoi. Néanmoins, je vis que cela produisait son effet sur Ignaas, qui reculait en donnant les signes de la terreur la plus absolue. C'était impressionnant de voir une masse pareille trembler devant une boule de plumes. J'en profitai pour pousser mon avantage.

– Tu viens de faire la pire erreur de ta vie, Ignaas. Et tu sais laquelle ? Tu t'es trompé sur mon compte. Tu vas me dire que ce n'est pas très grave : je ne suis pas grand-chose. Seulement, le pibil, vois-tu, c'est une autre histoire ! C'est un docteur.

– Un sorcier…

– Non non, un docteur, Ignaas. Un docteur, mais pas n'importe lequel. Un très immense et savantissime docteur. Plus savant que Nez-de-Cuir. Le plus ancien, le plus profond, le plus insondable des puits de science parmi les très graves, très sages et très éminents docteurs de la très haute et très céleste république des oiseaux. C'est lui qui voit, c'est lui qui sait, c'est lui qui guérit. Lui c'est le roi.

Daer se rengorgea.

– *Gloria sum grandissimus stomachus !*

– Moi, je ne suis que le valet.

Daer approuva en hochant la tête.

– *Povere sordidum trouducus !*

– Donc c'est lui qui châtie.

Il cracha une dernière bordée de galimatias :

– *Inferno subito decubicula cubitus !*

– C'est toi le sorcier, balbutia Ignaas en faisant un pas en arrière.

Je sautai à bas de la table et je m'avançai vers lui. Il recula encore et buta contre le placard aux instruments.

– Tu n'as aucune idée de sa puissance, ni de ses pouvoirs et, à mon avis, ça vaut mieux pour toi. Seulement, un conseil : enfonce bien bas ton bonnet sur ta tête, Ignaas. Prends garde. Surtout la nuit. On ne réveille pas impunément la colère d'un pibil siffleur. En plus, quand on a un trou dans le crâne grand comme le tien, on évite la compagnie des becs pointus. Mais d'abord, réponds-moi. C'est Jorn qui t'a payé ?

Il bafouilla une vague réponse.

– Combien ? Combien il t'a payé ?

– Il m'a dit que je pourrais garder le pibil, en échange de tes dents.

J'éclatai de rire, ce qui acheva de le terrifier.

– Jorn t'a dit ça ? L'imbécile ! Le fou ! Le malheureux ! Tu n'as donc rien compris ? Le pibil n'est pas à moi. C'est moi qui suis à lui.

– *Nostro sum tibia et clavicula*, renchérit l'oiseau.

– Jamais il n'obéira à un type comme toi. Et maintenant que tu as touché à ma petite personne, il ne te pardonnera plus le moindre écart. C'est sur toi que tombera sa vengeance. Donne-moi ces tenailles.

Le géant me les donna sans réagir.

– Un sorcier, t'es un sorcier.

– Quand est-ce que tu revois Jorn ?

– Après-demain, je dois le retrouver sur la route de Waarm.

– Bien, c'est pas les dents qui manquent, ici. Il y en a plein le bocal, là-bas.

J'allai me servir, et ramenai une petite quantité de dents.

– Donne-moi ta main.

Le géant me tendit sa main. Je le pinçai assez fort pour faire couler un peu de sang sur des morceaux d'ivoire. Puis j'enfermai ces preuves ensanglantées dans un sachet.

– Tu donneras ça à Jorn. Tu lui diras que c'est mes dents à moi, que tu me les as toutes arrachées, que je souffre, que je vais en mourir.

– Et le pibil ?

– Tu diras qu'il n'a pas survécu à son maître.

– Un sorcier, t'es un sorcier.

– Tu as bien compris ? S'il m'arrive quoi que ce soit, tu n'auras pas assez de tes deux jambes pour fuir la vengeance de Daer. C'est vu ?

Il renifla. Je lui tendis un chiffon pour se bander la main.

– Cette nuit, tu dormiras sous la table.

Il me coula un regard de vaincu.

Le stratagème pouvait me ménager un répit avec Ignaas, il ne suffirait pas à tromper Jorn. Je ne dormis pas très bien. Daer ne se sentait plus pousser les ailes depuis que je lui avais donné le titre de docteur, et je dus lui rappeler sèchement qui de nous deux était le maître. Après quelques tapes sur le bout du bec, il rentra la tête en marmonnant des *« et caetera »*. Le lendemain matin, je le glissai dans ma poche, et je retournai dans la salle des malades. Yvon était réveillé. À mon grand soulagement, il me reconnut encore. Il se dressa sur sa couche, et me regarda, éberlué :

– Qu'est-ce qui t'est arrivé ?

Je passai une main précautionneuse sur mon menton bleui et le coin de ma bouche tuméfiée.

– Toujours la même histoire.

– Ne me dis pas que tu as encore pris une dérouillée ?

Je haussai les épaules.

– Gwen ?

– On dirait que je suis né pour prendre des gnons.

– Je veux bien te croire, qu'est-ce qu'on a pu te mettre, avec Kermeur ! Et la tête que tu faisais à chaque fois, mon vieux ! Non mais la tête que tu faisais !

Il commença à rire, pendant que mon visage s'allongeait. Sur le coup, j'eus vraiment envie de lui envoyer une bonne beigne, histoire de lui faire payer toutes celles que je m'étais prises. Et puis, le souvenir de nos bagarres de gamins mal torchés remonta, et le fou rire me gagna à mon tour. Je m'écroulai contre le mur, assis à ses côtés.

– Gwen, souffla-t-il enfin, qu'est-ce que ça fait plaisir de te revoir !

– Pareil pour moi, Yvon. Et franchement, j'aurais jamais cru. Comment tu tiens sur tes jambes ?

– Mal.

Je baissai d'un ton et me penchai vers son oreille.

– Il faut qu'on parte d'ici. Je ne peux pas tout te raconter, ça serait trop long. Mais on doit partir.

Je fis discrètement passer une tige de métal recourbée dans sa main.

– C'est quoi ?

– Un genre de passe-partout. Pour ouvrir ton cadenas. Moi, je ne sais pas le faire, mais il me semble que tu ne te débrouillais pas si mal avec les serrures.

Il rougit.

– Je regrette, Gwen. On n'a pas été réglos avec toi. On

t'en a piqué, des trucs. Mais la montre du vieux Braz, c'est pas moi qui l'ai. C'est Kermeur qui l'a gardée.

– C'est loin tout ça, Yvon. N'en parlons plus. Mais on n'a pas tout le temps devant nous, et moi, je ne peux pas te tirer de là avec ce boulet à ton pied.

– Ça ne sert à rien, Gwen. C'est moi, le boulet. Je n'ai plus de forces.

– Il faut partir. Je t'aiderai.

– Crois-moi, j'ai essayé. Tant que j'ai pu. Trois fois de suite. Et regarde où j'en suis.

– On a une petite chance. Pas cette nuit, mais la prochaine. En ce moment, il y a un brouillard à couper au couteau, et je connais quelqu'un sur le port. On prendra une barque.

– Une barque ! Pour aller où ?

– Je ne sais pas. Ailleurs. N'importe où. Moi, je ne peux plus rester. Question de vie ou de mort. Toi, tu es prêt à recommencer ?

Il me tendit la main.

– Avec toi ? Jusqu'au bout du monde !

Je la serrai dans la mienne.

– On y est déjà, Yvon, j'en ai bien peur.

La deuxième mort d'Yvon le Rouquin

Deux nuits plus tard, Ignaas, encore terrifié de la prestation du pibil, et muni du sachet censé contenir la totalité de ma dentition en petits morceaux, se rendit à son rendez-vous avec Jorn. Il ne reviendrait pas avant l'aube. À ma grande honte, je glissai dans un sac de toile l'atlas du corps humain, la précieuse bible médicale de Nez-de-Cuir. Je n'avais encore jamais volé personne de toute ma vie. Je me persuadai que ce n'était qu'un emprunt et que je le rapporterais un jour à son propriétaire avec mes excuses. Mais je ne luttai pas longtemps contre mes scrupules. J'avais un besoin vital de ce foutu livre. Je me rencognai contre le mur et j'attendis.

Une poignée de cailloux heurta le volet de la fenêtre. Je l'ouvris. Avec un bonnet sur la tête, et le corps penché en avant pour allonger ses bras, Matias pouvait facilement passer pour Ignaas. Nous nous rendîmes dans le dortoir. J'avais fait mettre la paillasse d'Yvon au plus près de la porte. Il se leva sans un bruit à notre approche, et nous sortîmes de l'hôpital, l'un derrière l'autre, sans réveiller un seul malade.

Matias prit Yvon sous l'épaule pour l'aider à marcher, et se dirigea vers le port. Je saisis le bord de son gilet entre le pouce et l'index pour ne pas me perdre dans le brouillard. Je ne voyais même pas ma propre main tendue devant moi.

Le clapotis nous indiqua la proximité des bassins. J'entendis un léger sifflement sur ma gauche. Matias obliqua. Une lanterne s'éleva à notre approche. Dans son halo humide, la forme vague d'une barque émergea, juste sous le quai. Surtout ne pas faire de bruit. Descendre les degrés de pierre sans glisser. Nous embarquâmes l'un après l'autre. Daer, incommodé par le roulis provoqué par les déplacements de nos corps, commença à coasser. Je le fis rentrer dans son trou sans ménagement.

Nous étions cinq dans la barque. Les deux autres n'avaient pas ouvert la bouche. Tout juste si on se serra la main. Matias s'assit au banc de nage. On s'éloigna du quai à force de rames, en passant au ras des vaisseaux amarrés. La lanterne de l'entrée du port étant à peine visible, il s'en fallut d'un cheveu que la barque n'aille donner contre la digue. Ensuite, on glissa le long d'une rangée de pieux verticaux qui signalaient le chenal. Cette longue barrière de bois me sembla interminable. D'un coup, plus rien… le dernier repère s'effaça derrière nous. L'air glacé du large nous saisit, une petite brise soulevait des vagues courtes qui chahutaient notre esquif. On établit une voile, la barque s'inclina pour trouver son équilibre et se perdit dans la brume.

Yvon avait la fièvre, il claquait des dents. Je l'emmitouflai dans une couverture et me calai contre le bord. Matias s'assit à côté du pilote. Ce dernier tenait son cap d'une main ferme, sans le moindre compas pour le guider. La nuit s'écoula. Le brouillard se fit plus laiteux avec l'aube. De minuscules gouttes d'eau perlaient à mes sourcils. En guise de déjeuner, on se partagea un bout de pain noir, et chacun de mastiquer en silence cette pâte douceâtre que l'humidité rendait gluante.

Yvon ne pouvait rien avaler. Je ne savais plus quoi faire pour l'aider. Le froid lui transperçait les os. Il commençait à délirer en breton. Il parlait du grand voyage et de la barque des morts. Je me serrai contre lui pour tenter de le réchauffer. Il m'agrippa soudain par la manche.

– Il revient !

– Qui ?

– Il rôde ! Il revient !

– Qu'est-ce que tu racontes ?

– On faisait de la contrebande, avec le père Tréguaz.

– Qui ça ?

– Le patron du *Trois Sabots.* On allait chercher des caisses de tabac gris, près de Guernesey. C'est dangereux, mais ça rapporte gros. On revendait notre tabac en graissant la patte aux gendarmes et aux douaniers pour qu'ils ferment les yeux. Le père Tréguaz savait y faire. Ça marchait bien.

Il eut un nouvel accès. Son front se fit brûlant, ses yeux brillaient de manière inquiétante. Je l'épongeai du revers de ma manche.

– Yvon ? C'est moi, Gwen.

– Je le vois encore… la coque a grincé, il nous a soulevés

comme ça, comme un bout de bois flotté, ni plus ni moins. D'un seul coup, on était en l'air, on ne touchait plus l'eau.

– Calme-toi, tu délires…

– Laisse-moi finir ! Je sais ce que je dis ! On s'est fracassés en retombant. Saloperie d'*U-boat*.

– De quoi tu parles, Yvon ?

– Un *U-boat*. Un sous-marin.

Je dus faire un effort pour saisir de quoi il pouvait parler. La mémoire de la guerre, de notre guerre, me revint. Quelqu'un, au village, avait parlé de ces machines qui peuvent couler et remonter à leur guise, mais j'avais du mal à y croire…

– Ce truc-là ? Je croyais que c'était de la propagande, ces histoires de bateaux qui vont sous l'eau.

– Ça existe, Gwen. D'ailleurs, nous aussi, on en a. Mais les Allemands en ont plus…

– Le père Braz, il disait que c'était peut-être pas vrai. Tu imagines, naviguer sous la mer ? Dans les eaux ténébreuses, avec tous ces trépassés. Dans le noir, avec toute cette eau par-dessus toi ? Gast ! Personne ne voudrait faire ça ! En tout cas moi j'en ai jamais vu…

Yvon se redressa et me cramponna par la manche.

– Tant mieux pour toi, Gwen. Tant mieux pour toi. Crois-moi, mieux vaut une foutue tempête à la pointe du Raz. Parce que ça, c'est autre chose. On dirait une bête montée des profondeurs qui jaillit d'un coup, et ça te coule en un rien de temps, pas le temps de faire une prière. Ou bien ça reste sous la surface, avec un œil tout au bout d'une tige, et ça envoie deux bombes qui fendent les vagues si vite que tu n'as pas le temps de manœuvrer.

Boum ! Tout explose ! Et après l'œil se rétracte et replonge, il se cache tout au fond, et il attend le prochain bateau comme un monstre, bien planqué dans son trou.

Matias me demanda de lui traduire les propos d'Yvon. C'était difficile. *U-boat*, sous-marin, ça n'existait pas, ici. Mais je lui décrivis le naufrage du mieux que je pouvais. Les deux autres dressaient l'oreille. Le pilote souleva la capuche qui lui mangeait le visage et me fixa d'un œil dur.

– Et après, Yvon ?

– On s'est retournés la coque en l'air, on a coulé, et je me suis noyé.

– Noyé ?

– Ouais, noyé. Après, je me suis retrouvé sur la charrette de l'Ankou, et tout seul sur cette fichue plage. Perdu. À cracher mes poumons pleins d'eau. Et ceux de la douane volante m'ont cueilli. Voilà. Tu connais la suite aussi bien que moi.

Je fis une brève traduction de son récit à nos complices. Ils s'agitèrent d'un coup. Je ne compris pas pourquoi, mais une violente dispute éclata entre Matias et les deux autres. Le pilote finit par hausser les épaules, mais l'homme à la capuche qui s'appelait Jeer nous fixait comme si nous les avions trahis. Matias me toucha la manche.

– Ton ami, là. Il a vu un kraken.

– Un quoi ?

– Un kraken. Un monstre dévoreur de navire.

– Non, non. Pas du tout. Je t'explique, Matias. C'est des vaisseaux qui vont sous l'eau. Des vaisseaux de guerre.

Il secoua la tête et baissa d'un ton :

– Arrête ça, Gwen, arrête ça tout de suite.

– Mais enfin, puisque c'est la vérité !

Il me fit encore signe de me taire, mais j'étais parti dans ma démonstration et je n'arrivais plus à m'arrêter. Je lui dis que nous avions aussi des vaisseaux en fer qui naviguaient sans voiles et sans rames, avec d'immenses cheminées, et des canons énormes capables de tirer jusqu'aux nuages. Il agita la main comme pour repousser mes paroles. Son œil droit se fermait spasmodiquement. Je ne comprenais rien à son affolement. Je continuai à expliquer le naufrage du *Trois Sabots*, et la guerre, la guerre qui avait éclaté chez moi avant mon arrivée à Waarm.

Soudain, l'homme à la capuche fit un mouvement vers nous. Il m'enjamba à moitié et souleva sans ménagement Yvon par le col. J'étais mal placé pour l'en empêcher, il m'écrasait de son genou, et il était diablement lourd. Il poussa un juron, prit son élan et, achevant de soulever mon compagnon, il le précipita d'un seul coup, cul par-dessus tête, dans un grand *plouf !* qui fit violemment tanguer la barque. Il retrouva son équilibre, cracha au vent et se frotta les mains. Il se retourna pour me défier du regard. Horrifié, je me penchai vers l'arrière pour tenter d'apercevoir Yvon. Je le vis réapparaître un bref instant, hors d'haleine et crachant l'eau. Il se débattit quelques secondes en poussant des cris étranglés, et puis, d'un seul coup, plus rien, il coula à pic. Matias me tira en arrière de toutes ses forces. Malgré le brouillard, j'eus le temps d'apercevoir, dans l'épaisseur translucide d'une vague, l'éclat huileux d'une sorte de tentacule qui se déroulait au ralenti. Quelque chose, loin derrière nous, fouetta l'eau avec colère.

– Voilà. On l'a rendu, dit Matias d'une voix blanche.

– Quoi ?

– Le kraken est venu le rechercher. On lui a rendu.

– Vous êtes fous !

– Si on ne lui avait pas rendu, il nous aurait tous entraînés au fond avec lui. Les krakens ne lâchent jamais leur proie. Des bateaux sous-marins, tu parles ! Qu'est-ce que tu vas chercher ! Des fois, je me demande ce qui ne tourne pas rond chez toi…

Je me penchai par-dessus la lisse, et je vomis le peu que j'avais avalé, et même une bile si amère que je crus m'être retourné les entrailles et tout le fond de l'estomac. Les larmes m'emplissaient les yeux. J'étais tétanisé, épuisé par la vision terrifiante et monstrueuse de la deuxième mort d'Yvon. Fatigué, aussi. Fatigué de partager mon existence entre des salauds et des assassins.

En fuite

En milieu de journée, le pilote changea de cap. Je le sentis parce que la vague nous portait de l'arrière. On fila deux ou trois heures sur cette aire de vent. L'air se fit plus mat, la côte dessina un trait sous le brouillard. Des dunes basses et des cordons de sable. On entra dans une passe. Au fond du bras de mer, il y avait une immense plaine de roseaux, et des chemins d'eau qui serpentaient. Le pilote, là encore, n'hésita pas. Il nous guida vers un canal que j'aurais été bien en peine de repérer, même en plein soleil. Matias affala la voile. On navigua à la rame, jusqu'à une sorte de renfoncement, où la barque vint s'échouer.

Matias sauta dans l'eau. Il remua des brassées de roseaux couchés et découvrit une autre embarcation plus petite, plate, à faible tirant d'eau. Il me fit grimper dedans et salua d'un signe de tête les deux sinistres passeurs. Il me tendit une longue perche, en prit une dans les mains et dégagea la plate pour l'orienter dans le sens du canal. Nous glissâmes dans les hautes herbes pendant d'interminables heures. Je n'étais pas habitué à manier la perche, j'avais des ampoules aux mains, et l'impression d'avoir le dos moulu à coups de bâton. Matias s'arrêta enfin.

– Gwen, regarde sous le banc, il n'y a pas un sac ?

– Si.

– Ouvre-le.

Je sortis un morceau de pain et un cruchon de bière. Il y avait aussi deux oignons crus et un peu d'anguille fumée. Un vrai festin. Daer picora les miettes.

– Où on va ?

– Ça dépend. Des gens que je dois rencontrer. Après on verra. Tu me fais confiance ?

– Comme si je pouvais faire autrement. Je n'ai pas le choix.

– Bien sûr que si.

– Bien sûr que non. D'abord, pourquoi ils ont tué Yvon ?

– C'est de sa faute. Et de la tienne, par la même occasion. À toi aussi, j'avais dit de la boucler.

– Mais on ne faisait que dire la vérité… Je n'ai rien pu faire, il était déjà trop loin… il a coulé à pic, comme ça, d'un coup.

– C'est mieux comme ça. Je veux dire, d'un coup. Il n'a pas souffert.

– Rien…

– Il n'y avait plus rien à faire, crois-moi. Toi et Yvon, vous n'étiez pas de taille à vous battre, de toute façon. C'est des contrebandiers, Gwen. Ils ne s'encombrent pas de sentiments. Et Jeer ne fait jamais de quartier. Qui est à son bord doit suivre sa loi. En plus, il avait fichtrement raison, pour le kraken. C'était la seule chose à faire.

– Le kraken ?

– Le kraken. Le grand monstre briseur de navire. Quand il en attrape un, c'est fini. Plus personne ne lui échappe. Même à l'autre bout du monde, même des années après, il retrouvera tous les membres de l'équipage. Alors, tu vois, ton copain, il lui est arrivé ce qui devait lui arriver. Ni plus ni moins. N'en parlons plus. En route.

On reprit notre lente glissade que la brume rendait fantomatique. La plate, dans ce grand silence ouaté, semblait flotter dans l'espace, appuyée sur son reflet. Le clapotis de l'eau, seul, me tenait en éveil. Parfois, le canal se divisait et Matias, sans hésitation, prenait un embranchement, à droite ou à gauche. Puis des berges de terre ont succédé aux étendues mornes de roseaux. L'obscurité de la nuit vint s'ajouter au brouillard.

Nous avons fini par nous allonger au fond de la plate, enroulés dans nos couvertures. J'étais recru de fatigue. J'avais faim et froid. Quand Matias me réveilla, il faisait encore nuit, et il me sembla n'avoir fermé les yeux que l'espace d'un instant.

Je pris ma perche, la plongeai d'un geste mécanique au fond de l'eau. On reprit notre lent mouvement de balancier. À l'aube, nous entendîmes des voix dans le lointain. Matias mit un doigt sur sa bouche et ralentit la cadence. Les berges se rapprochaient, et je distinguai bientôt un petit pont qui les enjambait. Un mât, au-dessus, signalait un poste de la douane volante. Matias donna une vigoureuse impulsion à sa perche et me fit ranger la mienne. Puis il s'accroupit et me demanda d'en faire autant. La plate poursuivit son élan, glissant sous l'arche du pont, sans un bruit. Les gardes n'avaient rien vu, rien entendu.

Notre navigation reprit. Les canaux semblaient d'eau dormante : nous étions trop loin pour que la marée fasse encore sentir ses effets. Le tapis vert des lentilles d'eau s'ouvrait sous l'étrave. L'eau, dessous, était noire. Des saules aux troncs biscornus se penchaient sur nos têtes. Matias fit soudain pivoter la plate vers une pente ménagée dans le talus, entre deux arbres. Il sauta à terre, attacha la barque et s'engagea dans le sentier. Je pris mon sac et le suivis.

Matias siffla deux fois. Quelqu'un répondit.

Un gamin vint à notre rencontre, en écartant d'un coup de trique une vache qui pointait son mufle d'un peu trop près. Matias posa une question, dans un dialecte que je ne comprenais pas. Le gamin hocha la tête, puis il désigna une maison basse, couverte de chaume, un peu plus loin, à l'abri des arbres. Une odeur de feu de bois humide s'en échappait.

Il n'y avait personne dans la maison. Un chat, qui se prélassait devant l'âtre, sauta de son banc pour nous filer entre les pattes. Je posai mon sac à terre et, comme Matias, je me débarrassai de ma veste pour la mettre à sécher. Deux autres gamins vinrent nous observer sur le pas de la porte, avec cet étonnement insondable propre à certains animaux, à la fois familiers des bêtes et des hommes. Le plus petit avait de la morve au nez, il s'essuya bruyamment d'un revers de manche et disparut, soudain intimidé. Dans sa fuite, il buta contre un homme qui entra d'un pas lourd, en raclant ses semelles sur la pierre de seuil. Matias se leva pour lui donner l'accolade.

– Jordens, mon frère, annonça-t-il. Et voici Gwen, de Waarm.

Jordens me tendit une main dure comme du bois, et me fit signe de m'attabler. Du pain, du fromage, un pot de bière, un endroit au chaud pour s'asseoir, je n'en demandais pas plus. Les deux hommes parlèrent à bâtons rompus pendant une bonne heure, mais ils parlaient trop vite et trop bas, et je ne comprenais pas plus d'un mot par-ci par-là. Le reste de la maisonnée finit par nous rejoindre. Les deux plus jeunes garçons, d'abord, puis Lisbet, la femme de Jordens, qui se débarrassa d'un geste las de son fagot de bois près de la cheminée. Elle moucha le nez du petit dans son jupon. Je n'osais pas la regarder. Je n'avais pas vu de femme depuis des mois, et je me rendis compte à quel point cela m'avait manqué.

Mais Lisbet ne ressemblait en rien à la jolie Silde de Waarm. Pas de sourire dans ce teint gris. Elle avait la taille épaisse, les traits amers, creusés par les années et la fatigue, et le regard dur de ceux qui se savent nés sous un ciel trop bas. Elle ne perdit pas de temps avec les nouveaux venus. Elle se mit à touiller la soupe dans le chaudron, puis à peler des raves qui sentaient la terre humide et le moisi. Le petit, Nils, s'accroupit à ses pieds et resta dans la contemplation muette des flammes qui léchaient les bûches. Il était un peu simplet, je crois. La nuit tomba bien vite, avec une pluie froide qui fit se rabattre la fumée à l'intérieur de la pièce, en nous piquant les yeux. Nous n'étions séparés de l'étable que par un panneau de bois à mi-hauteur, et j'entendis les vaches rentrer, poussées par le garçon qui les gardait, l'aîné de la famille.

– Demain, on décidera où aller, me dit Matias, résumant la longue conversation qu'il venait d'avoir avec son frère.

– On ne reste pas ici ?

– Un jour ou deux, pas plus.

La famille dormait dans le même lit, une grande paillasse tout près de la chaleur de l'étable. Lisbet nous donna une vieille couverture à partager. En peu de temps, tout le monde se mit à ronfler, sans tenir compte des puces qui nous dévoraient joyeusement. Moi, j'avais bien du mal à trouver le sommeil, malgré le souffle régulier des gros animaux qui remâchaient paisiblement leurs rêves, juste à côté, et sur lequel j'essayais de caler ma respiration. Je n'arrivais pas à me débarrasser de la mort d'Yvon. Je repensais au kraken, j'en avais vu des images dans la pharmacie de Nez-de-Cuir, de vieilles gravures représentant une sorte de pieuvre géante, les tentacules enroulés autour des mâts d'un navire brisé par son étreinte, et pointant des yeux grands comme des soucoupes sur un pauvre marin à genoux sur le pont. Les monstres marins, ça n'existe pas. Mais ici, un sous-marin : non plus. J'entendis à nouveau ce coup de fouet rageur sur les vagues, et je revis le tentacule immonde glisser sous la vague. Que croire ? Je tendis la main vers la poche de mon gilet. Daer dormait en boule. Tranquille. Il tressaillit à mon contact. Lui, au moins, il existait.

La pluie tomba tout le lendemain sans discontinuer.

Matias était nerveux. Il attendait quelqu'un. De temps en temps, il essuyait l'eau sur ses sourcils, relevant la tête avec l'air d'un ours qui hume des odeurs lointaines, puis il brandissait la hache pour l'abattre d'un grand coup sur l'arbre couché qu'il débitait en morceaux. J'aidais les gamins à élaguer les branches, à porter les fagots à l'abri. Nils, le plus petit, le morveux, était toujours près de sa mère. Les deux autres ne ménageaient pas leur peine, j'avais du mal à suivre leur rythme. Matias laissa brusquement tomber le manche, puis il se mit à courir vers le canal. J'entrevis, dans une trouée du feuillage, un homme debout dans une plate qui lui faisait signe. Ils discutèrent quelques instants. Un objet changea de main. Matias revint, toujours courant, courbé sous la pluie, tenant un sac à bout de bras, pendant que l'embarcation, guidée par son mystérieux occupant, disparaissait derrière la haie.

Je suivis Matias dans la maison, mais il en fit sortir Lisbet et nous claqua la porte au nez. Lisbet s'assit sur un petit banc, sous le rebord du toit de chaume, le gamin blotti contre elle. La pluie tombait en rideau, et toute la nature, autour, bruissait de cette vaste rumeur détrempée. Je la regardai en coin. Elle me fit penser à ma mère, quand elle attendait sans un mot le retour de mon père, assise sur un rocher. Elle s'ébroua en entendant la porte s'ouvrir à nouveau. Matias ressortit, vêtu de l'uniforme d'un douanier : le pourpoint, la culotte bouffante, les souliers à boucle, la collerette blanche, l'aigrette sur le chapeau, rien ne manquait.

– Qu'en penses-tu ?

Il pivota sur lui-même. Fit jouer la dague pour me faire entendre le cliquetis du fourreau avant de la remettre d'un coup sec à la ceinture. J'étais sans voix.

– Ça me va pas mal, non ?

– Où t'as trouvé ça ?

– Ma foi, là où celui qui le portait n'en a plus besoin.

Tout s'achète, ou, sinon, se prend de force. Mais il doit être trop tard pour demander à son ancien propriétaire ce qu'il en pense, je suppose. Par ailleurs, je t'annonce que tu es officiellement mon prisonnier.

– Quoi ?

– C'est le seul moyen, Gwen. Comme ça, on passera les barrages sans problème. Bien, fit-il en se frottant les mains, une bonne chose de faite. Viens, on va finir de rentrer ce bois.

Je constatais avec soulagement que les garçons n'étaient pas plus rassurés que moi. Et même Jordens, revenant de je ne sais où, tiqua en voyant l'habit noir porté par son frère. Les deux hommes parlèrent encore longtemps avant le repas du soir.

Lisbet prit un seau pour aller traire les vaches. Elle me fit signe de la rejoindre dans l'étable, Nils encore accroché à ses jupons. Comme il faisait très sombre, il me fallut du temps pour la retrouver. Elle saisit le bras du garçonnet et, retroussant sa manche, elle me le montra en me regardant avec insistance. Je m'approchai et fis la grimace. Il avait le poignet vilainement tordu, et ça ne datait pas d'hier. Je lui fis comprendre qu'il n'y avait sans doute plus rien à faire. Elle fouilla dans sa robe et en sortit une pièce, une petite pièce d'or, qu'elle me mit de force dans la main. Je refusai, en m'excusant de mon impuissance. Son regard passa en un éclair d'un espoir enfiévré, irraisonné, à la colère la plus froide, et à la haine la plus compacte, la plus absolue et la plus viscérale qu'il m'ait été donné de voir sur une face humaine. Je pouvais le comprendre. Ce petit bonhomme, c'était son rayon de soleil, son bonheur. Peut-être, tout simplement, sa raison de vivre. Mais les miracles n'existent pas, pas plus ici qu'en

Bretagne, le pays où croisent des sous-marins, le pays où coulent les bateaux de pêche, le pays où, toutes les nuits, bercés par le bruit des vagues, nagent des milliers de marins morts, perdus entre deux eaux, pendant qu'un vieux fou arpente la lande, sa crinière répandue sous la lune, et que ses yeux éteints s'ouvrent sur un ciel plus noir que le tombeau des anciens rois.

Au moins, je pouvais lui donner l'illusion de faire quelque chose. Essayer. Le gamin s'éclaira d'un coup en me voyant prendre Daer dans ma poche. Je le laissai caresser l'oiseau revêche. Le pibil, pour une fois, accepta les présentations. Ensuite, il passa lentement son bec sur le poignet tordu, la tête penchée, très concentré, très sûr de lui, et puis, désignant un endroit à la lisière de la bosse, il renversa la gorge en arrière avec une sorte de roucoulement, avant de prononcer une de ses affreuses formules de latin de cuisine. Tout cela fit rire le gosse aux éclats. Je lui mis le pibil dans sa main valide et je me concentrai sur son poignet, en le tenant entre mes doigts.

Sous la bosse, je sentais tous ces petits os mal arrimés. Ceux de la main, si légers qu'on aurait dit des brindilles. Un par un, par glissements et compressions, je leur fis reprendre leur place originelle, tout en surveillant le visage de Nils. Le dernier à venir, celui qu'avait pointé Daer avec sagacité, serait le plus douloureux. Et je ne savais pas comment il réagirait. Je me tournai vers Lisbet et je lui fis comprendre qu'elle devait tenir fermement son enfant, et lui placer entre les dents un bout de chiffon. Elle s'exécuta, et m'encouragea à poursuivre. J'entendais, dans la pièce à côté, Jordens et Matias choquer leurs chopes sur la table. Ils s'impatientaient, parce que la soupe n'était pas servie. Je pinçai le poignet d'une main et, tirant sur les doigts minuscules de l'autre, d'un coup sec, je fis jouer toute l'articulation. Le gamin mordit dans son bâillon, des larmes lui jaillirent des yeux, et il serra si fort son autre main que Daer poussa un couinement de souris écrasée. Je consolidai l'opération, puis, plus lentement, je fis passer la chaleur de mes paumes sur son avant-bras.

Le petit cessa de pleurer. Il ouvrait des yeux incrédules sur son poignet, qui avait retrouvé sa forme initiale. Daer en profita pour lui échapper, il sauta d'un coup dans ma poche, où je le sentis secoué d'exaspération. La grosse main rouge de Lisbet resta suspendue un moment, puis elle se dirigea vers moi et m'attrapa la manche. C'était beaucoup, je crois, ce simple geste. Je la pris aussi doucement que possible et la remit autour de l'enfant. Elle détourna la tête. Elle se leva, et acheva de soigner les bêtes.

Je retournai m'attabler avec les hommes. Matias me lança un regard interrogateur. Je me contentai de hausser les épaules. Mais, quand Lisbet revint à son tour, quelque chose changea dans l'atmosphère. Car elle marchait la taille redressée, et il flottait sur ses lèvres un sourire qui sans doute n'y était pas paru depuis des années. Jordens serra le manche de son couteau à en faire blanchir les jointures de ses doigts. Il régnait sur sa femme par la crainte qu'il lui inspirait, et de la voir retrouver un peu de bonheur le mettait hors de lui. Je me préparai au pire. On ne peut rien contre la jalousie. Heureusement, Nils se jeta dans ses bras pour lui montrer son poignet réparé. Le couteau retourna sur la table.

La mère folle d'angoisse et le mari tyrannique sont des écueils familiers des rebouteux. Pour cette fois, j'étais passé au large sans trop de casse.

Que dis-tu de ça, vieux Braz ? J'apprenais à naviguer.

Le goût du genièvre

Le capitaine du corps de garde rendit à Matias son laissez-passer. Les autres étaient assis là, au bord de la rivière, attablés devant un pot de bière, le chapeau sur les genoux. Une belle lumière blonde rasait le mur contre lequel s'alignaient des piques et des mousquets, et faisait éclater l'écarlate d'un tambour suspendu à la poignée de la porte. La tête basse et la crinière dans les yeux, un cheval rongeait son frein, sa patte arrière pliée reposant sur la pointe du sabot.

Comme nous repartions, un petit chien courut le long de la berge en nous aboyant dessus, avant de s'en retourner, tout fiérot, la queue en panache et le museau en l'air. Le plus gros des douaniers s'accroupit pour l'accueillir et leva le bras, de loin, pour nous saluer.

Le batelier nous conduisait au milieu de prairies semées de grands moulins à vent. La terre était si plate qu'on voyait jusqu'à la mer. Plusieurs voiles croisaient sous d'immenses amoncellements de nuages. Vagues, voiles, nuées, moulins, le vent d'ouest bousculait tout cela tranquillement. Il déchirait parfois le ciel de larges éclaircies qui s'en allaient toucher la pointe des arbres au bout de l'horizon.

Daer profitait de chaque rayon de soleil pour prendre l'air. Ma veste posée sur le pont lui faisait un abri dans lequel il rentrait ou sortait à volonté. En vieillissant, il devenait frileux et, comme je n'avais plus la moindre graine de soliris ni la plus petite goutte d'alcool de genièvre à lui donner, on ne peut pas dire que son caractère s'arrangeait. Son voyage était pourtant plus confortable que le mien. Une chaîne, attachée au fond de la barque par un anneau de fer, emprisonnait ma cheville. Il y a plus agréable pour profiter des apparitions du soleil. Mais Matias avait insisté pour cette mise en scène, la seule à même, d'après lui, de me faire passer pour un prisonnier escorté pendant son transfert. Je dois reconnaître que ça marchait. Il n'avait qu'à présenter son bout de papier griffonné en me désignant du menton, et c'est tout juste si les douaniers nous jetaient un coup d'œil.

On allait vers le sud. Plus loin, disait Matias, finissait le territoire des Douze Provinces, et avec lui la juridiction de la douane volante. Ça ne m'en apprenait guère plus. J'avais vaguement compris que nous étions dans une sorte de république, et je regrettais de ne pas avoir frotté davantage mon fond de pantalon sur les bancs de l'école. Déjà, la France, je ne voyais pas bien où c'était, alors ici…

Un grand vol d'oies sauvages passa sur nos têtes. Formant un V impeccable, elles s'éloignèrent à tire-d'aile. Nous rejoignîmes un grand canal. On glissait le long des maisons de pêcheur et des moulins à eau, au milieu de barques toujours plus nombreuses. Des enfants jouaient près des lavandières. Un chantier naval, enfumé, sentait le goudron et résonnait du bruit des maillets. Au détour d'un méandre apparut la ville, surmontée de beffrois et de clochers et, juste devant nous, un bac qui reliait les deux rives traversa, enfoncé jusqu'à la ligne de flottaison. Il portait une charrette et son attelage, un cavalier, sa monture, une chèvre et toute une famille s'en revenant de la foire.

Notre barque s'engagea dans un canal assombri par des alignements d'entrepôts. Elle s'amarra près d'une écluse. Matias me détacha. Et, sans me laisser le temps de me désengourdir les membres, il m'entraîna sur les quais. Nous traversâmes des passerelles de bois ou de brique, empruntant des passages qui débouchaient parfois sur des placettes où trônaient des arbres solitaires. J'avais du mal à le suivre. Le livre d'anatomie, dans mon sac, pesait lourd sur mon dos, et je devais reprendre mon souffle après chaque volée de marches escaladée. Ce n'était pas suffisant d'avoir un corps qui trahissait le moindre de mes élans, il fallait, en plus, que je me charge de son double en papier, et qui pesait comme un âne mort. Matias s'arrêta enfin.

– Ici, c'est Antvals, nous sommes en sécurité. C'est une ville franche, loin des jardins de Fer, et tournée vers le commerce au large. La douane volante y fait profil bas, c'est le syndic des marchands qui décide de tout. J'y ai de très bons compagnons. Toi, qu'est-ce que tu vas faire ?

– Comment ça, qu'est-ce que je vais faire ?

– Chacun pour soi, Gwen. J'ai des choses à faire. Des choses qui ne regardent pas le petit rebouteux de Waarm.

– Mais je ne connais personne. Tu le sais. J'ai besoin de toi, Matias. Encore un peu. Après, je me débrouillerai, promis.

– Écoute, Gwen, tu m'as sauvé la vie, ou plutôt une jambe…

– Oui…

– J'avais une dette envers toi…

– Ce n'est pas ce que je veux dire…

– Laisse-moi finir. J'avais une dette mais, d'un autre côté, je t'ai amené sain et sauf jusqu'ici. Je t'ai sorti des jardins de Fer, je t'ai tiré des pattes de la douane, et je ne t'ai rien demandé en échange, ni pour les passeurs, ni pour le batelier, ni pour le gîte ou le couvert…

– … ?

– On peut donc en conclure que nous sommes quittes, toi et moi.

– C'est juste. Nous sommes quittes.

– Alors, je ne veux plus de toi, Gwen de Waarm. Pars. Vis ta vie. Tu n'es pas démuni. Tu es malin. Tu peux vendre ton livre d'anatomie. Ça vaut une petite fortune. Si tu veux, même, je m'en charge pour toi, à parts égales. Ça te laisserait un bon mois devant toi, et de quoi faire la route. Tu as un métier, qu'est-ce que je dis, bien plus que ça, un don. Tu peux en vivre, et vite. T'installer, fonder une famille, si le cœur t'en dit, prospérer, devenir célèbre, qui sait, tout ça avec la bénédiction de la population. Qu'attendre de plus ? Tu es plus fort que Nez-de-Cuir. Moi, je ne sais rien faire. Je suis un contrebandier. Il me faut de l'aventure, du vent et de la nuit.

– Mais c'est ça que je veux.

– Ne t'emballe pas. On ne vit pas vieux, chez nous. On termine le plus souvent au bout d'une corde. Il ne faut pas s'engager à la légère et, sincèrement, je doute que ce soit ton chemin. Nos lois sont terribles, plus dures que la loi commune, bien plus dures. Elles sont sans quartier ni merci. Ton ami l'a appris à ses dépens. Il a eu une mort douce, crois-moi. Il n'a pas trop souffert. Tu ferais mieux de renoncer. Tu n'es pas taillé pour. Vends le livre, et pars. Si tu n'as pas assez pour vivre, eh bien, vends le pibil. Qui t'en empêche ? Tu n'en as plus besoin. Un gars comme toi a de l'or dans les mains.

– Toi et les tiens, vous en savez plus que les autres sur les frontières, les routes et les chemins, pas vrai ?

– On paie cher pour ça.

– Et vous ne craignez pas la mer, c'est ce qui m'intéresse. Je ne t'encombrerai pas longtemps. J'ai besoin de comprendre où je suis avant de savoir où je vais. Et à partir de maintenant, je ne serai plus à charge. Je paierai. Je veux juste trouver un moyen de rentrer chez moi.

– Suis mon conseil, Gwen. L'occasion ne se représentera pas. Et c'est ta seule chance. Va-t'en. Pars.

– Je te demande quelques semaines seulement, trois ou quatre, tout au plus.

– Je ne suis pas de bonne compagnie.

Il s'éloigna de trois pas, comme s'il voulait tenir conciliabule avec lui-même. Je pouvais, hélas, suivre sa pensée : mal taillé pour le coup de poing, encombré par tout un fatras d'histoires qui n'avaient pas cours ici, imprévisible et capable des pires quintes de toux en pleine nuit. Pas vraiment un cadeau, Gwen de Waarm. Il revint, malgré tout.

– Tu es sûr ?

– Sûr.

Il me serra la main.

– Allons-y.

On reprit notre marche le long des canaux, jusqu'au quartier des bouchers et des tanneurs. Ici, c'était des ruisseaux pleins d'immondices, traversés de simples planches. Matias se faufila dans une arrière-cour envahie par le lierre et frappa à une porte. On ouvrit. La pièce, en contrebas, était à peine éclairée par un soupirail. En descendant les marches, je perdis l'équilibre et faillis buter contre un énorme chien, couché de tout son long, qui leva soudain la tête en grondant. Un homme le fit taire d'un claquement de langue. Le molosse reposa son museau et ferma les yeux. Matias m'avait rattrapé par l'épaule. Je vis, dans la faible clarté du soupirail, deux anneaux fichés dans le mur, et une longue chaîne qui traînait dans la paille. Il y avait encore deux autres hommes. Le premier, je le reconnus, malgré la capuche qui lui couvrait les yeux : c'était Jeer, l'assassin d'Yvon. Il me fit un signe discret. L'autre était assis dans l'ombre, accoudé à une table. Il secoua un sachet en l'ouvrant. Le contenu se déversa avec un bruit de dés roulant dans toutes les directions.

– Il y en a trente-cinq, Gwen ! me dit-il. Et, c'est étrange, pas une de la même couleur. Plutôt bizarre, non ? Tiens, regarde, celle-là, par exemple, fit-il en prenant une dent entre ses doigts. Elle est toute jaune, toute fendillée. Le type devait avoir l'âge de mon grand-père !

Je m'avançai jusqu'à lui. Il avait son sourire des grands jours.

– Tu en as mis du temps.

– Je ne serais pas là si on ne m'avait pas trahi, Jorn.

– Pas de grands mots, petit Gwen. Personne n'a trahi personne.

– Je t'ai donné ta chance, souffla Matias. Nous sommes quittes. Et, comme je te l'ai dit tout à l'heure, tu vaux de l'or.

– Bien dit, continua Jorn. Ici, on traite des marchandises, mon cher Gwen. Pas des sentiments. Tu as une valeur marchande. Qui augmente, d'ailleurs, et je t'en félicite, bien qu'elle me coûte un peu cher. (Il envoya une bourse à Matias, qui la saisit au vol.) Bien, maintenant que ces formalités sont réglées, on va reprendre là où nous en étions. J'ai horreur de laisser mes affaires en plan. On avait un contrat tous les deux, et je ne suis pas loin d'être en colère contre toi.

– Tu n'as aucun droit sur moi, et tu le sais. Cet homme, là, il a tué mon ami. Il l'a jeté à l'eau.

– C'est bien triste pour ton ami. Je note, cependant, que tu étais prêt à suivre Matias, le complice de son meurtrier, autrement dit.

– Je ne travaillerai pas pour toi.

– Ça veut se dresser comme un coq, ça n'a même pas la crête d'un poulet !

– Ce n'est pas une question d'orgueil, c'est une question de raison. Je ne travaillerai pas pour toi.

– Bien sûr que si. Regarde Daer, par exemple.

– Quoi, Daer ?

Jorn me considéra un moment, amusé.

– Lui, il va travailler pour moi. Tu veux parier ? On va faire une petite expérience. Donne-le-moi.

Depuis qu'il entendait cette voix, le pibil s'était tassé au plus profond de sa retraite, terrorisé. Je reculai, mais une bourrade me renvoya vers la table.

– Reste où tu es, Gwen. Tu vas voir, je n'aurai pas besoin de le forcer.

Il tira de sa poche un flacon, en ôta le bouchon, et remplit à moitié le gobelet d'étain posé devant lui. L'odeur de genièvre me piqua aussitôt les narines. Il en but une rasade, fit claquer sa langue puis, reposant le gobelet, il y laissa tomber une petite poignée de graines de soliris mélancolique. Cela fait, il ouvrit sa blague à tabac, bourra sa pipe, et l'alluma tranquillement, en prenant tout son temps. Je sentais Daer s'agiter. Il avait beau être aveugle, les vapeurs douceâtres de l'alcool, mêlées au parfum étrange et entêtant du soliris, commençaient à produire leur effet. La terreur que lui inspirait mon ancien maître, cependant, le retenait de céder à son vice. Après quelques bouffées, Jorn considéra que les graines étaient suffisamment imbibées. Il les retira, une à une, et les aligna sur la table, avec la concentration d'un joueur d'échecs au début du combat. Je les comptai, il y en avait huit. Huit petits haricots, noir et rouge, luisants comme de la laque, et qui traçaient, au milieu d'une constellation de dents éparpillées, un chemin parfaitement rectiligne d'un bout à l'autre de la table.

Les autres larrons s'étaient rapprochés de la scène. Roulé en boule, recroquevillé au fond de ma poche, le pibil tremblait comme une feuille. Jorn continuait à fumer, et je me voyais tout près de gagner la partie qu'il avait engagée, lorsque ce satané oiseau, jaillissant d'un seul coup, bondit dans la lumière de l'arène. Il resta planté sur ses deux pattes, indécis, hébété puis, guidé par son odorat, il remonta le chemin diabolique que Jorn lui avait assigné, en s'arrêtant devant chaque graine pour la picorer. *Pic, pic, pic*... pas à pas, il se rapprochait de Jorn en s'éloignant de moi. Arrivé à la cinquième, il se mit à tituber, ivre de bonheur, et je compris qu'il était perdu. Jorn éclata de rire.

– Dis donc, il a une bonne descente, le petit docteur à plumes ! C'est vrai qu'il parle le latin ? Parce que là, franchement, on a du mal à le croire.

Décidément, il n'avait pas changé : violent, brutal, sans scrupule, mais aussi roublard, joueur et malicieux. Daer avait avalé la sixième graine. Il se précipita sur la septième, l'engloutit en continuant sur sa lancée pour faire un sort à la huitième, lorsque Jorn, d'un geste preste, lui souffla cette dernière en la saisissant entre le pouce et l'index. Daer hésita. Jorn agita l'appât, et l'oiseau se mit à le suivre, le bec en l'air, affolé, tricotant des pattes avec un cliquetis de griffes comme une pauvre mécanique sans cervelle. Jorn le promena ainsi aux quatre coins de la table, aussi facilement qu'on taquine le goujon du bout de la ligne, en lui faisant faire de pitoyables sauts de puce et des volte-face calamiteuses, puis il mit fin à son supplice en jetant la graine en l'air. Daer la goba avec un gloussement de satisfaction tout à fait écœurant. Jorn tira sur sa longue pipe de terre. Il plissa les yeux, souffla un rond de fumée, puis se pencha en avant.

– Tu vois, Gwen, comme c'est simple, pour moi, de convaincre. Toi non plus, tu n'as pas le choix. Assieds-toi.

Daer revint vers moi à pas comptés, avec des hésitations et de brusques plongeons du cou, comme pour quêter mon pardon, et sa tête d'ahuri se mit à produire des claquements de bec désespérés. Mais il ne me faisait plus rire. Il me dégoûtait, plutôt.

Je balayai la table d'un revers de la main qui l'envoya rouler à deux pas du molosse. L'œil de Jorn s'alluma. Il s'amusait.

– Ce livre, là, sur l'anatomie… il paraît que Nez-de-Cuir ne se console pas de sa perte. Officiellement, j'enquête. Pour ce qui est de toi, tu es sous ma responsabilité, et le gouverneur des jardins de Fer m'a confié le soin de te châtier. Ça t'évitera un jugement, et puis, c'est plus amusant, ça me laisse le choix de la punition.

Il claqua des doigts. Jeer fouilla dans mon sac et apporta le livre. C'était un lourd volume, relié de cuir épais, qui s'ouvrait avec un bruit sourd et mat. Jorn tira quelques bouffées en le feuilletant. Les grandes pages en parchemin craquaient légèrement quand on les tournait. Ce froissement m'avait accompagné des nuits entières, il les avait illuminées, mais Jorn y jetait un œil sombre. Il s'arrêta sur les dessins du squelette, en promenant son index d'un endroit à l'autre, comme s'il consultait le menu d'un restaurant.

– Franchement, Gwen, je ne comprends pas ton attachement à tout ce charabia. Remarque, tous ces os, ça peut donner des idées… Au fait, je suis bon prince, j'ai décidé de te laisser les dents, je me contenterai de celles que ce nigaud d'Ignaas m'a apportées. Mais il y a tout un tas d'autres trucs qu'on peut casser…

– C'est quoi, ton marché ?

– Ah, on revient à une attitude raisonnable !

– Ce n'est pas une attitude. Tes menaces ne me font ni chaud ni froid. Tu ne vas rien me casser du tout, et nous le savons aussi bien l'un que l'autre.

– Et d'où vous vient cette fringante certitude, mon petit monsieur sans moustache ?

– Du simple fait que je suis encore vivant, et que tu aurais largement eu les moyens de me faire tuer, si tu l'avais voulu, et depuis longtemps. (Je me tournai vers Jeer.) Lui, là, c'est un assassin. Il travaille pour toi, et il m'a fait sortir des jardins de Fer. Je suis vivant parce que tu l'as décidé. Tu as besoin de moi, alors finissons-en…

– Je croyais que tu ne voulais pas travailler pour moi…

– J'apprends, Jorn. Je fais marcher ma tête, comme tu me l'as conseillé… tu te rappelles ? J'observe, j'étudie, je conclus. Et ma conclusion, c'est que je n'ai pas les cartes en main, et que c'est toi qui as la donne.

Il siffla entre ses dents, goguenard.

– Je suis impressionné.

– Arrête, Jorn, je te connais. Tu as une idée derrière la tête. Vas-y, accouche. Je ne sais pas ce que je fais ici, mais je suis sûr que je n'y suis pas par hasard. Et n'essaie pas de me faire croire que tu viens seulement de me retrouver. Tu sais depuis le début où je suis, où je vais. Si ça se trouve, tu m'as volontairement laissé moisir aux jardins de Fer. Finissons-en. Contrairement à Daer, je n'éprouve aucun plaisir à me laisser mener par le bout du nez.

Justement, l'oiseau revenait en boitillant. Je me baissai, le pris dans ma main et le fis glisser dans sa cachette. J'allongeai un bras vers la table et, prenant une graine de soliris que Jorn avait négligé de tremper dans la boisson, je la lui donnai en lui flattant le cou. Il s'installa avec des gémissements de grand malade, poussa un profond soupir et finit par sombrer dans un sommeil entrecoupé de sanglots. Entre les émotions et les vapeurs de genièvre, il en avait pour un bon bout de temps. Jorn se leva, toqua le fourneau de sa pipe contre le bord de la table, puis il attrapa son chapeau.

– Je t'ai dit que j'ai déménagé ? J'habite ici, maintenant. Waarm, c'était trop petit. Si on allait à la maison, pour parler de tout ça, comme au bon vieux temps ?

Ça me coûtait de le constater, mais je n'arrivais pas à le détester complètement. Avec Jorn, le plus court chemin vers le domicile passait toujours par le cabaret. Cette fois-ci, je décidai de l'accompagner jusqu'au bout de sa beuverie. Lorsque le beau visage de Silde nous ouvrit la porte, nous étions dans un aussi triste état l'un que l'autre, sans compter les ronflements de l'ivrogne dormant au fond de ma poche, d'affreux croassements qui s'achevaient en bredouillis de ballon dégonflé.

Le marché aux draps

Je me réveillai avec la gueule de bois : un beffroi dans le crâne, et toute une palanquée de cloches sonnant à toute volée. Ça résonnait de plus belle lorsque je voulus prendre l'escalier et pourtant je prenais soin de descendre les marches sans à-coups, l'une après l'autre, avec les hésitations d'un petit vieux perché sur des os de verre. Je me cramponnais à la rampe, pour résister au balancement imprimé par tout ce tintamarre de bronze. Une tour qui s'ébranle ne serait pas plus incertaine.

Silde ne m'adressa pas un mot, elle me désigna la porte de la cour et le baquet qui m'y attendait. Plongeant la tête dans l'eau froide, je m'aspergeai copieusement des deux mains et répétai l'opération jusqu'à sentir un début d'éclaircissement. Elle me jeta une pièce de drap pour m'essuyer. Je m'exécutai, sans oser la regarder. Elle me considéra d'un air grave, les poings sur les hanches. Évidemment, je n'étais pas au mieux pour l'affronter, la tête me tournait encore, et puis j'ignorais l'ordre des reproches qu'elle ne tarderait pas à énumérer. Partir sans laisser d'adresse ? Manquer à ma parole ? Voler un livre à celui qui m'avait servi de maître et de protecteur ? Et quoi d'autre encore ? Être né sous une mauvaise étoile ? Ne rien avoir à faire dans ce fichu pays ? Errer d'absurdité en catastrophe ? Subir les effets d'une cuite mémorable ? Franchement, qu'est-ce que j'y pouvais, à tout ça ? Rien, strictement rien.

– Pas mal, la nouvelle maison, dis-je, de l'air le plus détaché qu'il m'était possible d'afficher.

– Gwen de Waarm, ne te moque pas de moi !

Elle resta dans la même position un bon moment, vivante image de la bonté outragée, puis je vis se dessiner un sourire au coin de sa lèvre. Elle ouvrit ses bras, et je courus m'y jeter.

– Tu as grandi, on dirait.

– C'est pas toi qui es plus petite ?

– Allez, viens déjeuner.

Elle s'assit en face de moi.

– C'est grand, ici, continuai-je, en balayant la pièce du regard.

Elle soupira. Il y avait une petite ombre sous la lumière de son visage. Nous étions mal à l'aise, maintenant. J'avais oublié à quel point elle était belle, et je me sentis d'un seul coup grotesque, avec mes bras trop longs et ma maigreur mal fagotée.

– Gwen, je peux te dire quelque chose ?

Elle détourna les yeux. Ce trouble ne lui ressemblait pas. Je me contentai de l'observer par-dessus mon bol.

– Tu sens mauvais. Horriblement. Tu pues.

Je me sentis rougir sous l'affront. Venir de si loin, et toucher de si près la honte d'être encore en vie ! Fuir, vite. Disparaître, tout de suite, comme Yvon, englouti dans les flots, et qu'on n'en parle plus. Tout aurait été préférable à ça. C'était bien pire que tous les reproches auxquels je m'attendais.

– Je veux dire, ce n'est pas toi, continua-t-elle d'une voix plus douce. C'est… Daer. C'est une infection. Il sème des plumes jusque sur ton épaule. Tu ressembles à un pigeonnier ambulant.

– Mais, Silde, Daer est mon compagnon de travail… je ne sais rien faire sans lui.

– Eh bien, ton compagnon, il pue. C'est une grande ville, ici ; on est loin de Waarm. On ne te laissera entrer nulle part avec ce parfum de poulailler.

Je me levai d'un coup. Je sortis. De ce côté, la maison donnait sur un canal. C'était une étroite et majestueuse façade de briques, percée de hautes fenêtres à croisillons de bois et accolée aux maisons voisines, presque identiques, excepté le pignon qui les surmontait tantôt crénelé, tantôt incurvé. Sur l'autre rive, le même alignement de façades verticales et de vies bourgeoises respirait une saine prospérité, bien loin de mon village pauvre, plus loin encore de la fournaise des jardins de Fer. Si belles, si sages, toutes ces façades. Rien qu'à les regarder, je savais que je me cognerais contre. J'aurais dû écouter Matias. Partir au loin, tant qu'il en était encore temps, vendre le livre et le pibil. Au lieu de quoi, je m étais enfoncé plus profondément dans la nasse. Je m'étais contenté de passer d'une chambre à l'autre, et de suivre les leurres qu'on me promenait devant le nez, en donnant de la tête partout contre le même grillage. La veille encore, je croisais le fer avec Jorn, grisé de certitude, persuadé de jouer sur le même pied, d'homme à homme, argument contre argument. Je roulais des épaules, vaincu, mais sûr d'avoir conquis son estime. J'allais sceller nos retrouvailles au cabaret. Je le suivais, malheureusement, verre après verre, jusqu'à rouler sous la table. Le lendemain, trois mots de Silde suffisaient à me renvoyer à cette condition de gamin attardé. Comment vit-on dans ce monde ? Comment vit-on sur ses deux pieds ? Où est le cœur ? Où est la tête ? C'est le moment que choisit Daer pour sortir la sienne, et je jure que je fus à deux doigts de la lui tordre, de le balancer dans le canal et, qui sait, de le suivre dans le même mouvement pour en finir une fois pour toutes.

On ne sort pas d'ici. On ne fait pas deux fois le voyage dans la charrette de l'Ankou. Il n'y a qu'une vie. Même si la mienne avait bifurqué, c'était encore la mienne. Et si j'avais besoin d'en être convaincu, une terrible quinte de toux me plia en deux pour mieux me rappeler, sans doute, les trahisons d'un corps qui ne voulait pas mourir et qui ne me laissait vivre qu'à moitié.

Je marchai le long du canal, en remuant toute cette boue. Les gens s'affairaient, dans les barques, dans les échoppes et, partout où je voyais de gracieuses silhouettes féminines, le terrible verdict de Silde me renvoyait à mon indignité. Le vieux Braz avait bien de la chance d'avoir perdu la vue. La beauté et la grâce, quand on ne peut les atteindre, ça vous anéantit.

Jorn était là lorsque je revins. Je me débarrassai de ma

veste et j'allai la mettre à tremper, ne gardant que ma chemise.

– Alors Gwen, comment trouves-tu la ville ?

– Belle.

– N'est-ce pas ? Et tu n'as vu que le quartier, attends seulement d'avoir fait le tour des canaux, c'est une merveille. Et riche, c'est ça qui compte ! Tu n'imagines pas les trésors qui circulent, ici. Pour manger, c'est royal : marché aux poissons, marché aux fromages, et des cabarets à tous les carrefours ! Pour les yeux, il y a le marché aux fleurs. Mais le mieux, c'est le marché aux draps. Va y faire un tour, tu comprendras tout de suite. Il en vient de partout, du monde entier, des brocarts, des velours, des mousselines, de la percale… Regarde-les tous : ça touche, ça palpe, ça estime, ça discute, ça s'écharpe, ça fait affaire. Regarde-les bien. Ici, chacun se drape à hauteur de ce qu'il vaut. Enfin, de ce qu'il croit valoir. Mais tu vois, qu'ils portent de la laine ou de la soie, les gens sont tous pareils. Et moi, ce qui m'intéresse, c'est ce qu'ils font… Je t'ai trouvé un endroit pour t'installer. Une chambre, pas loin d'ici. J'ai même racheté ton livre d'anatomie à Nez-de-Cuir, alors tout est arrangé de ce côté-là. Il n'y aura pas de sanction. Ne me dis pas que ce bon vieux Jorn ne prend pas soin de toi. Tu pourras te mettre au travail dès demain.

– Comment ça ? Quel travail ?

– Mais le tien, pardi. Soigner, c'est pas ça que tu voulais faire ? Te gêne pas. Tu me paieras un loyer, et ça ira comme ça.

– La dette ?

– On n'en parle plus. C'est effacé. Tu vois, petit Gwen,

je ne suis pas rancunier, et même, je t'ai toujours eu à la bonne, depuis que je t'ai trouvé sur la plage. En plus, sans moi, tu n'aurais rien appris, pas vrai ? Tu as un don, c'est d'accord, mais c'est grâce à moi que tu l'as découvert.

– Je ne comprends toujours pas.

– C'est simple. Chacun vaque à ses affaires. On se voit de temps en temps, il y a deux ou trois cabarets où j'ai mes habitudes.

– Pour quoi faire ?

– Rien de spécial. On boit un coup. Tu m'informes, tu me racontes.

– Quoi ? Je raconte quoi ?

– Tout !

– Tout quoi ?

– Pourquoi faut-il toujours que tu te fasses passer pour plus stupide que tu n'es ? Je ne veux pas la coque, je veux le noyau.

– La coque ?

– La demeure, le vêtement, la famille, le corps : quelqu'un comme toi est fait pour les traverser, pour voir au-dedans.

– Si je refuse ?

– Tu vois ce bout de papier ? Il m'autorise à t'envoyer à la fonderie des jardins de Fer. Aujourd'hui, demain. N'importe quand. Il est exécutoire dans l'heure où je le produirai. Les fourneaux, c'est irrespirable pour un type en bonne santé. Toi, tu n'y tiendrais pas deux mois. C'est une solution... distrayante. Mais je crois qu'il serait plus simple encore de faire appel aux services de Jeer. Plus discret, plus efficace. Plus douloureux, aussi. Il a un don, lui aussi.

Il peut faire danser un corps aussi bien que toi, mais sur un autre registre. Attends, attends... je plaisante. Rien de tout ça n'est nécessaire. On va s'entendre, c'est évident. D'ailleurs, on s'est toujours entendus. Depuis le début.

– Combien de temps ?

– Ça, personne ne peut le dire. Moi, je suis un chasseur. Je ne sais pas ce que je cherche, mais je sais une chose, c'est que tout un tas de raisons font vivre les gens à côté de leur vie. J'ai mis du temps à le comprendre. Maintenant, ce qui m'intéresse, c'est de découvrir le foutu mécanisme qui les fait bouger. L'or, c'est trop simple, trop facile. Les honneurs, ça côtoie le ridicule, et c'est tristement prévisible L'attraction des hommes ou des femmes, on ne peut rien en faire, c'est trop capricieux, et ça empêche de garder la tête froide. La peur, oui, c'est un puissant moteur. Violent, magnifique. Et mystérieux : tel tremble devant la mare d'eau noire, qui affronte debout la vague tempétueuse. Mais tout ça ne suffit pas. Il y a autre chose. Quoi, je ne sais pas. Avec toi, je vais trouver. Ah, si seulement tu voulais me faire confiance, on en ferait, de grandes choses, tous les deux...

– Combien de temps, Jorn ?

– Est-ce que je sais ? À la chasse, le temps ne compte pas. Il y a une chose que tu dois saisir, Gwen : il n'y a qu'un seul monde. Un seul. Tu ne retourneras pas sur le bateau qui t'a débarqué. Je ne reviendrai pas à mon poste de garde à la côte. Le temps coule ici, maintenant et, pour le dire tout net, ta vie tient dans le creux de ma main. Quand tu t'en rendras compte, elle te semblera plus légère. Tu es jeune, mords dedans. Ne tarde pas. Ose. Bouge, vis. Bois, chante, trousse les jupons. Arrête de ressasser, de jouer les passe-muraille. C'est sinistre, à la fin. Regarde Daer ! Ce piaf est dix fois plus vivant que toi ! Lui n'a pas eu peur de perdre la vue. Il pue, il est ingrat, colérique, capricieux. Il ne triche pas. Il se montre tel qu'il est. Tu lui en veux d'avoir pris les graines que je lui donnais. Toi et ta morale ! Lui, au moins, il n'a pas peur de l'ivresse, de la griserie ! T'en fais pas. Toi aussi, il y a quelque chose qui te fait bouger. Mais tu en as peur. Fais comme lui, sors de ta poche. Va dans la lumière. Montre-toi… Au fait, tu peux jeter le reste de tes habits, je t'en ai fait tailler de nouveaux.

– Ce n'était pas nécessaire, les miens me vont très bien.

– Ceux-là sont propres. Et de plus grande allure.

– Je te dis que je n'en ai pas besoin.

– Ah, non ? Parfait ! Tu les mettras quand même. Quand on veut soigner les corps, on soigne les apparences.

– C'est tout ?

– C'est tout.

– Pas de contrat ?

– Pas de contrat. Mais n'essaie pas de me refaire faux bond. Tu ne seras pas libre avant que j'en aie décidé. On verra quand nous serons quittes. En attendant, on a un pacte, tous les deux, que tu le veuilles ou non. Un pacte joyeux, Gwen. Allez, fais-moi plaisir. Ouvre-moi en grand cette poitrine, bon sang ! Oublie le passé. Va de l'avant !

– Jorn, j'ai une question. Une dernière. Elle est ridicule, mais je dois la poser.

Il tira longuement sur sa pipe, les paupières mi-closes, pour mieux savourer l'instant, je suppose. Il aimait ça, le point de rupture, le moment où tout bascule. Il savait mettre les gens mal à l'aise, et provoquer par petites touches cette sorte d'effondrement intérieur qui sape le jugement et finit par détruire la volonté. C'était un homme capable de vous étrangler en vous insultant de la voix la plus caressante du monde.

– Quoi ?

Je pris une inspiration et m'inclinai vers le sol, incapable de le regarder en face.

– Est-ce que tu es le diable ?

Sa grosse tête de faune éclata de rire. Je n'eus pas d'autre réponse.

La ligne et la mouche

Jorn m'avait installé au dernier étage d'une maison située le long d'un canal latéral. De ma fenêtre, je voyais passer les barques chargées de fleurs et de plantes qui revenaient du marché aux herbes.

Sur ses « conseils », je partageais les tréteaux d'un arracheur de dents, un peu plus loin, sur le quai du marché aux poissons. Les rôles étaient bien distribués. L'un ouvrait des mâchoires, l'autre redressait les tordus.

J'étais vêtu de noir, taiseux, économe de mes gestes, et j'attendais le client. Mon comparse se pavanait, drapé dans son tablier étoilé de sang comme dans le glorieux étendard de sa profession, et rabattait la foule à grands coups de son chapeau à plumes. Sa voix couvrait le cri des mouettes et des harengères, ses mensonges tombaient avec l'aplomb d'un tranchoir de boucher. La personne la plus saine, quand elle avait le malheur de gober ses boniments, se découvrait une rage de dents ou un scorbut foudroyant, et se laissait mener par les voltes du chapeau jusqu'au lieu de son supplice.

On l'appelait Tord-Boyaux, parce qu'il régalait ses patients d'une eau-de-vie propre à trouer le plus épais des cuirs de vache, dans laquelle macéraient trois piments du Nouveau Monde et une vipère à cornes, sans doute lovée dans cette eau trouble depuis des années. Tord-Boyaux basculait son client sur la chaise et lui plantait d'office le goulot entre les lèvres. À la première rasade, le pauvre gars pleurait la moitié du breuvage par le nez et par les yeux, en faisant des signes désespérés pour s'arrêter, mais l'autre lui en remettait d'autorité une deuxième lampée, assez pour l'abrutir ou l'assommer. Ce prélude expédié, il enlevait son chapeau d'un large geste puis, les manches retroussées, il attrapait le pauvre diable par le nez et, lui renversant la tête en arrière, il introduisait entre ses mâchoires un étrier de métal dont il écartait les branches jusqu'au point de rupture. Alors, alors seulement, il s'emparait de la paire de tenailles. C'était comme un lever de rideau. La foule agglutinée se refermait sur le bourreau et la victime.

À cheval sur le client, les jambes bien campées de chaque côté, Tord-Boyaux refermait les pinces sur la dent, pendant que le malheureux se cabrait sous l'assaut. Insensible aux ruades de sa monture, il se mettait à tirer de toutes ses forces. L'autre roulait des yeux de dément. Soudain, il lui plaquait une main sur la poitrine, prenait une profonde inspiration, et *crac !* arrachait la molaire d'une experte rotation du poignet en poussant un grand cri.

Applaudissements du public. Modeste, Tord-Boyaux s'inclinait. Saluait. Invitait son partenaire à le rejoindre. Mais l'autre, les mâchoires en sang et au bord de la syncope, se relevait douloureusement, payait son bourreau et disparaissait sans demander son reste.

L'homme de l'art en était peiné : après tant de cris, de jurons, de supplications, de tressautements de chaise, ces fuites sans gloire le laissaient sur sa faim. Il ne trouvait pas le départ de son partenaire à la hauteur de son arrivée. Il aurait voulu davantage de panache. Que l'homme fasse honneur au métier. Qu'il tombe dans ses bras en le suppliant de lui ôter une autre dent, la petite sœur jumelle, pour l'amour de l'art et de la symétrie. Mais non, tous ces pisse-vinaigre repartaient sans lui serrer la main. Soupir et moment de solitude... Il levait la bouteille et s'envoyait une bonne rasade de son alcool de vipère.

Et moi ? Moi je bénéficiais des retombées de la pièce. D'abord, les luxations et les décrochements de mâchoires étaient fréquents. Ensuite, il n'était pas rare qu'un spectateur imprudent écope d'un saut de carpe dans le genou ou sous le menton : là encore, j'intervenais. Mais ça, c'était le quotidien, le tout-venant.

Parce qu'il y avait de vraies aubaines, des grappes de curieux s'écroulant autour de la chaise, des mouvements de panique ou des bagarres, tout ce qui se solde par des muscles froissés, des membres tordus et des côtes enfoncées, de quoi faire vivre une bonne dizaine de rebouteux.

Tord-Boyaux estimait que les profits dus à son talent méritaient récompense. Je lui reversais donc un pourcentage sur chaque éclopé. Il ne me venait pas à l'idée de refuser. Mais, comme je ne me débrouillais pas trop mal, certains vinrent finalement me voir au seul vu des résultats que j'obtenais. Le bouche à oreille détrônait, l'air de rien, les tirades du bonimenteur.

Peu à peu, ma clientèle gagna sur celle de Tord-Boyaux, et l'on vit des bourgeois du grand canal louvoyer entre les caques de harengs et les paniers d'anguilles pour venir bénéficier de mon humble pratique. Ceux qui répugnaient à se dévêtir devant le bas peuple envoyaient leurs domestiques à leur place. Ces derniers me donnaient rendez-vous à la nuit tombée, pour préserver la réputation de leurs maîtres qui n'osaient pas même évoquer en plein jour les maux dont ils souffraient. Voilà comment la ville m'a ouvert ses portes, et comment moi, le petit rebouteux, je suis passé de l'autre côté des hautes façades, de chambre en chambre, à poser mes mains au-dessus des corps meurtris.

Je découvris la richesse : les vitres de cristal, les meubles sculptés, la vaisselle d'argent, les portraits au mur, les tapis profonds. Au bout du parcours, une chambre. Je ne savais pas toujours qui j'y rencontrerais, homme, femme, enfant, vieillard…

Jorn avait bien raison. Que ce soit derrière des portes branlantes ou des rideaux de velours, on souffre autant, sous la soie comme sous la laine. Passées ces barrières qui distinguent pauvres ou riches, les corps dévoilent leurs secrets et, avec eux, leurs âmes dénudées. J'en avais presque le vertige, de toute cette souffrance recluse.

Il avait tout prévu, le maître de la douane volante : Tord-Boyaux, c'était la mouche, l'appât disert et virevoltant, moi, j'étais la ligne discrète, l'hameçon à la sûre morsure, et tout là-bas, loin derrière, dans l'ombre patiente de son imprévisible dessein et les volutes bleutées de sa pipe d'écume, lui, messire Jorn, il attendait.

Car je faisais comme il avait dit. J'avais abandonné tout orgueil, tout sursaut de révolte, tout scrupule de conscience. Je le retrouvais à la *Tulipe noire* ou au *Souffle de la baleine,* ou dans n'importe quelle taverne mal famée qu'il lui plaisait de me donner comme lieu de rendez-vous, et je vidais mon sac. Rien de bien terrible. Les batailles qui se livrent au fond du lit, la maladie, la guérison, tout ce qui fait nos longues misères et nos pauvres bonheurs, je les recrachais dans les fumées de son tabac gris. Et je le voyais réfléchir, et triturer distraitement les fils qui reliaient ces trois ou quatre marionnettes enfiévrées que j'avais déposées entre ses doigts.

Ensuite, grappillant quelques faits insignifiants de droite et de gauche, il commençait à repeindre de noir le tableau que j'avais brossé. Il raillait la naïveté de l'honnête homme pour mieux louer le savoir-faire de la crapule, ne croyait d'ailleurs ni aux uns ni aux autres, toujours à la recherche du plus retors. J'avais beau me creuser la tête, je ne comprenais pas comment mes pauvres indications pouvaient le conduire à de telles conclusions. Il en voulait toujours plus. Des petits secrets et des grandes mesquineries, des bassesses et des ulcères, des flux de ventre et des disgrâces cachées. Il me lançait sur la piste de l'adultère, de l'inceste crapuleux et du crime de famille. Je n'y parvenais pas : les gens, pour moi, ne seraient jamais comme lui voulait les voir.

Je me sentais toujours plus sale, oui. « Dégueulasse » serait le mot juste. Et il se moquait de ma naïveté, et il riait de me voir faire la tête. Et je riais avec lui. Et je buvais avec lui. Et je voulais vivre comme lui, grandir, grossir, boire, jurer, mais je n'y arrivais pas, et je revenais triste, sali, honteux, en me tenant aux murs.

Dans mes moments de répit, j'ouvrais le livre d'anatomie, pour y retrouver les explications de Nez-de-Cuir, du temps où il me guidait encore dans les territoires secrets du grand corps humain. Comment disait-il, déjà ? L'observation, « l'observation, mon cher... ». C'était beau, la clarté de ses exposés, la patience de ses leçons. À ce qu'on dit, nous avons un corps, et une âme. Mon âme était ailleurs, perdue dans les brumes de Bretagne. Mon corps passait son temps à la chercher. Il s'usait aux bords rugueux de ce monde en me laissant les nerfs à vif.

J'enviais Jorn pour la densité de sa présence et l'épaisseur de son cuir. Rien ne l'atteignait. Planté dans la terre, les sens aiguisés, solide comme un roc, plus imprévisible qu'un renard. Chacune de mes visites le comblait d'aise. Il soupesait mes comptes rendus, taillait dans cette masse informe pour en extraire les linéaments d'une analyse dont lui seul percevait les conséquences. Son jugement avait le mordant et la noirceur de l'obsidienne. Il s'en servait comme d'une lame pour disséquer le grand corps de la ville. Il me montrait la haine qui court au sein des familles, les jalousies féroces, les chicanes autour des testaments et les ricanements de la diffamation. J'étais son pantin, ses yeux dans l'ombre, son oreille collée aux portes.

Comme le vieux Braz, il refusait de se faire des illusions. Mais la lucidité du rebouteux et sa colère bienveillante m'avaient porté au meilleur de moi-même. Le cynisme de Jorn m'entraînait aux abîmes.

Quant à Daer, il avait perdu beaucoup de son talent. Il ne me servait plus guère qu'à rassurer les enfants. Ayant regoûté aux graines de soliris, il était retombé dans sa dépendance. Il voyageait dans un beau sac de toile brodée confectionné par Silde, où il dormait la plupart du temps.

Les choses auraient pu durer ainsi, je crois, pendant des années. Je m'habituais à cette vie de tréteaux au grand jour et de visites clandestines à la nuit tombée.

Jorn arrachait les voiles de toutes ces intimités trahies pour faire chanter les gens. Silde voyait toujours en lui le bon vivant, le petit garde à la côte devenu capitaine de la douane volante à force de volonté. Malin, courageux, clairvoyant. Un gars qui faisait son travail, levait les taxes sur les marchés, contrôlait les marchandises, vérifiait les poids et les mesures. Voilà ce qu'elle croyait.

Moi, je le voyais tirer les ficelles, faire trébucher ceux qui se dressaient sur son chemin. Des fortunes entières passaient dans son escarcelle. La moitié de la ville, bientôt, lui appartiendrait. Il vidait les maisons pour en faire des coquilles creuses, qui ne tenaient plus que par les apparences de ceux qui les habitaient.

Mais on ne montre pas un tel appétit sans avaler un jour de travers. Et, quelquefois, c'est une arête qui vient se planter au fond de la gorge.

Cette arête se présenta un beau jour sous la forme d'un petit homme essoufflé, ventru et court sur pattes, portant perruque poudrée et toque de velours noir, et qui empestait un mélange bizarre de camphre et de tabac froid. Jorn comprit que les ennuis arrivaient en voyant ce gros dindon gonflé d'indignation franchir le seuil de sa maison. Car ce bonhomme n'était pas n'importe qui. Non, pas n'importe qui. Rien de moins, en fait, que Prospero Demetrius Van Horn, grand secrétaire de la faculté de médecine. Il sortit un mouchoir de dentelle pour essuyer son front en reprenant son souffle et entra tout de suite dans le vif du sujet. Sa voix était aussi haut perchée que l'estime qu'il avait de lui-même, c'est-à-dire à des hauteurs où le ridicule, depuis longtemps, ne se risque plus. Il venait exprimer le grand mécontentement des docteurs, et porter leurs doléances devant celui qui était chargé de l'ordre dans la cité :

– Car il y a d'un côté, n'est-ce pas, une profession des plus dignes, exercée par un collège de savants et de docteurs, tous bien nés, tous éminents, qui, après de longues études, ont fait serment de soigner les corps tant vivants que mourants. Et de l'autre, quoi ? Les manigances d'un sale petit rebouteux ! Un Égaré sans diplôme aux pratiques indécentes. On ne le voit jamais au culte. Il ne paie pas les taxes. Il a le culot de faire des visites aux particuliers alors que sa place est tout juste tolérée au marché aux poissons, avec les vendeurs d'almanachs et de potions, les charlatans et les arracheurs de dents. Si la douane n'y met pas bon ordre, la faculté s'en chargera. Et la meilleure médecine pour les vauriens de cette sorte, c'est encore un bon coup de pied au cul avec une corde passée autour du cou !

Jorn prit l'alerte très au sérieux. Il commença par inviter le dindon outragé, pour calmer sa colère et gagner du temps. Disant qu'il comprenait son indignation mais que, d'un autre côté, le jeune Gwen de Waarm n'était pas sans talent, et qu'il avait des appuis que lui-même, pourtant chef de la douane, ignorait. Pour conclure, il graissa la patte de cet important personnage, en lui confiant un sac de pièces d'or, soi-disant pour les « œuvres de la faculté ». C'est assez paradoxal, mais cet or qui pesait un bon poids au fond de la poche de Prospero Demetrius Van Horn le fit repartir d'un pas beaucoup plus léger.

Jorn me convoqua au *Souffle de la baleine* dès le lendemain. Tout en m'exposant la situation, il soupesa différentes solutions. Aucune n'était satisfaisante : ça lui donnait du fil à retordre, cette fronde des robes noires. Mais ça l'amusait. C'était nouveau.

On pouvait toujours envoyer quelques hommes de main ficher la trouille à ces braves docteurs, et infliger une dérouillée à ce Prospero Demetrius Van Horn. Ces types-là, après tout, ça réagit pareil que tout le monde aux menaces et aux coups. Ça bombe le torse avant, ça rase les murs après. Mais ce n'était pas une solution.

– Non, dit-il en expirant longuement, et en lançant vers le plafond un impeccable rond de fumée, il faut jouer la partie selon leurs règles. On va faire ça en douceur. Mais d'abord, il y a un truc que je dois savoir. Je comprends que les docteurs ne te portent pas dans leur cœur : tu marches sur leurs plates-bandes ; mais ce Prospero, il m'a l'air sacrément remonté contre toi. Plus que de raison. Tu lui as fait du tort ? Tu as déjà eu affaire à lui personnellement ?

– Pas que je sache.

– Tu es sûr ? Réfléchis bien…

– Je ne vois pas… à moins que…

– Oui ?

– J'ai soigné il n'y a pas longtemps une très vieille femme qui a le même nom que lui, Van Horn. Maintenant, il me semble qu'elle lui ressemblait, elle pourrait être sa mère.

– Quoi ? La mère Van Horn ? Tu l'as soignée ? Elle en est morte ?

– Pas du tout, Jorn : je l'ai guérie.

– Pourquoi tu ne m'en as pas parlé… ?

– C'était sans importance. Une très vieille femme, dans une petite maison de rien du tout. C'est sa domestique, presque aussi âgée qu'elle, qui est venue me trouver.

Il frappa du poing sur la table.

– Bon Dieu ! Bien sûr que ça a de l'importance. Je te l'ai dit, Gwen, je dois tout savoir… tout. Une sacrée bourde que tu as faite là…

– Mais où est le mal ?

– Le mal, pauvre nigaud, c'est que cette femme a du bien.

– Du bien ? Y a pas trois sous de linge frais dans sa maison !

– Détrompe-toi… des tas de maisons et de terrains à la campagne, une pêcherie, et quoi encore… Assise sur un tas d'or, avare comme pas deux. Prospero est son unique fils. En principe, c'est lui qui hérite. Il est criblé de dettes, je suis bien placé pour le savoir… Tu ne vois toujours pas, il faut vraiment que je t'explique ? C'est bien simple : si la vieille meurt, il se retrouve riche à se faire péter la panse. Alors que là, c'est rien d'autre qu'un gros dindon aux poches trouées.

– Je n'ai pas fait grand-chose. Elle a été plutôt généreuse avec moi : elle avait besoin d'être rassurée. Je l'ai surtout dissuadée de boire les potions qu'on lui prescrivait.

Il s'étouffa à moitié.

– Qu'on lui prescrivait ? Qu'on lui prescrivait ? C'est pas possible d'être naïf à ce point-là ! Tu veux dire : qu'il lui prescrivait. De mieux en mieux. À tous les coups, il a tenté de l'empoisonner. Tu parles d'un docteur… Et moi qui n'en savais rien ! Dire que j'aurais pu refermer mon poing dessus…

– Mais, Jorn, nous ne savons même pas si c'est réellement sa mère. Et même, rien ne prouve que c'est lui qui a prescrit les potions.

Il poussa un soupir et me fixa d'un air découragé.

– Mon pauvre Gwen, quand est-ce que tu vas te décider à ouvrir les yeux ? Tu t'es fait un ennemi, un vrai. Tu le comprends, ça ? Et pas n'importe lequel. Ce petit monsieur commande toute la coterie des docteurs et des apothicaires. Tu es à deux doigts du procès. Je t'ai acheté un peu de répit, mais tu peux être sûr qu'il reviendra à la charge. Alors de grâce, pour l'instant, fais-toi oublier. Plus de consultations. Je ne veux pas te voir traîner au marché aux poissons.

– Et comment je fais pour gagner ma croûte ?

Il passa une main lasse sur son front.

– Comme d'habitude, petit Gwen. Comme d'habitude, je m'en occupe. Au fait, c'est vrai que tu parles le latin ?

– Oui et non. Je connais pas mal de formules par cœur : l'anatomie, les humeurs, les maladies, quelques plantes… Ça ne sert pas à grand-chose, mais ça impressionne les gens…

– C'est déjà ça. Je vais te trouver un professeur. Seulement, il faudra mettre les bouchées doubles, vu ? On ne va pas se laisser faire. Ils veulent nous barrer le chemin ? Parfait, on va entrer par la grande porte.

– De quoi on parle, là ?

– Des docteurs. De l'examen. De leur foutu diplôme. Que tu vas me faire le plaisir d'obtenir.

AU BOUT DE LA LONGUE-VUE

Les canaux menant au quartier des vanniers et des potiers quadrillent une vaste étendue où voisinent des pâturages, des maisons de pêcheur, des jardins bordés de saules, des fours et des hangars de séchage. Abraham Sternis était arrivé là tout gamin avec ses parents, et une flopée de frères et sœurs qui n'avaient pas survécu. Il occupait le dernier étage d'une maison si penchée sur son reflet qu'on devait incliner la tête dans l'autre sens pour la remettre à l'endroit.

J'allais tous les jours prendre mes leçons chez lui. Je grimpais l'escalier qui menait à sa mansarde, en plissant les yeux pour m'habituer à la pénombre poussiéreuse au fond de laquelle il m'attendait. Il était attablé face à la fenêtre, occupé à polir des lentilles de verre. Il avait la peau très fine, d'une pâleur sépulcrale, et son front très haut se striait de rides minuscules à mon arrivée.

Je n'avais rien à payer, tout était pris en charge par Jorn. C'était assez simple, Abraham Sternis sortait un ouvrage médical, il me faisait réciter le texte, avant de me le traduire et de me l'expliquer. Daer en profitait pour répéter avec moi. Le vieil homme supportait ça difficilement. Je crois qu'il nous regardait avec la même incrédulité mêlée de pitié, l'élève et son piaf à voix de fausset. Il nous trouvait aussi demeurés l'un que l'autre. Nous étions une sorte de parenthèse imposée dans son emploi du temps, une parenthèse agaçante. Cela dérangeait ses habitudes, les heures qu'il passait à entretenir sa volumineuse correspondance.

Mais il changea son jugement quand il s'aperçut que je progressais beaucoup plus vite que prévu. Le peu qu'il me disait m'éclairait sur des pans entiers des discours que j'avais avalés. Et tout ça finissait, à ma grande surprise, et peut-être aussi à la sienne, par s'emboîter dans ma cervelle de façon cohérente. Je dévorais les livres. Il y avait de quoi faire, il en possédait pas loin d'un millier, traitant de tous les sujets.

Il me restait assez de temps, entre les leçons, pour explorer la ville. C'était un vrai labyrinthe de canaux, de quais, de ponts. La douane volante surveillait les allées et venues des négociants, fouillant de la proue à la poupe les barques à partir d'un certain tonnage, et je ne voyais toujours pas comment rejoindre la mer, ni quelle direction emprunter. Ni aide ni repère, je devais patiemment remonter un à un les fils de ma toile d'araignée, il y en aurait bien un pour me conduire vers la liberté.

Après deux mois de leçons assidues, mon professeur consentit enfin à s'ouvrir un peu. Les verres qu'il polissait, par exemple, on venait les chercher de très loin. C'étaient des lentilles destinées à la fabrication de longues-vues pour observer les étoiles. Je levai un sourcil interrogateur. Il hésita un peu, s'éloigna vers le fond de la pièce, fourragea dans un tiroir, revint avec un long coffret de cuir d'où il sortit sa propre longue-vue. Un bel objet, lourd dans la main, composé de trois cylindres de cuivre coulissant l'un dans l'autre. Comme il faisait jour, je pointai l'objectif non pas vers le ciel, couvert de nuages, mais sur un fouillis de végétation que trouait la flaque lumineuse d'un canal.

C'était la première fois que j'observais à distance : un pêcheur ramassant ses filets, un bac qui traverse, là-bas, sur l'autre rive, trois femmes en conversation, des gamins endormis sur une meule d'herbe fraîchement coupée, un chien qui s'éclabousse en gambadant dans les roseaux… Je m'arrêtai net.

Devant une petite maison dissimulée dans les roseaux, et promenant un regard tranquille sur les environs, Matias apparut dans mon viseur. Je le perdis un instant, le retrouvai plus bas, une dizaine de secondes plus tard. Il sauta dans une barque et gagna le cours du canal. Un rideau d'arbres m'empêchait d'en voir plus. Ainsi donc, c'est ici qu'il vivait, au beau milieu des cabanes de vannier ?

Abraham Sternis me reprit l'instrument des mains, soudain agacé de ces observations futiles. Il referma pieusement le coffret.

J'expédiai ma leçon et pris congé du professeur, bien décidé à en découvrir davantage sur les agissements de Matias. La maison, visible depuis sa fenêtre, n'était pas facile à retrouver au ras du sol. Les roseaux la masquaient, et elle était entourée d'eau. Il me faudrait une barque. Et attendre la nuit tombée.

J'y retournai le soir même. Daer dormait dans son sac, suspendu à mon épaule. C'était un peu encombrant, mais je ne pouvais pas le laisser seul la nuit, ça l'angoissait trop. Une fois, il avait fait un foin de tous les diables, les chiens s'étaient mis à aboyer, ce qui avait réveillé les coqs et tiré du lit tout le voisinage. Autant dire qu'il y avait du monde pour m'accueillir au matin sur le pas de la porte, et pas de très bonne humeur...

Je dissimulai la barque entre les roseaux. Elle était lourde, et mes efforts déclenchèrent une quinte de toux que je réprimai en m'étouffant à moitié. Par chance, le vent soufflait assez fort pour couvrir le bruit. Je me glissai entre les tiges, progressant vers la masse plus sombre de la maison. Derrière le carré jaune de la fenêtre, tendue de papier huilé, et séparées par le tremblement d'une chandelle, deux ombres se penchaient. L'un des deux hommes était Matias ; l'autre, je le reconnus aussitôt à sa corpulence, Jeer. Impossible de saisir ce qu'ils racontaient, ils parlaient à voix trop basse. Je m'approchai davantage. La tache claire d'un papier au mur, derrière eux, détourna mon attention. Ça ressemblait plus ou moins à une carte. Je n'avais pas grand souvenir de la géographie, mais cette forme grise, là, une sorte de nez à trois pointes, plongeant fièrement dans le grand vide de l'océan... Gast ! La Bretagne !

Le cri m'avait échappé.

Les deux têtes se redressèrent. Je ne crois pas qu'ils me virent, les roseaux s'agitaient entre nous comme un rideau frémissant. Matias se leva. Je fis demi-tour pour me carapater et je m'étalai en poussant un juron. Mon sac s'était accroché derrière moi. Daer, réveillé en sursaut, commença à se démener en chuintant de colère. Il dégringola de sa prison de toile et, pris de panique, fonça sur ses deux pattes comme un canard sans tête. Il courait en zigzag au beau milieu d'un fouillis de tiges et de feuilles deux fois haut comme un homme, et moi je n'y voyais pas à plus d'un pas. Il s'enfonçait là-dedans à toute vitesse. Je tentai de l'appeler à mi-voix. Pas moyen de lui faire entendre raison. J'étais à deux doigts de le perdre, quand j'entendis soudain sur ma gauche un froissement furtif, un crescendo de cris de souris, suivis d'un *djeeerk !* d'indignation, et puis un grand fracas de branches brisées qui s'éloigna rapidement.

La porte de la maison tourna sur ses gonds. Matias se profila sur le seuil, la paume de sa main en coupe autour de la chandelle pour la protéger du vent. Je m'aplatis contre le sol.

– C'est quoi ? demanda Jeer.

– J'y vois pas grand-chose. Un renard, je dirais... ou une loutre... va savoir... Ah, ça y est, je le vois... c'est bien c'que j'disais... un renard...

– Il va bouffer les anguilles !

– Non, il va pas de ce côté-là. En plus, y a rien à craindre, j'ai mis un poids sur les baquets. Oh, oh, l'a quand même choppé une bestiole, on dirait... Bon, ben, bon appétit, messire Goupil... moi je vais aller arroser le canal...

Je me cramponnai la mâchoire à deux mains pour ne pas vomir.

J'attendis un peu, puis je repris le chemin en sens inverse, à quatre pattes, une graine de soliris entre le pouce et l'index. J'appelai Daer aussi doucement que possible, en guettant le moindre signe, le moindre claquement de bec. Ma main gauche rencontra une bourre de plumes toute poisseuse. Ces plumes légères et fines, qui lui faisaient autour du cou un pelage davantage qu'un plumage, je pouvais les reconnaître rien qu'au toucher. Le sang, dessous, était encore tiède.

Je cherchai encore pendant une bonne heure, en maudissant ma stupidité. Un renard… Non, Daer n'avait pas pu finir comme ça. Je m'affalai, épuisé, au fond de la barque. J'attrapai la petite fiole de genièvre et la vidai en trois lampées. Ma gorge brûla et les étoiles, au-dessus, se brouillèrent. Je tirai sur ma poitrine un rouleau de corde en guise de couverture, et je m'endormis.

Un peu avant l'aube, j'entendis des voix. Je me soulevai à demi. Deux hommes embarquaient dans une plate, leurs filets de pêche à l'épaule. Je me rendormis en grelottant de froid.

Je me réveillai sous les reflets du soleil qui agaçaient mes paupières. Je posai la tête entre mes coudes, à plat sur le bordé. La barque avait un peu dérivé. La végétation s'ébrouait lentement du sommeil de la nuit. Des lambeaux de brume s'évaporaient encore et, sur l'autre rive, un héron prit son envol. Je cherchai à tâtons le sac de Daer, sans parvenir à mettre la main dessus. Dans un clapotis, la barque oscilla. Je dressai l'oreille. Un animal, sans doute, qui profitait des premiers moments de l'aube pour venir s'abreuver. J'écartai sans bruit les roseaux…

Une jeune fille était là, à moins de vingt pas. Entrée dans l'eau jusqu'à la ceinture, elle y plongea la tête tout entière, les mains passées derrière les cheveux. Elle releva le buste, faisant basculer toute sa chevelure en torsade de l'autre côté de son cou. Et cette masse humide de cheveux noirs qu'elle peignait de ses doigts écartés rendait plus blanche encore sa gorge dénudée. Un court instant, j'aperçus le profil de son visage. Elle se figea un moment, les yeux clos, la tête penchée de côté. Belle à trembler.

Puis elle attrapa sa chemise et s'enfonça dans les roseaux.

La chambre, à mon retour, me parut grise et poussiéreuse. Je pris brutalement conscience de l'absence de Daer. Sa crinière hirsute, le cliquetis exaspérant de ses griffes sur le carrelage, sa démarche disgracieuse, son latin de basse-cour, ses pointés de bec sentencieux, sa gloutonnerie maladive, et moi qui restais là, à genoux, hébété, tout secoué de sanglots sans même m'en rendre compte.

Je me rendis à une convocation de Jorn, au *Souffle de la baleine*. Sans le sac de Daer à l'épaule, je marchais comme un boiteux sans béquille. Je poussai la porte du tripot. Jorn était assis au fond. Il avait l'air en rogne. Tous les types avaient le nez dans leur chope. Pendant que je mesurais les pas menant à sa table, l'air de rien, il m'inspecta des pieds à la tête, et grogna, sans m'inviter à m'asseoir :

– Qu'est-ce que tu as fait du pibil ?

J'écartai les mains.

– Disparu…

– Te gêne pas, prends-moi pour un idiot. Ça vaut une fortune ces bestioles. Accouche. Tu l'as vendu ? Tu te l'es fait piquer ?

– Il est mort.

Jorn marqua une de ces pauses où, tapi derrière son

écran de fumée, il suspendait la conversation. Dans ces cas-là, on n'avait pas droit à l'erreur. Il fallait faire comme lui. Surtout ne pas le relancer. Attendre. Parce qu'il avait un sixième sens pour débusquer les changements d'inflexion, le moindre tremblement de voix, le ton faussement blagueur. J'en avais vu plus d'un se trahir et se faire ramasser, à ce petit jeu du mensonge et de la vérité.

– Comment ça, mort ?

– Mort : mort. Ça t'étonne ? Moi pas : c'est toi qui l'as tué ! ...

– Doucement, doucement, petit Gwen, ne va pas trop loin...

– Tu l'as tellement gavé de genièvre que tu l'as rendu aveugle. Ensuite, c'est bien toi, si je ne m'abuse, qui lui as remis le bec dans cette pourriture de soliris... Il ne pouvait plus s'en passer. Il en est mort. Et tu as encore le culot de me dire que je m'en suis débarrassé...

– Doucement, je t'ai dit...

– Pourquoi il faudrait toujours que je la ferme ? Ça t'amuse, hein, de voir les autres dans l'embarras. Mais ça ne changera rien que je la boucle, parce que c'est bien toi qui l'as fait crever. Si tu nous avais laissés tranquilles, j'aurais pu le garder encore pendant des années...

Il se pencha en avant, les yeux planqués dans la fente de ses paupières comme une paire de canons. Je ne cillai pas. Son regard dériva lentement sur le côté, à la recherche d'un autre angle d'attaque, puis revint vers moi, légèrement adouci.

– T'as pas perdu tes pouvoirs au moins ?

– Je ne crois pas...

– Tu ne crois pas ?

L'espace d'un instant, je crus être libéré. Et si, effectivement, je prétendais ne plus pouvoir soigner… non, il ne serait pas dupe. Je lâchai la réponse dans un souffle, submergé par une vague de tristesse :

– Je suis sûr que non. Daer ne servait plus à grand-chose. Depuis longtemps. Il roupillait presque tout le temps. Mais il était… Il…

– C'est bon, Gwen. C'est rien d'autre qu'un piaf. Prends une chaise.

Il leva la main, l'aubergiste rapporta une nouvelle chope.

– Tu vas me faire le plaisir de descendre ça d'un coup. Faut te remettre. Parlons d'autre chose. T'en es où avec le père Abraham, ça se passe bien ?

J'avalai l'eau-de-vie en me raclant la gorge.

– Je m'en tire bien, oui. Je commence à piger comment ça marche, tous ces foutus bouquins, mais si tu veux mon avis, ça ne vaut pas cinq minutes à poser la main sur un malade.

– Ne la ramène surtout pas avec ça… Les docteurs n'aiment pas les façons des rebouteux.

– Je ne veux pas être docteur.

– Je t'ai pas demandé de choisir. Continue à travailler, et passe l'examen. On change de catégorie, là. Et crois-moi, ça ouvre des horizons dont tu n'as même pas idée…

Le lendemain, Abraham Sternis ne fit pas de commentaires sur mon attention défaillante. Je dormais à moitié. Les textes dansaient devant mes yeux… À la fin, je lui demandai s'il pouvait me prêter à nouveau la longue-vue. Il accepta avec enthousiasme. Il croyait avoir éveillé mon intérêt pour la science de l'optique. Un domaine qui le mettait dans un état d'exaltation presque fébrile, tranchant avec sa réserve habituelle. Du coup, il me proposa de venir l'aider dans ses observations nocturnes et se lança dans des tirades à n'en plus finir sur des constellations aux noms plus compliqués les uns que les autres. Je ne le détrompai pas, mais il pouvait toujours courir… franchement, ça ne me disait rien de passer des heures avec ce vieux barbon le nez dans les étoiles, tout ça pour remplir des colonnes de chiffres, j'avais d'autres soucis en tête… Quoi par exemple ? La disparition de Daer, dévoré par un renard. La maison dans les roseaux… la fille aux cheveux noirs.

Le pilori

J'échouai la barque. La maison était vide. De jour, elle semblait plus petite que de nuit. C'était une cabane en torchis, d'une seule pièce, avec un abri en bois qui venait s'épauler dessus, dans lequel s'entassaient des filets et des seaux à goudron. Il y avait aussi deux grands baquets couverts d'un grillage en osier fermé par une planche lestée d'une lourde pierre. Dessous, des anguilles se tortillaient dans l'eau noire, ça grouillait comme un nid de serpents. Je jetai un coup d'œil par la fenêtre. Personne. Pas de serrure à la porte, il n'y avait qu'à pousser. J'entrai. Je contournai la table. La carte était toujours là, épinglée sur le mur du fond. Un grand rectangle de papier piqué de rouille et de moisissures. Et dans la grisaille du dessin, tout au bout, à gauche, comme une évidence, cette royale avancée de terre à trois dents, la Bretagne. Je déchirai les quatre coins de la carte et l'enroulai sur elle-même, avant de la glisser contre ma poitrine. J'inspectai rapidement le reste de la pièce, ce n'était pas le repaire de contrebandiers auquel on pouvait s'attendre, rien d'autre qu'une maison de pêcheur. Au moment de partir, je vis par la fenêtre arriver quelqu'un. Ces deux grandes mains au bout de deux longs bras qui brassaient les roseaux comme des rames, c'était Jeer, Jeer et ses mains d'assassin. Juste le temps de me glisser sous le coffre à pieds qui tenait lieu de garde-manger. Ça puait la pisse de rat et c'était tapissé de toiles d'araignées, j'enfonçai le poing dans ma bouche pour ne pas tousser.

Le pas lourd de Jeer. Ses sabots au ras de mes yeux. Un autre qui entre derrière lui : Matias. La grosse voix de Jeer :

– T'es sûr que c'est lui ?

– Qui d'autre ? C'est le sac de son oiseau de malheur.

Gast ! Le sac. Ils l'avaient retrouvé !

– L'Égaré ? Qu'est-ce qu'il vient fouiner par ici ?

– Va savoir. Y a du Jorn là-dessous.

– Saloperie de douanier. On est pourtant en règle avec lui. On lui a livré le morveux. Et maintenant, il s'en sert pour nous espionner. Qu'est-ce qu'il veut ?

– Je sais pas. J'aime pas les douaniers. J'comprends rien à c't'engeance.

– Un bon couteau dans le dos, c'est tout ce que ça mérite !

– La carte !

– Quoi ?

– Le gosse a pris la carte.

– Il est fou ? Ça va l'emmener nulle part ! Mais si je mets la main sur cette petite vermine, j'te jure qu'il aura pas le temps d'se voir mourir.

– C'est bon. Il est à toi, Jeer, t'en fais c'que tu veux !

Je tendis l'oreille, mais ils avaient baissé d'un ton. La porte s'ouvrit de nouveau. Un autre pas, plus léger. Le tintement de pièces de monnaie qui roulent sur la table.

– C'est tout ce que tu ramènes ?

– La douane a fouillé le refuge.

Une voix de fille ?

– Tu vois, Matias… j'en étais sûr. C'est cette saloperie de Jorn qui nous colle au train.

– Je ne vois pas pourquoi. On est réglos, on lui redonne sa part.

– Il cherche un Égaré, dit la voix jeune

– Encore un ?

– Bon, alors ça n'a rien à voir avec nos affaires. C'est toujours ça.

– On ferait quand même mieux de changer de planque.

J'entendis les deux hommes ramasser l'argent, se lever, sortir, fourrager dans l'appentis. La voix féminine, restée dans la pièce, tournait autour de la table. Bientôt, je vis ses chevilles délicates, ses pieds chaussés de toile. Elle me tournait le dos. Je tendis le cou, risquai un coup d'œil de dessous ma cachette. C'était elle. La fille aux cheveux noirs. Et elle tenait dans ses mains le sac de Daer.

Elle murmura pour elle-même une drôle de phrase :

– Où es-tu, petit rebouteux ?

J'étais là, roulé en boule, collé contre le mur, le souffle coupé par un emballement irrépressible de la battue de mon cœur. La phrase creusait une sorte de puits sans fond où elle tombait, rebondissant d'écho en écho, et je sus qu'elle trouverait tout au bout de ce grand vide les derniers replis de ma mémoire, où elle resterait pour toujours, note pour note, mot pour mot.

La voix de Matias, à l'extérieur, comme un bruit de branches cassées :

– Saskia, arrête de traîner. Prends tes affaires et file au refuge. Et remue les garçons. Si vous ne rapportez pas plus d'argent, c'est pas la douane qui viendra, ça sera Jeer.

Jeer ricana. La fille sortit en protestant à moitié. Se prit une taloche au passage. Saloperie de Jeer. Les deux hommes ramassèrent l'argent et retournèrent s'activer dans l'appentis. J'attendis un bon quart d'heure après leur départ pour sortir de mon trou à rat, et je fonçai vers la barque, peu désireux de m'attarder dans les parages. De toute façon, ils pouvaient bien y planquer tous les trésors du monde, ça m'était égal, j'avais le mien. Saskia. Ça me plaisait bien, comme prénom.

La barque n'était plus là. Je fis le tour de l'île, en maudissant les Bretons, parce que chez nous, c'est presque une honte que d'apprendre à nager… Nulle part je n'avais pied, et pas moyen de traverser. J'étais trempé jusqu'à l'os, j'avais froid et j'en avais plus que marre de cet endroit. Le soir tombait quand un passeur accepta enfin de me prendre sur sa plate. Il me demanda ce que je faisais là, je répondis d'un air évasif que j'étais perdu. Il y avait une vache couchée au beau milieu de la barque, qui se faisait promener comme une princesse, en prenant toute la place. Je me calai comme je pus, les fesses en équilibre sur le bord. Elle détourna la tête en expirant longuement par les naseaux. Le type fumait la pipe en godillant. Je me fis déposer à côté de la maison d'Abraham. La vache s'éloigna avec son serviteur placide. Ils donnaient l'impression d'aller ensemble voir le coucher de soleil, portés par une égale indifférence au reste du monde.

Je grimpai l'escalier quatre à quatre.

Abraham Sternis était plongé dans l'écriture d'une de ces lettres qu'il mettait en général des heures à rédiger. Il leva brièvement le nez et me fit attendre dans mon coin, sans prêter l'oreille aux soupirs d'impatience qui m'échappaient, de moins en moins discrets, d'ailleurs, et de plus en plus rapprochés. Enfin, il se leva, rangea son écritoire et me fit signe de le rejoindre. Je déroulai la carte sur la table. Il voulut savoir son origine, je répondis tout à trac que ça ne le regardait pas.

Mon insolence nous laissa interdits l'un comme l'autre, d'autant que je révérais chez cet homme ce que je n'avais jamais rencontré ailleurs : un franc-parler plein de tact, sans froideur ni excès de politesse, une distance un peu brusque, mais toujours en éveil. Il aurait parlé du temps aussi simplement à un roi qu'à un mendiant, et il les aurait envoyés tous les deux paître d'un ton tout aussi mesuré s'il leur avait pris la mauvaise idée de lui marcher sur les pieds. Je crus qu'on allait rester des heures à se regarder en chiens de faïence. Lui ne disait pas un mot, et moi, naturellement, je refusais de céder. Il n'attendait pas des excuses mais la réponse à sa question, réponse que je ne pouvais donner sans lui avouer un vol. Finalement, il se leva pour désamorcer la situation, et revint se pencher sur l'objet, une loupe à la main. Il l'observa pendant de longues minutes, en approchant la loupe de multiples endroits.

Tout était marqué dans cette langue bizarre des Douze Provinces, mais moi, ce qui m'intéressait, c'était de savoir où je me trouvais, ici et maintenant. Le vieil Abraham fit un rond de la main au-dessus du papier.

– C'est une carte ancienne, Gwen. Cette partie, ici, c'est les Douze Provinces.

Je me penchai sur la tache qu'il m'indiquait, couverte d'un lacis de lignes étroites représentant les canaux. Il continua à y promener sa main.

– Le tracé est faux. C'est une région qui a bougé beaucoup avec la mer. On gagne des terres à un endroit, on en perd ailleurs. Vous voyez ce trait ? C'est une digue qui n'existe plus depuis longtemps. Mon grand-père n'était pas né quand elle a cédé. Aujourd'hui, il faudrait faire figurer un grand lac sur toute cette partie de la carte. En revanche, il manque plein d'indications, là où on a repris sur la mer : ici, ici et encore ici. Il y a tout un bout du territoire qui est absent de cette carte. Voilà l'emplacement approximatif des jardins de Fer.

Je suivis la pointe de son doigt qui se déplaçait vers le nord-est. J'aperçus Waarm, indiqué en tout petit, à un endroit où les moisissures ne laissaient presque plus rien de déchiffrable. Antvals, où nous nous trouvions, était à bonne distance, plus à l'ouest et vers le sud, sur un grand canal qui rejoignait un fleuve que je voyais couler vers le nord pour se jeter dans la mer. Voilà, c'était possible. Prendre la mer, naviguer vers l'ouest, contourner cette immense pointe, là (il y avait des krakens dessinés à cet endroit), et toujours faire route vers l'ouest, tout à gauche de la carte. Il faudrait trouver un navire, embarquer d'une façon ou d'une autre. Je trouverais, je trouverais. Je reconnus vaguement la France, je l'avais assez eue sous les yeux, à l'école, où elle faisait une drôle de tête, rabotée de son Alsace et de sa Lorraine. Je me pris à rêver. Si ça se trouve, on les avait récupérées, nos provinces. La guerre devait être finie. Loïc Kermeur de retour au village, bardé de médailles et encore plus teigne qu'à son départ.

Je repris l'examen de la carte : comment avait-il nommé ma Bretagne, ce drôle de cartographe ? Incroyable, il ne savait même pas son nom ! La côte, ça allait, elle était à peu près juste. Mais les villes, les villages, les ports, rien, il ne savait rien. En tout et pour tout, sept lettres, simplement étalées sur toute l'étendue de la péninsule, séparées par de longs intervalles, et encore, il fallait les débusquer entre les trous et la rouille, pire que la pêche aux crabes. Une à une, ça donnait : *o, u,* plus loin un *d,* ensuite *o,* ou peut-être *b,* je n'étais pas sûr du jambage, puis *r, a,* ensuite un *s,* ou plutôt un *z* : ça ne voulait rien dire.

J'en eus tout à coup les jambes coupées. *Oudbraz* : *oud, braz,* littéralement, « vieux Braz », dans la langue des Douze Provinces. Je répétai les deux mots au moins cinq ou six fois. Qu'est-ce qu'il venait faire ici ? Je marmonnai en tremblant une prière au vieux rebouteux :

– Vieux Braz, je ne sais pas si c'est toi qui es là, écrit sur cette carte ou si c'est moi qui suis perdu quelque part dans ta tête, je ne sais même pas où je suis... peu importe... sors-moi de là, sors-moi tout de suite...

– Gwen, vous ne vous sentez pas bien ?

Je pressai les mains contre mes tempes, le temps de me ressaisir. Abraham Sternis me regardait d'un air inquiet, il fallait que je sache.

– Cette carte, elle date de quand ?

– Difficile à dire. Elle est trop abîmée. Elle est très vieille.

– Vieille comment ? En dizaines d'années ? En centaines ?

– Eh, mon garçon, je ne sais pas. Je ne suis pas une tortue pour pouvoir remonter le temps à ma guise..

– Mais on peut s'y fier ? Supposons que je veuille prendre un bateau pour aller jusque-là, c'est possible ?

– Possible ? Non, je ne vois vraiment pas comment.

– Mais la mer, les navires, ça existe, oui ?

– Bien sûr, où voulez-vous en venir ?

– Alors, qu'est-ce qui m'empêche de partir ?

– Gwen, on ne peut pas naviguer au-delà de la mer des krakens. N'importe qui sait ça.

– Bien, et par la terre ?

– Je ne sais pas. Vous savez, on ne sort pas comme ça du territoire des Douze Provinces... on dit qu'une guerre se prépare, et la douane volante veille...

– Mais vous êtes un savant ; ces lettres que vous envoyez, qui les emporte, où vont-elles ?

– Chez des amis qui s'intéressent aux mêmes choses que moi, pardi, où voudriez-vous que je les envoie ?

– Où ça, des amis ?

– Dans les Douze Provinces.

– Où je peux trouver une carte plus récente ?

– Nulle part, à ma connaissance. Il n'y a de cartes qu'à la douane. Elles sont interdites aux particuliers. Je me demande comment vous avez pu mettre la main sur celle-ci...

– Et votre longue-vue, les étoiles, le ciel, la nuit, il y a bien un ailleurs, un monde plus vaste ?

Il poussa un soupir et battit l'air des mains un court instant. Je m'écriai :

– Et la douane, la douane volante, à quoi elle sert ? Les Égarés, d'où ils viennent ? D'où ? Vous ne savez rien ? Rien de rien !

Je sortis en claquant la porte, en rage contre Abraham Sternis, en rage contre moi-même, en rage contre le vieux Braz.

La nuit était tombée. Je longeai le canal, accompagné par des aboiements qui se répondaient d'une cour à l'autre. Terriblement seul, tout d'un coup. Envie de sentir cette fille dans mes bras, de promener la main dans ses cheveux. De l'appeler par son nom. Je ne trouverais pas le sommeil cette nuit. Je marchai pendant des heures, la carte pliée sous ma chemise. La ville dormait. Tout était noir, je passai d'une berge à l'autre, je sentais les planches des passerelles ployer sous mes pieds. J'entendais le friselis du courant sous les arches des ponts de pierre. Je longeais le marché aux fleurs, puis le grand marché aux poissons, avec son pavé glissant, sa puanteur de poisson pourri et ses chats en maraude.

Je traversai le parvis du palais des Échevins, où se trouve le pilori. C'est plutôt vide la nuit mais, dans la journée, c'est un lieu de promenade. Les gens font le détour. Tout leur est bon pour humilier le condamné qu'on y exhibe. Insultes, crachats, trognons de pomme. Ça les amuse. Et encore, le pilori, c'est la punition la plus légère, ici. Les crimes les plus graves sont punis d'une bien plus terrible façon. Les condamnés sont emmenés sur l'île aux Chiens, et ligotés sur une roue, après quoi on leur brise les membres à coups de gourdin. Quand on passe au large de cette île, on peut apercevoir une dizaine de ces roues qui tournent lentement, à plusieurs pieds du sol, en exposant les suppliciés au soleil et à la pluie, comme un bouquet de fleurs vénéneuses.

Jorn m'avait plusieurs fois proposé d'aller les voir de près. « Ça va t'endurcir », il disait. Je trouvais toujours une excuse pour refuser. Mais j'avais rencontré un type qui connaissait très bien l'endroit. Il était venu se faire arracher une dent chez Tord-Boyaux et, comme il était bancal, il m'avait demandé de soulager sa douleur. Me voilà à promener les doigts sur sa colonne vertébrale. Peine perdue. Sans espoir. La torsion était inscrite depuis trop longtemps dans son ossature, et c'était toute l'âme du bonhomme qui s'enroulait autour, comme si le remords, devenu liane, étouffait peu à peu le tronc qui lui servait de tuteur en le ployant vers le sol. Alors, il était reparti, tout triste, tout tordu, tout voûté, sans ajouter un mot.

– C'est le bourreau de l'île aux Chiens, m'avait soufflé Tord-Boyaux. Il n'est pas seulement tordu, il est sourd. Pour ça qu'on l'a choisi. Il entend pas les plaintes, et il est pas dérangé par les chiens.

Des gémissements provenaient du pilori. Je m'approchai. À genoux sur le socle de pierre à trois marches, les pieds enchaînés, la tête et les mains engagées dans une planche verticale fixée entre deux poteaux, le condamné râlait doucement. Un jeune! De mon âge, à peu près. Il avait soif.

Je retournai au canal le plus proche, descendis l'escalier jusqu'à l'eau et laissai tremper ma chemise. Je revins vers lui et lui mis le tissu mouillé entre les dents. Il aspira l'eau avidement. Je fis deux autres allers et retours pour lui permettre d'étancher sa soif. Je l'examinai brièvement. Il était brûlant de fièvre. Pas très étonnant, avec un œil au beurre noir et les mains dans un aussi sale état. On lui avait passé les poucettes, je pouvais voir la marque laissée par les anneaux de métal. Avec ça, on est sûr de démettre les pouces. Cela faisait longtemps que je n'avais pas soigné quelqu'un, et j'en avais tout simplement besoin, parce que le fluide des rebouteux, c'est comme un courant, ça s'épuise à trop rester enfermé, et après, on le perd. J'en avais des démangeaisons au bout des doigts.

Ses deux pouces étaient enflés, presque noirs. Le gauche avait perdu son ongle. Je les palpai aussi doucement que possible. Le blessé émit une plainte.

– Qu'est-ce que tu fais ?

– Tu as les deux pouces déboîtés.

Il tordit la lèvre et gémit à nouveau.

– Sans blague ? T'as vu ça tout seul ?

– Je ne plaisante pas, je peux les remettre en place.

– Tu touches à rien… ça fait bien assez… mal comme ça. Tire-toi.

– Si on ne fait rien, tu ne pourras plus t'en servir. Maintenant, je peux encore les soigner. Après, dans deux ou trois jours, il sera trop tard.

– Qui tu es ?

– Gwen. Gwen de Waarm.

Il souleva sa paupière valide.

– Le rebouteux qui travaille avec Tord-Boyaux ?

– C'est ça. C'est moi.

Il cracha.

– Mes pouces, c'est ton ami de la douane qui me les a tordus, en me mettant les poucettes quand ils m'ont arrêté. Une belle ordure.

– C'est pas mon ami !

– Ah, oui ? C'est pas ce qui se dit !

– Peu importe. Si on ne fait rien, tu ne pourras plus te servir de tes mains.

– Pourquoi tu le ferais ?

– Reste comme ça, si tu préfères.

Il me rappela alors que je m'éloignais.

– Reviens ! Qu'est-ce que j'ai à perdre, après tout !

J'enlevai ma ceinture pour la porter à sa bouche.

– D'accord ! Tu mords là-dedans aussi fort que tu peux, vu ? Ça va faire mal, et on n'a pas besoin de rameuter tout le quartier. Tu peux faire ça ?

– Vas-y !

Il serra le cuir entre ses dents. Je pris le premier pouce entre mes doigts en fermant les yeux. Je pouvais lire là-dedans à livre ouvert. Os, tendon, vaisseaux, nerfs, cartilages, voilà où il faut appuyer, voilà où il faut tirer, ici exercer une pression de biais, contraindre l'os à retrouver son logement, faire glisser le tendon, équilibrer de l'autre côté, maintenant, un coup sec, vite, fort, ça y est !

Il étouffa un juron. De la salive perlait à la commissure de ses lèvres, il tremblait tellement que son cou heurtait le collier de bois. Le mouvement de retrait de sa main lui avait écorché tout le tour du poignet.

– Tu es prêt pour le second ?

Il ferma les paupières. J'admirai son courage.

L'autre pouce était plus mal en point, gonflé par un épanchement de sang déjà durci, il m'aurait fallu une lancette pour le purger. Sa main ressemblait à un animal vivant, secoué de convulsions et n'obéissant qu'à sa seule volonté. Même quand je l'effleurais, elle se rétractait d'un coup, en lui arrachant des sanglots étouffés. Après plusieurs tentatives, je pus remettre l'articulation en place. Ce n'était pas du très bon travail. Je doutais qu'il puisse en retrouver complètement l'usage.

Je me laissai tomber sur une marche, épuisé.

Lui aussi reprenait son souffle, une grimace de douleur déformant son visage.

– Gwen ?

– Quoi ?

– Merci.

– De rien. Comment tu t'appelles ?

– Arno.

– Qu'est-ce qui s'est passé avec la douane ?

– Ils ont fait une descente au château. Ça leur prend de temps en temps. Ils cherchaient quelqu'un, mais ils ne l'ont pas trouvé. On n'est pas fous, on ne cache personne dedans.

– Le château ?

– Le refuge. Le château des Poux. Je peux te faire confiance ?

– À ton avis ?

Arno étira la tête. Il avait des crampes partout, et son cou, presque étranglé à force de porter sur le bois, le soutenait à peine. Le château des Poux, j'en avais entendu parler, c'était là où se regroupaient les chiffonniers, des gamins qu'il valait mieux ne pas rencontrer la nuit.

– J'ai besoin de toi. Je te revaudrai ça. Tu connais l'ancien moulin à huile ?

– Lequel ? Celui derrière le quai du marché aux draps ?

– Celui-là. Quand tu viens d'ici, tu suis le canal principal, tu longes la façade des entrepôts, en gardant ce moulin à main gauche. Sur la droite, il y a un porche, ça donne dans une sente. Il y a des ronces partout, mais tu verras le passage. Fais attention, ça s'écroule par endroits, on peut se faire surprendre, surtout la nuit. L'ancien canal n'est pas complètement rebouché, alors évite de tomber dedans. Au bout, tu verras une sorte de tour de quatre ou cinq étages, sans fenêtre.

– Le château des Poux, je suppose ?

– Oui. Le refuge. Tu peux y aller pour moi ?

J'hésitai. C'était un des endroits les plus mal famés de la ville.

– Ça dépend pour quoi faire.

– Juste pour dire que ça va. Que je vais m'en sortir. Et surtout que je n'ai rien dit.

– Je ne connais personne là-bas. Pourquoi ils ne vien nent pas te voir eux-mêmes ?

– Toi, tu ne risques pas grand-chose. Eux, si on les prend à me parler, c'est direct l'île aux Chiens.

– Qui je demande ?

– Saskia. C'est une fille. Grouille-toi, voilà du monde.

Il avait raison. Sûrement des douaniers, ils riaient fort, et je pouvais entendre le cliquetis des épées battre la mesure à leur mollet tandis qu'ils se rapprochaient.

Le château des Poux

Le quartier de l'ancien moulin à huile, derrière le pont du marché aux draps, avait subi des inondations. Les fondations s'enfonçaient par endroits et certains bâtiments s'étaient effondrés comme des fruits trop mûrs. Je retrouvai le porche indiqué par Arno. Le refuge apparut au fond du passage. Une bâtisse tout en hauteur, dont les murs faisaient ventre, comme sur le point de crever, et cernée par le coassement incessant des grenouilles. Je toquai à la porte. J'entendis des chuchotis, une cavalcade de pas dans des escaliers, puis le grincement d'une autre porte, un peu plus loin, qui tournait sur ses gonds. J'eus à peine le temps de tourner la tête pour voir d'où venait ce bruit. Je m'écroulai d'un coup, sans rien y comprendre.

Vue de l'intérieur, la bâtisse n'était pas plus engageante, d'autant que je me réveillai, au matin, avec une méchante bosse sur le crâne, et les bras ligotés dans le dos autour d'un poteau. Je poussai sur mes jambes pour les dégourdir.

Il régnait ici une odeur épouvantable. Je levai le nez. Cette puanteur venait de centaines de peaux de petits animaux écorchés, peaux de lapin, de chat, de fouine, de belette, suspendues en guirlandes à des poutres, lesquelles poutres supportaient un empilement d'échafaudages, constitués d'une succession de demi-paliers qui se grimpaient les uns au-dessus des autres dans la pénombre. Reliés entre eux par des échelles, ces paliers ménageaient un puits central par où tombait le peu de lumière dispensée par une lucarne, perchée tout là-haut dans la toiture.

Un trou creusé dans le sol en terre battue, entouré d'un cercle de pierres et rempli de braises couvant sous la cendre, servait de foyer. Je distinguai dans l'ombre d'une encoignure trois grandes cuves, dégageant une odeur pestilentielle, dans lesquelles trempaient d'autres peaux, et plus loin un baquet rempli des déchets de celles qu'on avait raclées.

J'attendis dans ce décor sinistre le bon vouloir de mes geôliers. À la mi-journée, j'appelai, discrètement. Personne. Je criai en haussant la voix. Personne. Je braillai de plus belle, à pleins poumons et de toutes mes forces. Personne. Ce qu'on appelle un quartier tranquille.

Finalement, ils sont arrivés quand le jour déclinait. Combien ? Quinze, vingt, vingt-cinq ? Difficile à dire, ils faisaient plus de vacarme qu'une bande de goélands à la criée et certains grimpaient déjà dans les étages, en portant de gros baluchons à l'épaule. Ceux qui restaient en bas, les plus grands, me jetèrent à peine un coup d'œil. Ils commençaient à se répartir ce qui semblait faire l'objet de tractations passionnées, sans doute les quelques pièces de monnaie qu'ils avaient ramassées dans la journée. J'en interpellai un, mais il me gifla à toute volée, et me demanda d'attendre. Je lui répondis que j'attendais déjà depuis bien assez longtemps comme ça, mais il me retourna une deuxième gifle qui eut le mérite de me faire reconsidérer ce que je croyais être le bout de ma propre patience, si bien que j'attendis encore, avec les joues en feu et une sacrée envie de lui retourner la politesse. La porte s'ouvrit de nouveau. Ça discutait bruyamment. Un petit groupe se détacha et, juste devant, la fille aux cheveux noirs. Saskia. Qui me gifla à son tour. J'en ouvris des yeux tout ronds.

– On t'a repéré cette nuit. Qu'est-ce que tu fouinais par ici ? Me demanda-t-elle.

– C'est Arno qui m'a envoyé.

Nouvelle gifle de la fille.

– Ça m'étonnerait.

– C'est pourtant la vérité...

– Menteur ! commenta le garçon qui m'avait giflé, en me montrant du doigt. Regarde un peu ses frusques. C'est un espion de la douane, tout le monde le sait.

– Oui ! s'exclamèrent les autres, tout excités. On n'a qu'à lui mettre la tête au fond de la cuve, ça lui passera l'envie de fourrer son nez dans les affaires des autres.

– Comme vous voudrez, répondis-je en haussant les épaules.

Ça leur avait coupé la chique. J'en étais arrivé à un tel degré de détachement qu'il m'était indifférent de savoir si j'allais y passer pour de bon, dans ce monde-là ou dans un autre. Ils reprirent leurs accusations et leurs menaces.

Les plus petits criant plus fort que les autres. Saskia les calma d'un geste.

– D'où tu le connais, Arno ?

– Je l'ai vu au pilori. Il avait les mains déformées. Je lui ai remis les pouces en place. Il m'a dit qu'il n'avait pas parlé.

Elle se mordit la lèvre, et je vis que son regard glissait vers le col de ma chemise, d'où dépassait un bout de la carte volée. À mon grand étonnement, elle n'en dit pas un mot, n'esquissa aucun geste pour la reprendre, et se contenta de s'asseoir sur ses talons pour réfléchir. Les autres, rangés en demi-cercle, observaient un silence religieux. « C'est bien elle le chef, je pensais. Quelle drôle de fille... » Elle leva le menton :

– Je peux te faire confiance ?

– À ton avis ?

Elle soupesa la réponse, les sourcils joliment froncés. Les autres attendaient. Elle se leva d'un bond, un couteau à la main.

– À mon avis ?... Non !

Aaaah... Un grand murmure de satisfaction parcourut l'assistance, qui se referma autour de moi. La main gauche de la fille agrippa mon cou en m'écrasant la glotte, ce qui me fit tousser. Elle affermit sa prise. Je n'avais pas remarqué que la lame de ce couteau était aussi large. De près, il ressemblait plutôt à un coutelas, de ceux qu'on utilise pour achever le gibier. Manche en corne, fil affûté. Je fermai les yeux, mais c'est la corde serrée dans mon dos qui subit la morsure de l'acier : de sa main droite, la fille trancha mes liens.

– Mais je prends quand même le risque, continua-t-elle.

Ooooh… Grosse vague de déception et reflux du public. Je me massai les poignets et fis jouer mes épaules ankylosées. Le sang revenait peu à peu. Je me dirigeai à grands pas vers celui qui m'avait giflé, et je lui en expédiai une à mon tour, à me faire cuire la main. Et puis une autre, et encore une autre, en secouant la grappe de gamins qui me tombait dessus de partout, avec force coups de tête, de poing et de pied. Quand je fus réduit aux proportions d'un sac à encaisser les gnons, la voix de Saskia claqua pour rétablir un peu d'ordre. Si forte était son autorité sur cette meute enragée que la grêle cessa aussitôt. Mes assaillants s'écartèrent. Nous étions tous pliés en deux, à tenter de reprendre notre souffle. Il s'en trouva même un pour m'aider à me remettre complètement debout.

La fille m'ordonna de la suivre, et je m'engageai sur une échelle derrière elle, pour atteindre le premier palier ; de là, sur un deuxième, puis un suivant, et ainsi de suite. Les échelles branlaient à faire peur, le vide grandissait sous mes pieds, et toutes ces peaux qui pendaient en rideaux comme des étendards du crime et de l'assassinat ne faisaient rien pour me rassurer. Quelques-uns des gamins étaient occupés, dans l'ombre de leurs alcôves, à trier le butin étalé autour de leurs baluchons. Ils levaient le cou à mon passage, et grimaçaient un sourire en découvrant leurs dents comme autant de petits carnassiers surpris à dépiauter des carcasses au fond de leurs tanières. C'était un miracle que les lampes à huile, disposées un peu partout, ne mettent pas le feu à l'une de ces niches. Le dernier palier, juste sous la lucarne, était presque luxueux, avec son plancher recouvert de fourrures et de morceaux de tissu glanés aux quatre coins de la ville. Ça faisait penser à un nid d'hirondelle, et c'est là qu'elle m'invita à m'installer, en lissant ses longs cheveux noirs.

Au bout d'un moment, elle soupira.

– Je ne sais pas si j'ai bien fait. Tu m'as l'air d'un fameux imbécile.

– Pas plus qu'un autre, mais c'est vrai, j'ai des dispositions.

– Qu'est-ce que tu sais de moi ?

– Tu t'appelles Saskia.

– Ça confirme. C'était pas trop dur à deviner, tout le monde le sait. Alors, puisque tu es si malin, qu'est-ce que tu sais d'autre ?

– Rien...

– Rien, vraiment ? Bon, comme tu voudras. Moi je vais te dire ce que je sais de toi. Tu t'appelles Gwen. Gwen de Waarm. Tu es assez stupide pour te jeter dans la gueule du loup, et t'étonner de recevoir des gnons en retour. Tu portes les habits d'un fils de famille, mais tu n'es rien d'autre qu'un rebouteux, et tu travailles avec Tord-Boyaux, l'arracheur de dents, celui du marché aux poissons. Tes mains font des miracles, c'est du moins ce qui se raconte un peu partout en ville. Mais la triste vérité, c'est que tu es le sous-fifre de Jorn, le chef de la douane. Lui t'a acheté à des contrebandiers qui t'ont tiré des jardins de Fer. Et toi, en échange, tu le renseignes. Tu espionnes. Et tu voles, aussi.

– Je ne vole pas.

– Si, tu voles, et elle attrapa la carte d'une main ferme, en la tirant vers le haut d'un coup sec. Ça par exemple. Je sais où tu l'as pris. Pour quoi faire ?

– Pour rentrer chez moi...

– À Waarm ?

– Non, ailleurs, en Bretagne…

– Où ça ?

– En Bretagne. Personne ne connaît cet endroit, ici… Ça serait trop long à expliquer. De toute façon, tu ne comprendrais pas…

– Comme tu voudras. Voilà ce que je sais encore. Pour une raison ou pour une autre, tu es interdit de pratique par les docteurs. Ils ne t'aiment pas, et il vaudrait mieux aussi pour toi que tu ne tombes pas dans les pattes d'un certain Jeer, que je connais bien, si tu ne veux pas finir dans le même état que les condamnés de l'île aux Chiens. À toi, maintenant. Qu'est-ce que tu sais encore sur nous ?

– Vous êtes des chiffonniers.

– Mais encore ?

Son œil pétillait. Je montrai les peaux qui séchaient.

– Des marchands de peaux de lapin, continuai-je.

– Et des voleurs, ajouta-t-elle d'un air entendu. Te gêne pas pour le dire.

– Et des voleurs, d'accord. Vous aussi, vous travaillez pour la douane.

– Non, non, non. Nous on redonne une partie à son chef, nuance. Nous, on est libres.

– D'accord. Vous êtes des chiffonniers et des voleurs libres…, dis-je, faussement convaincu, en pensant aux ordres qu'elle avait reçus de Matias. Vous avez un Égaré nouveau venu parmi vous… et ça intéresse Jorn.

Elle se pencha en avant.

– Admettons. En quoi ça l'intéresse ? Qu'est-ce qu'il veut en faire ?

– Je ne sais pas. L'envoyer aux jardins de Fer, peut-être.

– Ne fais pas l'idiot ! Ça lui rapporterait quoi ? Rien, rien du tout, que des complications. Une meilleure idée ?

– Je ne vois pas.

– Tu ne vois pas. C'est pourtant là où il faut qu'on décide si on peut se faire confiance l'un à l'autre. Moi, je te mène à l'Égaré. Celui qu'on a trouvé. Celui qui intéresse Jorn. Et toi, tu me dis pourquoi Jorn veut mettre la main dessus.

– D'accord. J'ai ma petite idée. Tu connais l'Ankou ?

– L'Ankou ?

– Un homme noir, un cheval noir, une charrette noire.

Elle écarquilla les yeux et resta une bonne poignée de secondes interdite, muette, comme frappée par la foudre.

– Toi aussi ?

– Quoi ?

– Tu es venu comme ça ?

– Je m'en doutais ! L'Égaré que vous cachez, il est venu avec l'Ankou, c'est ça ? Où il est ?

– Pas ici. Je ne peux pas te le montrer maintenant.

– Alors, tu attendras aussi pour savoir ce que j'en pense.

Elle s'adossa à la muraille, comme une qui veut prendre son temps. Elle n'était pas plus contrariée que ça. Je commençais à l'intéresser. Même, ça l'amusait, ce petit jeu de se tenir par la barbichette. À ce compte-là, si je calculais bien, elle avait pris de l'avance, parce que j'avais déjà encaissé une bonne paire de gifles de sa part. Celles du garçon ne comptaient pas, je les avais rendues. Je respirai un bon coup, et je la regardai bien en face, décidé à prendre le risque d'en récolter une troisième.

– Saskia, il y a autre chose que je sais de toi.

– Quoi ?

– Tu es belle…

– Un instant…

Elle pencha le haut du corps, quelqu'un, en bas, l'appelait. Elle se tourna de nouveau vers moi, revenant à la conversation en plissant légèrement les yeux.

– Tu disais ?

Cette voix… Il y avait de la tendresse et de l'inquiétude, j'en étais sûr, dans la façon dont elle m'avait appelé dans la maison dans les roseaux, et j'allais perdre ça, ce fil magique qui me reliait à elle… Mais je voulais lui montrer que j'en savais plus sur elle. Je voulais la voir rougir…

– Tu es bien plus belle quand tu es nue…

Je m'attendais à la gifle, ou pire, à un sarcasme bien senti, une réplique assassine, parce qu'elle avait blêmi d'un coup. Mais elle se ressaisit, et retroussa le coin de sa lèvre en manière de sourire.

– Ah oui ? Et d'où tu sais ça ? On en reparlera plus tard, petit rebouteux… En attendant, viens. On redescend. Je t'invite à manger.

Imbécile ! J'eus tout le temps nécessaire pour me traiter de tous les noms d'oiseau en redescendant les échelles. Imbécile, imbécile ! En bas, le repas était servi. Il ne fallait pas être dégoûté, parce que la nourriture, pour tous ces gamins, c'était comme les vêtements, uniquement des choses récupérées : des morceaux de viande indéfinissables flottant au milieu d'un bouillon qui refroidissait.

Les plus grands portèrent la marmite à l'écart, et tout le monde de plonger les mains dedans. Pas le genre de repas qu'on sert avec des rince-doigts. Le protocole en était simple, les plus grands piochaient d'abord, les autres avaient les restes. Une fois rassasiés, leurs babines luisantes essuyées d'un revers de manche, ils me dévisagèrent d'un air outragé.

Apparemment, j'avais négligé un usage. Ne partageaient le repas des chiffonniers que ceux qui appartenaient à la confrérie : cette règle, non écrite, ne souffrait aucune exception, et surtout pas pour les bourgeois des beaux quartiers. Soit je me soumettais au rite, soit je serais expulsé, après avoir été rossé par toute la compagnie. Ça jacassait de tous côtés, pire que dans une volière. Là encore, Saskia imposa le silence, en élevant à peine la voix. Elle fit venir un grand qui avait l'œil gauche couvert d'une taie blanche et chuchota quelque chose à son oreille. Il approuva vigoureusement, et fit passer le message à son voisin, qui hocha la tête à son tour, et ainsi de suite, pendant qu'elle me regardait d'un air moqueur.

– C'est la loi, dit enfin le premier, en étendant les bras comme au théâtre, tous ceux qui mangent ou dorment ici doivent être passés par là.

– C'est la loi ! approuvèrent les autres.

– Au bain, continua-t-il !

– Au bain ! Au bain !

– À poil le rebouteux ! vociféraient les grands.

– Tout nu ! précisèrent les petits.

Ils commencèrent à m'agripper et à m'arracher les habits, qui d'un côté, qui de l'autre, en m'entraînant vers les cuves où macéraient les peaux. J'en avais l'estomac retourné d'avance. L'odeur était si forte qu'elle me piqua les yeux et je compris avec horreur que l'âcre liquide dans lequel trempaient ces dépouilles animales était gracieusement fourni par la communauté.

« Pas question, me dis-je, de subir cette humiliation. Pas devant elle. » Ma chemise, à moitié déchirée et passée pardessus la tête, m'empêchait d'y voir clair mais, au moment de basculer dans la cuve, je pris appui des deux pieds sur le rebord et, le repoussant de toutes mes forces, je fis un tel saut de carpe que je tombai en arrière, entraînant dans ma chute tous ceux qui me tenaient. Cloué au sol, je continuai à me débattre comme un forcené. Je me sentis à nouveau soulevé, alors je hurlai de toutes mes forces :

– Attendez, attendez !

Saskia, goguenarde, leva la main. Les garçons me déposèrent aussitôt. J'étais à bout de souffle, mais ivre de rage. La colère qui enflait dans mes entrailles explosa avec une telle force que j'en fus moi-même surpris.

– Vous ne savez pas ce que vous faites ! Plongez-moi seulement le petit doigt là-dedans, bande de morveux, et vous allez la comprendre, votre douleur !

– Et alors, qu'est-ce que ça peut nous faire ?

– À poil le rebouteux, à poil le rebouteux !

– Allez faire un tour au pilori. Allez-y ! Arno y est encore. Je peux vous dire qu'il fait peine à voir. Mais sans moi, ça serait pire encore. Il n'aurait plus l'usage de ses mains.

D'un seul coup, je me sentis possédé par le fluide, ses vagues remontaient du sol vers mon crâne en me hérissant le poil. Quant à mes yeux, c'est simple, ils lançaient des éclairs. Je me dégageai d'un coup sec et je marchai sur eux, en moulinant des bras.

– Et pourquoi, à votre avis ? Parce que je sais chasser

le mal. Chasser le mal, le faire venir, c'est la même chose ! Vous vous croyez à l'abri ? Mais regardez-vous ! Toi ! dis-je en pointant le doigt vers l'un d'eux, un grand qui me dépassait d'une tête mais dont le teint jaunâtre attestait un dérangement du foie, c'est horrible, je vois une bête dans ton ventre, elle ne veut pas sortir, elle se tourne et se retourne, prends garde, elle finira par te dévorer ! Toi ! continuai-je en attrapant par le col un autre que je devinais gêné par un torticolis, tu as le cou qui se tord pendant la nuit, mais c'est ton pauvre crâne qui suit les phases de la lune. Pour l'instant elle te laisse dormir, parce qu'elle n'en est qu'à son premier croissant, mais attends seulement quelques jours et tu finiras par marcher tout le corps renversé en arrière, et plus jamais tu ne verras le bout de tes pieds ! Toi, dis-je à celui qui se grattait, tu as croisé dernièrement trois chats noirs en traversant un pont, et bien sûr tu n'as rien vu ! Malheur à toi ! Celui du milieu t'a maudit, son crachat te donnera la pellagre ! Toi, pauvre imbécile, tu marches sans te rendre compte que les crapauds lèchent ton ombre derrière toi, tes jambes vont gonfler et tu crèveras d'hydropisie ! Toi ! dis-je en fixant le plus petit, mais je n'avais pas besoin de continuer, il était terrifié, tétanisé, il se planquait derrière le prétendu hydropique, et les autres reculaient de plus en plus, comme si mon haleine chassait devant elle les fantômes de la peste et du choléra.

Je n'avais pas de mal à leur trouver des tares. J'avais beau m'égosiller avec des bronches râpeuses et des poumons de ramoneur, il y en avait plus d'un que j'aurais pu appeler mon frère. Parce qu'il n'y en avait pas un seul, en vérité, pas un seul, qui ne fût estropié, blessé, atteint d'une maladie de peau, borgne ou pire encore.

– D'accord ! dit Saskia d'une voix mal assurée. Consultation gratuite et générale de messire Gwen de Waarm en échange de son droit de passage.

Elle restait calme, mais je sentis qu'elle aussi, elle avait flanché, parce qu'elle croyait comme les autres aux malédictions, aux jeteurs de sort et de mauvais œil, à toutes ces inepties dont font commerce les charlatans de la médecine. À la voir si forte, si légère, et si soucieuse au milieu de sa bande d'écorcheurs de chats de gouttière, rescapés de toutes les bagarres, je comprenais mieux pourquoi ils la vénéraient comme une princesse. En silence, l'un après l'autre, ils passèrent devant moi avec un air de chien battu. Certains donnaient leur nom, d'autre n'en avaient pas, et se contentaient de surnoms qui résumaient leur histoire, le Tigré, N'a-qu'un-œil, Patte-en-l'air, Court-tout-droit, le Griffu… Et lorsque, le cœur serré, je les eus tous examinés, constatant les souffrances que leur faisait subir leur misérable condition, et particulièrement la vermine dont ils étaient accablés, je fus convaincu que cette étrange demeure, effectivement, ne pouvait pas être appelée autrement que le château des Poux.

La consultation s'acheva tard dans la nuit. Je retins Saskia par le bras au moment où elle s'engageait sur l'échelle pour rejoindre sa chambre sous le toit.

– Saskia, je veux voir l'Égaré.

– Maintenant ?

– Maintenant, Saskia.

Elle attrapa une lanterne.

– Suis-moi.

Nous sortîmes. Elle s'engagea dans le passage et, se faufilant dans une brèche ménagée dans un mur, elle se dirigea vers le vieux moulin. Le brouillard n'était pas inhabituel dans ce lieu construit sur les anciens marécages mais, sur le moment, l'épaisseur et la densité de son silence me firent froid dans le dos. Instinctivement, nous nous étions mis à chuchoter.

– À quoi il ressemble, Saskia ?

– Non, toi d'abord. Pourquoi Jorn s'y intéresse tant ?

– Voilà ce que je pense : Jorn a beau dire le contraire, je suis sûr qu'il ne s'intéresse qu'à ceux qui sont venus dans la charrette de l'homme en noir.

– L'Ankou ?

– Oui, il est persuadé que tous ceux-là ont un pouvoir.

– Quel pouvoir ?

– Je ne sais pas, comme le mien, je suppose... un truc qui ne s'explique pas...

– Comme toi. Tu sais, il y a beaucoup d'Égarés parmi nous. Nous sommes tous des enfants trouvés. La plupart viennent de la côte, ils ont été rejetés par la mer, les autres sont simplement des enfants abandonnés. Aucun de nous ne sait soigner...

– Pourquoi vous ne l'avez pas livré à la douane ?

– Parce qu'on l'a retrouvé dans le passage. Tous ceux qui viennent au refuge sont sous notre protection. Mais celui-là, les garçons en avaient peur. On ne savait pas quoi en faire. On l'a enfermé en attendant, avec du pain et de l'eau. Il n'est pas comme nous...

– Qu'est-ce que tu veux dire ?

– Ce n'est pas un jeune, Gwen. On lui donnerait plutôt cent ans. Il est très faible, et complètement aveugle. Il dit n'importe quoi. Et il t'a appelé plusieurs fois…

– Où il est ? Vite !

– Dans la resserre du moulin. On n'est plus très loin.

Le vieux Braz. La carte… il avait répondu à mon appel ! Soudain, j'entendis le roulement d'une charrette.

– Cours, Saskia, cours !

On se mit à courir vers le moulin. Il n'y avait pas à s'y tromper, parce que ce martelage des hautes roues cerclées de fer, j'aurais pu le reconnaître au plus fort d'un orage, j'avais son grondement dans mon crâne et dans mes os, et nous vîmes l'homme en noir, le cheval noir et son attelage sortir du moulin. J'entraînai Saskia de toutes mes forces, mais c'est comme si la charrette, même au pas, disposait à sa guise d'un autre écoulement du temps, elle contournait avec une lenteur insupportable le bâtiment. Je la vis prendre la direction du canal et descendre le talus en gémissant sur ses essieux tandis que, debout sur la plateforme, cramponné aux montants, le vieux Braz tendait le cou vers moi en criant mon nom d'une voix qui s'éteignait. Et tout l'attelage s'enfonça sous les eaux.

La grande lessive

Nous étions là tous les deux pantelants, médusés par la soudaineté de cette disparition. Je descendis le talus jusqu'au niveau de l'eau. Pas une ride, pas un remous, pas la plus petite bulle remontant du fond. Il ne restait plus un signe du passage de l'attelage, pas même sur la berge, qui aurait dû pourtant garder l'empreinte, dans son sol meuble, des ornières laissées par les roues et la demi-lune des sabots ferrés. Les herbes se tenaient immobiles, leur courbe alourdie par l'humidité du brouillard. Rien, semble-t-il, ne les avait froissées ou piétinées. J'en avais l'échine glacée. Il restait ce bourdon dans les oreilles qui battait au rythme du cœur affolé, et l'eau noire s'écoulant à nos pieds, dans le silence et le froid de la nuit.

Saskia me tira de mon hébétude. Je remontai vers elle.

– Tu as vu ? Tu as vu ?

Elle était pâle à faire peur.

– Viens, Saskia, rentrons. C'est fini. Il n'y a plus rien.

– Il te connaissait, Gwen…

– C'est mon maître. Le vieux Braz. Il a répondu à mon appel. Il est venu me chercher jusqu'ici, je crois. J'espère qu'il va trouver la paix, maintenant.

Je laissai Saskia au refuge, et je retournai chez moi, à la fois plein de tristesse et d'admiration pour le vieux rebouteux. Il ne m'avait pas abandonné. Il avait refait le voyage pour me retrouver et me sauver. Il n'y avait qu'un homme comme lui pour obliger l'Ankou à revenir sur ses pas, et je frémis à l'idée de ce qu'il avait dû lui laisser en échange… son âme, sans doute, lui qui avait toujours douté d'en avoir une…

Je n'avais pratiquement pas dormi de la nuit quand j'arrivai pour ma leçon chez Abraham Sternis. Il avait déjà sorti le livre que je devais étudier. Je le feuilletai sans conviction. Les gamins du refuge avaient besoin de soins, et moi je passais mon temps à ingurgiter toutes ces vieilleries de l'Académie de médecine. Au moins que ces leçons servent à quelque chose. Le vieux savant lisait dans son coin. J'allai choisir moi-même les titres qui m'intéressaient dans la bibliothèque, je les posai sur la table et je me mis à tourner les pages à la recherche de remèdes pour les chiffonniers. C'était plutôt décourageant. Les médications avaient tout de la potion de sorcière, et préconisaient des ingrédients introuvables, depuis les squames de momie jusqu'à la poudre d'unicorne…

Je passai des heures à recopier ce qui pourrait m'être utile dans tout ce fatras. Je remis aussi par écrit ce que j'avais appris chez le vieux Braz, et tâchai de reconstituer l'enseignement de Nez-de-Cuir.

Je retournai au château des Poux. Je n'avais plus le droit d'exercer en ville, mais dans cet endroit, je pouvais me rendre utile, et personne ne m'en empêcherait. Saskia vint à ma rencontre, pâle, les traits tirés, encore hantée par la vision de la veille. Ce que j'avais en tête l'aiderait à se changer les idées…

– Saskia, il faut que tu m'aides. Le château a besoin d'un grand nettoyage. Pareil pour ses habitants.

– De quoi tu me parles ? Quel rapport avec l'Égaré ?

– Tu peux l'oublier. Il ne reviendra pas.

– Mais bien sûr… Tu as raison. On oublie tout. Il ne s'est rien passé…

Elle se redressa, les joues soudain en feu, et se mit à faire les cent pas, les bras croisés sur la poitrine.

– Mais d'où tu viens, toi ? demanda-t-elle d'une voix vibrante de colère. La charrette d'un mort-vivant s'enfonce là, sous nos yeux, dans le canal, et il ne s'est rien passé ? Tu viens me parler de donner un coup de balai ?

La rapidité de son changement d'attitude m'avait pris de court. Du vif-argent, cette fille. Mal assuré, je continuai sur ma lancée, sans voir que je m'enferrais.

– Je suis sérieux, Saskia. Ce refuge est une infection…

– Ah, oui ? Moi aussi, je suis sérieuse ! Et j'aimerais bien avoir quelques explications…

– On ne peut pas le laisser comme ça. Les baquets d'urine pour racler les peaux, l'air qui ne circule pas, ces fourrures pouilleuses qui pendent du sol au plafond, les mouches qui pullulent, tout ce que ça engendre comme vermine rampante et grouillante… cette maison est malade.

– Malade ? Laisse-moi rire. Malade de quoi ? À ton avis, pourquoi les gens ne passent jamais la porte ? La puanteur, ça attire peut-être les poux et les puces, mais ça tient à distance des bêtes à pattes autrement plus redoutables. La crasse, on en est fiers. C'est notre bannière et notre armure. Tant mieux si ça te dégoûte, de toute façon, tu ne seras jamais des nôtres.

– Des nôtres ? Parce que c'est ton cas ? Tu n'aimes pas la crasse, il me semble. Je t'ai vue te baigner dans des eaux plus claires, il n'y a pas si longtemps.

– Grande découverte ! Tu n'avais pas remarqué ? Je ne suis pas tout à fait faite comme eux ! Ça ne m'empêche pas d'être des leurs. Et je n'ai aucune envie de leur faire la morale.

– Sans doute que ça t'arrange.

– Qu'est-ce que tu en sais ? Pour qui tu te prends ? D'où tu viens pour nous dire ce qu'il faut faire ? Je n'arrive pas à voir si tu es naïf ou totalement stupide. Si ça ne sent pas assez bon ici pour tes narines délicates, retourne faire le ménage chez ton maître. Tire-toi ! Et ne reviens jamais ou je te fais casser les bras.

– T'inquiète pas, même lavée, cette baraque sentira toujours bien assez. Et ce n'est pas demain la veille qu'on pourra en extraire certaines puces qui lui sucent le sang.

Elle avait déjà tourné les talons, me plantant là comme un piquet. Elle avait raison. Personne ne m'avait rien demandé. Je débarquais là plein de bons sentiments… Pourtant, la misère que j'avais vue dans ce lieu m'était insupportable. J'en avais la nausée, à l'idée de tout abandonner maintenant, simplement pour ménager mon amour-propre. Je me retournai, elle était sur le point de passer la porte. Je réprimai une larme. Si cette porte se refermait, elle ne s'ouvrirait plus pour moi, et jamais je ne tiendrais la main de Saskia dans la mienne. Je lui courus après.

– Saskia, excuse-moi. Je n'en sais pas plus que toi sur l'Ankou.

– Non, vraiment ? Le vieux qui t'a appelé, je l'ai rêvé, peut-être ?

– Je viens d'ailleurs, Saskia. J'ai cru... que j'étais mort. Moi aussi je suis monté dans cette charrette. C'est un voyage que je ne souhaite à personne, crois-moi, même à mon pire ennemi. J'ai longtemps pensé qu'elle m'avait déposé sur la plage. Pourtant, Jorn était là, et il m'affirme qu'il n'a rien vu. Maintenant, j'ai des doutes. J'ai peut-être rêvé. Toi aussi, peut-être.

– Je n'ai pas rêvé.

– Et moi je suis bien vivant. Bien décidé à le rester. Et je ne suis pas fou, non plus, je t'assure. J'ai toute ma raison. Quant au château... C'est à toi de voir. Mais je t'assure qu'il faut faire quelque chose, au moins pour les petits. Ils me font peine, avec leurs poumons encombrés, leurs yeux collés, leur peau couverte de dartres. C'est sûr qu'ils ne demandent rien à personne, ils ne se rendent même pas compte de leur état. Mais il n'y a rien qui les condamne à vivre comme ça. Je ne peux rien faire pour eux si on ne les débarrasse pas de leurs hardes infectées. Et ce n'est pas une petite toilette qui les empêchera de rester chiffonniers...

Elle était têtue, mais capable de se radoucir. Je mis du temps à la convaincre. Il m'en fallut davantage encore pour imposer mon point de vue aux chiffonniers. Cela nous prit une semaine pour nettoyer la tanière, séparer l'activité de l'habitat en déplaçant les cuves de trempage et les peaux dans un autre abri, débarrasser chaque palier des saletés sans nom qui l'encombraient, d'assainir la tour avec un feu de feuilles de saule et de menthe poivrée. À la fin, je fis remplir de grands baquets d'eau chaude et de lessive de cendre, et j'imposai le bain à tout le monde. Dries, le plus petit, avait croisé les bras. C'est lui que j'avais choisi pour inaugurer cette grande toilette, sachant qu'il avait moins d'aversion pour l'eau que la plupart de ses compagnons. Mais il refusait obstinément de faire le premier pas.

– Toi d'abord ! bougonna-t-il.

J'enlevai tous mes habits et je sautai dans un baquet, avec une grande gerbe d'éclaboussures. Tout le monde en fit autant. La suite ne fut qu'éclats de rire et cris de joie. La corvée de nettoyage se transforma en grande bataille d'eau, avec lessive des habits et séance d'épouillage pour terminer, tous en rond autour du feu à grelotter en attendant de sécher. On avait l'air d'une bande de cormorans prenant le soleil sur un rocher. Les chiffonniers n'en revenaient pas d'être aussi propres. Et même si le doute venait à leur souffler que tout ça ne servait pas à grand-chose, ils ne cachaient pas leur fierté de me compter comme l'un des leurs.

– Maintenant tu es notre docteur, le docteur du château des Poux, affirma sentencieusement Dries, avec un large mouvement des bras pour désigner le reste de la tour qui se perdait au-dessus de nous dans l'obscurité.

Pendant que nous séchions, Saskia avait redescendu la carte. Je la dépliai. En vain je recherchai les lettres qui correspondaient au nom du vieux Braz, elles avaient disparu, comme bues par la surface du papier. Mais la Bretagne était toujours là. À combien de jours de marche, de navigation ? Impossible à dire. Tandis que je déchiffrais les inscriptions, Saskia me regardait à la dérobée. Elle ne savait pas lire, alors elle ne risquait pas de m'aider. Les chiffonniers connaissaient la ville comme leur poche, sans avoir besoin de plan ni de carte, c'était comme une extension de leur corps. Mais en dehors de ses limites, elle se diluait pour eux dans la grisaille brumeuse des marais, le grand vide, l'inconnu. Saskia répondait d'un geste évasif à mes questions. Quelque chose de la violence mystérieuse de l'Ankou persistait autour de nous. Un moment, elle frissonna et, quand je fis un geste pour me rapprocher, elle secoua la tête tristement, comme si l'homme en noir m'avait définitivement marqué de son sceau en nous entraînant à sa poursuite. Pour Saskia, cette charrette ne pouvait venir que d'un seul endroit : les enfers.

C'est le lendemain de la grande lessive que la douane devait relâcher Arno. Les garçons lui firent la fête, et comme il était perclus de crampes et de courbatures, ils le soulevèrent pour le porter en triomphe depuis l'entrée du passage jusqu'à la porte du château en poussant des vivats. Il jaugea, soupçonneux, la nouvelle disposition des lieux, fronça les narines à la manière d'un animal inquiet de ne pas retrouver les odeurs familières de son gîte.

La douane avait renoncé à mettre la main sur l'Égaré. Jorn me l'avait confirmé, au *Souffle de la baleine*, en cherchant à me tirer les vers du nez. J'avais appris à mentir, depuis le temps lointain de notre rencontre à la côte.

Il n'aurait pas pu trouver plus ingénu que le petit rebouteux, ignorant tout d'une soi-disant nouvelle apparition de l'Ankou, et persuadé que celui-ci ne fréquentait que les grèves et les plages.

– Tu fricotes avec les chiffonniers, à ce qu'on m'a dit ?

– Je les vois de temps en temps. Je les soigne. Leur château avait besoin d'un sérieux coup de balai.

– Passe à la maison un de ces jours. Silde s'ennuie de toi.

– Promis.

– Elle te réclame, alors ne tarde pas. Les leçons, ça donne quoi ?

– Le vieil Abraham m'a dit qu'il était content de moi.

– J'espère bien, il me coûte une fortune.

– C'est quand, cet examen ?

– Ça dépend du bon vouloir des docteurs. Crois-moi, ils ne sont pas pressés, ils font monter les enchères. Eux aussi, il faudra bien finir par les payer !

Arno avait d'autres projets pour moi. Il me les exposa devant Saskia, un soir, en la prenant à partie. C'était simple. J'avais renseigné Jorn pendant des mois, je pouvais bien en faire autant pour eux. Jorn voulait tout savoir sur les gens, lui, Arno, ne demandait qu'à en connaître davantage sur leurs biens. Ayant fréquenté les grandes demeures des quartiers riches, je pouvais guider les chiffonniers, leur donner des indications sur les arrière-cours, la disposition des vestibules et des chambres, l'emplacement des portes dérobées. Il était possédé par l'idée de la vengeance. Plus il parlait, plus il s'enflammait. Le pilori, c'était l'antichambre de l'île aux Chiens. On revenait de là brisé pour de bon ou auréolé comme un martyr, avec des rêves agrandis. Arno, son séjour au pilori ne l'avait pas brisé, bien au contraire, il en était revenu avec des ailes. On ne pouvait plus l'arrêter. Il déployait ses grands bras pour mieux nous délivrer les fulgurances de sa conversion. Le grand retournement des poches, la grande revanche des abandonnés. C'était tentant. Ils avaient tous un talent, grimper aux murs comme un singe, se dissimuler pendant des heures, imiter le cri de la chouette, couper les cordons d'une bourse. Ils étaient vifs, ils riaient de tout, ils n'obéissaient qu'à leurs lois. Ils avaient un château bien à eux, perdu dans la friche de la vieille ville au bord de l'engloutissement. Bien sûr que je pourrais les aider. J'y gagnerais l'admiration de la fille aux cheveux noirs… Parce que, pour l'heure, elle m'avait bel et bien oublié, abîmée dans la contemplation de son nouveau Robin des Bois. Elle buvait littéralement ses paroles et, quand elle se tournait vers moi, c'était pour chercher dans mes yeux la même joie devant le brasier qu'il allumait au fond de ses prunelles. J'aurais mieux fait de le laisser avec les pouces tordus, tiens !

– Tu te rends compte, on sera riches, il disait. On fera ce qu'on voudra…

Elle acquiesçait. Les gros marchands n'avaient qu'à bien se tenir. On jouerait bientôt du tambour sur leur bedaine. Oui, de l'argent, je songeais de mon côté, de l'argent pour payer le grand voyage, partir au loin, échapper à Jorn, Matias, Jeer et tous les malfaisants. M'en mettre plein les poches et prendre le large, pourquoi pas ?

Seulement voilà, j'étais hanté par les yeux morts du vieux Braz.

Je n'arriverais pas à le trahir une seconde fois.

– Arno, je ne peux pas. Espionner, tricher, je le fais pour Jorn. Sans plaisir, crois-moi. C'est déjà assez dur comme ça. Mais je peux continuer à vous être utile. Je veux vraiment être le docteur du château des Poux.

À ma grande surprise, il me tendit la main. C'était comme ça, quand on était accepté au château des Poux, personne ne reprochait à un autre la tare qui l'affligeait. En l'occurrence, Arno me trouvait lâche. Saskia avait ostensiblement détourné la tête.

– C'est d'accord, Gwen. On se débrouillera sans toi. Mais simplement garder un œil sur ce que fait la douane, ça, tu peux le faire pour nous, non ?

– Je vais essayer.

Le sablier d'Abraham

Silde m'embrassa en ouvrant la porte. Elle m'offrit du miel ou du fromage, et s'installa de l'autre côté de la table en me regardant manger. Un je-ne-sais-quoi la chiffonnait. Quelque chose qui, sans être tout à fait du malheur ni de l'amertume, teintait de gris la gaieté ordinaire de son allure. Je rompis le silence :

– Jorn m'a dit que tu voulais me voir…

Elle acquiesça d'un hochement de tête.

– Tu ne viens plus… Il paraît que tu fais des progrès chez le vieil Abraham. C'est pourtant vrai que tu vas devenir docteur…

– C'est Jorn qui s'est mis ça en tête… moi je ne suis qu'un rebouteux.

– Un drôle de rebouteux. Tu n'as plus Daer, à ce qu'il m'a dit. Le pibil. Comment tu fais sans lui ?

– Daer …

Je cherchais mes mots, pris de court. Je m'étais fait une raison pour sa disparition. Un oiseau de son poids ne fait pas long feu dans la gueule d'un renard. Silde se pencha en avant, attendant la suite. Elle avait les yeux légèrement écartés, avec les pupilles d'un beau noir velouté et les iris bleu pâle, polis par toute cette eau claire. Il était difficile d'échapper à tant de candeur déterminée.

– Viens, je vais te montrer quelque chose…

Elle s'était levée, poussait déjà la porte de la cuisine. Comme beaucoup de maisons d'Antvals en bordure de canal, celle-ci possédait un jardin clos, donnant sur l'arrière d'une autre rangée de maisons. On y accédait en traversant une petite cour dallée de briques rouges, organisée autour du puits et de la resserre à bois. Silde alla tout droit au fond du verger. Elle souleva le chapeau de paille d'une vieille ruche désertée par les abeilles, et plongea les bras dans son ventre. Quand elle se retourna vers moi, elle tenait une boule de plumes entre les mains. Elle déposa cette dépouille dans mes paumes grandes ouvertes et je tressaillis en la sentant bouger. J'avais du mal à y croire, il était dans un piteux état, froissé de partout, mais c'était bien lui, pas de doute, c'était Daer. Je ne sais par quel miracle il avait réussi à s'échapper de la gueule l'emportant dans la nuit. Silde avait nettoyé ses plaies. Je le caressai d'un doigt sous son cou déplumé. Il poussa un *djeeerk* plaintif et claqua du bec. Pauvre pibil.

– Tu veux bien me raconter, Gwen ?

– Je le croyais mort… emporté par un renard… ça c'est passé presque sous mes yeux.

– Ce n'est pas ce que tu as dit.

– Non, c'est vrai. J'ai mis sa mort sur le dos de Jorn. J'avais de bonnes raisons.

– Lesquelles ?

– D'abord, il a ruiné tous les efforts que j'avais faits pour libérer Daer de sa dépendance au soliris. Ensuite… Je ne veux pas que tu lui en parles : je suis allé dans une maison… pour y voler une carte. C'est là que j'ai perdu Daer.

– Une carte ? Je ne comprends pas ?

– Silde, tu ne le répéteras pas ? J'ai vu mon pays dessus, la Bretagne. Je dois tout faire pour y retourner.

Elle prit un temps pour réfléchir. Elle hocha la tête tristement.

– J'ai toujours su que tu voudrais repartir. Tu n'y arriveras pas. C'est impossible, Gwen, impossible. La douane volante est partout. Elle sert moins à empêcher les étrangers d'entrer dans les Douze Provinces qu'à interdire à leurs habitants d'en sortir.

– Tu ne diras rien ?

– Non, Gwen, rien, je te le promets.

Le cœur de Daer battait vite dans le creux de mes mains. Je le portai à hauteur de mon visage, soufflai légèrement sur sa huppe. Il inclina la tête sur le côté, de ce mouvement qui le rendait à la fois si drôle et si touchant. Il avait maigri et mes doigts découvrirent, en courant sous les plumes, une légère dépression de la cage thoracique, marquée de trois ou quatre déchirures, en forme de cratère, à l'endroit où les crocs du renard s'étaient enfoncés. La peau s'était soulevée autour de ces accrocs, formant des durillons désagréables au toucher. Cela n'avait pas été jusqu'à perforer les poumons, la bourre de plumes ayant amorti la morsure, et aucune côte ne semblait cassée. Malgré cela, il était difficile de comprendre pourquoi la blessure n'était pas plus profonde. Une simple pression des mâchoires aurait suffi à faire éclater ce fragile assemblage d'os et de cartilages. D'une façon ou d'une autre, le pibil s'était débrouillé pour foutre la trouille à maître Renard, peut-être en éructant une de ces bordées de bas latin dont il avait le secret. L'autre en avait lâché sa proie. Sacré Daer !... La voix de Silde me tira de mes pensées :

– Je l'ai trouvé au fond du jardin, il y a deux jours. Complètement trempé. Plus mort que vif. Il te cherchait, c'est évident... Elle est loin, cette maison ?

– Oui, murmurai-je. À l'autre bout de la ville. Ça fait un long, très long voyage pour un oiseau aveugle, des dizaines de canaux à traverser, sans compter les bêtes qui rôdent...

Je le mis au fond de la poche de mon gilet, où il retrouva sa position préférée. J'étais plein d'admiration pour son courage. Silde n'ajouta rien. Elle ne me passait plus la main dans les cheveux, comme autrefois. Mais sa présence attentive, lumineuse, enclose sur le secret qui nous liait, ne me laissait aucun doute. Je savais qu'elle ne me trahirait pas...

Elle se tenait sur le pas de la porte, et j'étais déjà presque parvenu au pont qui enjambe le canal lorsque je l'entendis m'appeler. Je me retournai vivement.

– Gwen !

– Oui ?

– N'attends pas trop pour revenir me voir...

Je lui répondis par un signe de la main.

J'allais prendre ma leçon chez Abraham Sternis. Daer récupérait de ses émotions en dormant. Il m'avait manqué, avec ses exigences et son sale caractère. Je continuais à remplir mes cahiers, à passer d'un livre à l'autre, le vieux professeur me laissant piocher à ma guise dans sa bibliothèque. En retirant un livre des étagères, j'en fis s'écrouler toute une pile qui souleva un nuage de poussière dans un bruit épouvantable. Abraham Sternis leva le nez de ses calculs, fronça les sourcils, toussa dans son poing, rajusta ses lunettes et recommença à griffonner. Je m'accroupis pour rassembler les livres. Enseveli sous l'avalanche, un énorme ouvrage semblait attendre que je le libère de son tombeau de papier. Je le déposai sur la table de travail. Il était lourd. La couverture en parchemin ivoire s'ouvrit en dégageant une odeur de fauve et de sous-bois.

C'était un traité sur la tortue. Ça commençait avec le squelette et toute la mécanique osseuse soutenant le dôme majestueux de la carapace. Puis venaient les différents organes, pour lesquels l'auteur s'était appliqué à trouver de mystérieuses correspondances humaines. Je finis par être troublé par les similitudes qu'il relevait avec l'atlas du corps humain dérobé chez Nez-de-Cuir et j'ouvris ce dernier pour en avoir le cœur net. La parenté était évidente entre les deux ouvrages. Mais le vieux Braz m'avait appris à me défier des apparences. Je fermai les yeux et je promenai mes deux mains à quelques centimètres des images. Il me sembla alors que le livre sur la tortue n'était qu'un prétexte, une sorte de faux décalque, et qu'il avait été conçu pour d'autres raisons que la simple description anatomique. Un raclement de gorge mit fin à ma rêverie. Abraham Sternis, pour une fois, avait l'air interloqué. Avec un petit sourire d'excuse, je refermai l'atlas de Nez-de-

Cuir, et je me penchai davantage sur le traité inconnu. Je finis par comprendre qu'un certain nombre de tableaux et de signes représentaient des éléments de tables astronomiques, associant plus ou moins les mois de l'année et les phases de la lune, à croire que, pour l'auteur de ce livre, la tortue n'était rien d'autre que le centre du monde, le pivot autour duquel tournaient le ciel et les étoiles…

Abraham Sternis, un jour, m'avait dit qu'il n'était pas une tortue pour pouvoir ainsi remonter le temps. Cette phrase n'avait cessé, depuis, de me trotter dans la tête. Je jetai un œil sur lui. Bien vrai qu'il ressemblait à une tortue. Toujours voûté, la tête emmanchée sur un cou interminable, le visage ridé comme une vieille pomme, et des gestes d'une lenteur exaspérante. Cependant, la comparaison s'arrêtait là. Car l'œil était vif, et l'esprit, vibrant comme une flèche en plein vol, manquait rarement sa cible. Plus d'une fois j'en avais éprouvé le mordant. Mais quel rapport avec le fait de remonter le temps ? Le livre ne donnait aucune explication là-dessus.

Le vieil homme répondit d'une drôle de manière à mon interrogation. Il attrapa un sablier et le renversa devant moi.

– C'est simple, Gwen. Voilà un sablier. Il est fait de deux ampoules de verre superposées et abouchées par un goulot. Le sable s'écoule de l'une dans l'autre, et l'étroitesse du conduit l'oblige à tomber avec un débit régulier, presque grain à grain. Entre le moment où l'ampoule du haut commence à se vider, et celui où celle du bas est complètement remplie, le sable a mis un certain temps à couler. C'est ce laps de temps qui est précisément mesuré par le sablier. Maintenant, imaginez un sablier immense, gigantesque, un sablier à l'échelle d'une vie. La pyramide de sable allouée à chacun d'entre nous serait plus ou moins haute. La vôtre serait peu élevée au-dessus de sa base, parce que vous venez tout juste de quitter l'enfance. La mienne, ça ne fait aucun doute, serait presque finie, et occuperait un si grand volume qu'elle approcherait nécessairement de son point culminant... Il est vain, pour moi, de rechercher ma jeunesse, continua-t-il avec un brin de nostalgie. Elle a disparu, enfouie sous la masse des jours tombés un à un, et maintenant je compte chacun de ceux qui me restent comme autant de petits grains...

Il pointa un long doigt sur la partie inférieure du sablier et remonta vers le haut.

– Les tortues font l'inverse. Elles ne sont pas l'ampoule du bas qui se remplit, elles sont l'ampoule du haut qui se vide. Elles vont à rebours de nous. Elles remontent le cours du temps en y mettant la même détermination que les saumons pour remonter les rivières vers leur source. Moi, je n'ai jamais vu de tortue jeune. Quand il en apparaît une, elle est toujours épuisée, près de sa fin. Elle ne reste parmi nous que deux ou trois jours, à grand effort, en luttant... mais il semble qu'elles peuvent avoir vécu, dans ce temps vers lequel nous allons, des centaines d'années... Il faudrait, pour mesurer leur vie, un sablier perdu dans les nuages.

– Combien ? Deux cents ans, trois cents ?

– Peut-être plus. Personne ne le sait. Il y en a qui s'amusent à lire l'avenir en les dépeçant, c'est un peu à quoi sert ce livre. Autant dire à rien. Il y en a d'autres qui s'imaginent pouvoir prolonger la vie en mangeant leur chair.

– Ça marche ?

Il haussa les épaules, sourit et retourna à ses chiffres.

– À votre avis ?

Je rangeai le livre. Amusant, ça. La tortue que j'avais vue à Waarm, si ça se trouve, venait tout droit du temps où j'avais quitté la maison du vieux Braz.

L'HIVER DANS LES GLACES

Je passais tous les soirs au château des Poux, et j'y dormais très souvent. Quand je poussais la porte, les peaux suspendues me saluaient en frémissant dans le courant d'air comme un grand voilier en partance. Je continuais à prodiguer mes soins aux chiffonniers, mais j'avais du mal à gagner la confiance des plus petits. Ils étaient persuadés que j'étais hanté par l'homme en noir. Que son empreinte ténébreuse m'entourait de lambeaux d'obscurité, accrochés à mes gestes comme une fine toile d'araignée. Plus d'un s'envolait dans les échelles à mon approche.

Tout changea le jour où je décidai d'apporter Daer et de le sortir de sa retraite pour m'assister dans une consultation. Ébouriffé et furieux d'être tiré de son sommeil, le pibil commença par son habituelle bordée de jurons. L'odeur de ce lieu ne lui revenait pas. Les gamins s'approchèrent, aimantés par cette drôle de bestiole. Lui, se voyant au centre de leur attention, se dressa sur ses pattes et resta un moment immobile, le bec en l'air. Tel que je le connaissais, il avait repéré une cible. Il commença à se balancer dans la paume de ma main, hochant la tête dans un sens, puis dans l'autre, le bec oscillant comme un pendule. Se prenant au jeu, les petits chiffonniers accompagnèrent sa danse d'un même mouvement de tête. Daer accéléra la cadence, se dérégla sans raison et tomba sur le derrière. Les enfants éclatèrent de rire. Il s'ébroua, se redressa en rouspétant, reprit son mouvement pendulaire, concentré comme un derviche, la tête à droite, puis à gauche, et ainsi de suite jusqu'à l'arrêt final, où il resta figé comme une statue. L'enfant qu'il avait choisi, hypnotisé par la parade, resta figé lui aussi, abasourdi et les yeux arrondis. Ce gamin souffrait d'une maladie de peau qui l'irritait jusqu'au sang.

À ce moment, rien qu'en imposant mes mains, je ressentis ce que le vieux Braz, en les comparant aux vagues et aux courants, appelait les ondes. En tirant lentement vers moi cette mouvante vague de chaleur, je fis sortir le mal, et puis je le chassai, avec un bruit de soie qu'on déchire.

Le petit docteur fit des merveilles dans les jours qui suivirent. Et moi qui l'avais toujours connu d'une humeur exécrable, je le vis pour la première fois faire preuve de gaieté. Les enfants se le passaient de l'un à l'autre. Mais c'est pendant les veillées qu'il déploya un talent que je ne lui avais jamais connu. Tandis que nous nous serrions autour du foyer, il s'avançait en se dandinant dans la lumière, son ombre démesurément agrandie par les flammes, et il se lançait dans des pitreries de comédien des rues, en imitant toute une galerie de personnages à grand ramage, les gens de la douane et les poissonnières, les banquiers et les pêcheurs d'anguille, les mendiants et les filles à marier. L'imitation du grand secrétaire Prospero Demetrius Van Horn, affichant son dédain et se pavanant à petits pas, tout gonflé de sa minuscule importance, emporta les faveurs du public. Or Daer n'avait que l'ouïe pour saisir un personnage et reconstruire l'ensemble de ses gestes. Moi aussi, j'en étais subjugué. Peut-être que le renard, au moment de le croquer, lui avait donné cet étrange goût pour les fables. En peu de temps, il était devenu la mascotte du château des Poux.

La nuit, j'écoutais monter des galeries les bruits des dormeurs, ronflements, quintes de toux, paroles engluées, cris étouffés des cauchemars. Toute cette machinerie respirante ne semblait fonctionner à plein que pour donner vie aux fantômes des peaux de bête suspendues. Plus d'une fois, dans la somnolence qui précède le sommeil, il m'était arrivé de penser que les esprits de tous ces garçons perdus endossaient à leur tour ces manteaux minuscules. Je les imaginais quittant le château avec l'agilité des bêtes chasseresses pour s'en aller rôder dans la ville endormie, puis revenir avant l'aube affublés de leurs surnoms mérités, N'a-qu'un-œil, le Griffu, Oreille-coupée...

Mes propres explorations pour mes projets d'évasion échouaient à la périphérie d'Antvals, au bord des marais, là où la terre et l'eau confondues ne permettent plus ni la marche ni la navigation. Mon territoire s'était agrandi, mais j'en étais toujours prisonnier. En ville, la douane volante fouillait les bateaux, vérifiait les embarquements, contrôlait le port et les marchés et, derrière la douane, ne l'oublions pas, il y avait toujours l'œil et la main de Jorn.

Peut-être que ce n'étaient là que des prétextes. Peut-être

que je m'habituais à cette drôle de vie. Peut-être que je refusais de renoncer à cette fille aux cheveux noirs qui me préférait cet imbécile d'Arno. Que la simple idée de m'éloigner d'elle m'était insupportable. Que cette douleur inconnue, qui me tourmentait nuit et jour, m'avait cloué à cet endroit, et que je me contentais de la fuir dans les livres d'Abraham Sternis, dont la bonté me rappelait le vieux Braz. Le temps coulait, je n'avais fait que repousser un peu plus loin les limites de la nasse, l'automne passa là-dessus en coup de vent, et l'hiver s'installa.

Un hiver particulièrement froid, annoncé par la neige. Chez Abraham Sternis, malgré le poêle asthmatique, il fallait deux couvertures sur les épaules pour supporter la froidure, et passer les mains au-dessus du foyer avant de tourner les pages. Le soufflet des bronches du vieux savant accompagnait les crissements de sa plume sur le papier.

Le froid vira au sec, le gel cassait les branches et tuait des oiseaux en plein vol. La ville, d'une pimpante blancheur quand le soleil montrait le bout du nez, fumait par toutes ses cheminées. Les canaux pris dans la glace se couvrirent de promeneurs et l'on vit trotter des traîneaux attelés de chevaux ferrés à pointes, en lieu et place des barques qui jusque-là glissaient d'une rive à l'autre.

Le commerce des chiffonniers battait son plein, on s'arrachait dans les quartiers pauvres les manteaux qu'ils fabriquaient avec des peaux dépareillées et mal cousues. Ils allaient au marché montés sur des patins de bois, et c'était une merveille de les voir filer à vive allure, le baluchon à l'épaule et le bras opposé en balancier, criant à tue-tête pour vendre leur camelote.

Je me procurai une paire de ces patins, d'une simplicité exemplaire. Ils étaient faits d'une lame de bois dur, recourbée vers l'avant et montée sur une semelle. Il suffisait de lacer le tout sous les chaussures pour s'élancer hardiment et gagner le milieu du canal. Enfin, c'est ce que je croyais, mais la glace est beaucoup plus dure que l'idée qu'on peut en avoir, et je la heurtai du front beaucoup plus vite qu'elle ne le laissait prévoir. Beaucoup plus souvent aussi, puisqu'elle se dérobait sans prévenir sous mes pieds à chaque tentative. Perfidie de l'eau qui dort, quand elle ne vous noie pas dans une trompeuse nonchalance, elle vous assomme de son indifférence glacée.

En me relevant une énième fois sur ma paire de savonnettes, j'entendis me dépasser avec élégance les rires moqueurs de Saskia et d'Arno, et je crois bien que c'est à ce moment précis que j'ai achevé de perdre le peu de considération qu'il me restait auprès de la fille aux cheveux noirs.

Après bien des essais couronnés de plaies et de bosses, je me mis à glisser du pas des patineurs. Le sourire un peu bancal, toutefois, et les genoux en compote, mais bien résolu à faire des progrès, parce que la ville et toutes les étendues d'eau alentour pouvaient s'arpenter de cette façon, sans avoir à emprunter de barque ni payer de passeur. Le territoire, saisi et figé dans cette main de glace, s'ouvrait à l'infini, le froid en poussait la porte jusqu'à ses extrémités.

Donc, par une nuit bien froide et bien étoilée, je m'échappai de mon gîte, couvert d'une pelisse mi-chat mi-rat, monté sur une paire de lames, avec dans une besace un lourd écorché de papier, un couteau, une livre de lard fumé et un gros pain de seigle, dans la poche droite, un oiseau aveugle au caractère de chien et, dans la poche gauche, une carte improbable où figurait le vieux pays de Bretagne. Il ne me fallut qu'un couple d'heures pour gagner les confins de la ville puis les marais qui l'entouraient, transformés en étendues scintillantes de givre.

J'avais trouvé le bon rythme, le crissement alterné des lames sur la glace me propulsait, chaque pas comme une rature poursuivant la précédente, Jorn et ses intrigues, Jeer et ses mains d'assassin, les garçons sauvages du château des Poux et Saskia, la fille au cœur si froid qu'il m'embuait les yeux.

En allant vers le nord, j'espérais rencontrer le fleuve qui me conduirait à la mer.

Vers le milieu de la nuit, j'ouvris le sac pour sortir le casse-croûte. Un morceau de pain et de lard pour moi, une petite poignée de graines et trois gouttes de genièvre pour Daer. Je profitai de la pause pour faire le point. Dans ce pays criblé de lacs et de cours d'eau, avec l'étoile Polaire pour seul guide, il était facile de se tromper sur les distances. Je sentais bien que je commençais à me perdre, mais je n'avais pas le choix, ça pinçait trop dur et j'avais besoin de mouvement pour me réchauffer, alors je repris ma route incertaine.

La brume humide rosissant avec l'aube avait effacé mon seul point de repère. J'étais transi, je tremblais et claquais des dents. J'accélérai mes glissades, en regardant de droite et de gauche, à la recherche d'un abri. Daer, gêné par le changement d'allure, commença à s'agiter, il fit tant des pattes et du bec qu'il se retrouva le cul sur la glace, à caqueter des obscénités. Je revins sur mes pas. Il s'était planqué sous un fourré et, quand j'avançai la main, il me pinça méchamment, ce qui me fit lâcher une bordée de jurons à mon tour. Je l'attrapai enfin, le secouai en représailles, pendant qu'il lançait des coups de bec péremptoires vers la direction opposée à celle que je voulais prendre. Notre petite explication commençait à m'énerver, j'en avais plus qu'assez de ses exigences de tyran emplumé, seulement, plus je le secouais, plus il poussait des cris de canard qu'on égorge, le cou dévissé vers l'arrière, si bien que je finis par faire semblant de céder pour le calmer. Le pire, c'est qu'il avait raison, parce que je sentis soudain venir de la direction qu'il indiquait une délicieuse odeur de grillade.

Il y avait un type assis près d'une cabane, penché au-dessus d'un feu, en train de tourner une baguette de bois sur laquelle étaient embrochés des morceaux d'anguille. Daer, c'était une vraie boussole, quand il avait un creux à l'estomac. Il me laissa avancer jusqu'au talus, fièrement accoudé à son poste, bombant la poitrine tel un capitaine de vaisseau entrant au port.

– C'est un drôle d'oiseau que tu as là, dit le type en pointant sa brochette. Un pibil siffleur, je dirais. Dressé. Tu serais pas rebouteux, par hasard ?

– Si.

Le type renifla.

– Rebouteux, mais perdu. Pas très malin de battre la campagne par ce temps-là, tu crois pas ?

Je restai sur mes gardes, à bonne distance.

– Reste pas là. Viens manger.

Je détachai mes patins, grimpai sur la berge et m'accroupis en face de lui, soufflant dans mes mains avant de les étendre au-dessus du feu. Il enleva un morceau de la broche, je me brûlai presque les doigts pour l'attraper. J'en donnai un bout à Daer qui le goba aussitôt. Tout en mastiquant, j'inspectai brièvement les alentours. La cabane était nichée sous un taillis de frênes et de saules, une jonchée d'herbe y servait de litière. Un sac de cuir était pendu à l'entrée.

– Tu vas où, comme ça ? demanda le type.

– Vers la mer.

– T'es dans le mauvais sens.

– Elle n'est pas au nord ?

– Ça oui, je dis pas le contraire. Mais tout ce marais qu'est devant, il s'étend sur des milles et des milles ; on peut pas le traverser. Si tu marches encore une nuit dans cette direction, t'auras plus qu'à rebrousser chemin ou finir épinglé dans les ronces...

– Mais le contourner ?

– Faut voir. Si tu tires à l'ouest pendant trois, quatre jours, tu finiras par tomber sur un des bras du fleuve, après, il te reste encore deux grosses journées jusqu'à Brughelude.

– C'est où ?

– Sur la côte. (Il désigna mes patins.) Le fleuve n'est pas partout pris dans les glaces. C'est dangereux.

Il me tendit de nouveau la broche. Cinq à six jours, c'était plus que prévu. Je n'avais que trois jours de vivres.

– Il y a d'autres villes, avant ? des villages ?

Il en énuméra une dizaine en comptant sur ses doigts. La plupart m'étaient inconnus. On resta ensuite une bonne demi-heure sans rien se dire. Le feu me réchauffait lentement, la simple idée de m'en éloigner me donnait le frisson. Il se leva pour attraper son sac, me désigna la litière.

– Tu as l'air crevé. Repose-toi. Moi, il faut que j'aille relever mes pièges.

Je ne me fis pas prier. Je m'allongeai sur l'herbe, en pris une pleine brassée comme couverture, et je m'endormis.

Quand Daer me réveilla, le jour avait bien décliné. Il fallait reprendre la route. Je ranimai le feu, dévorai la nourriture que le type avait déposée sur mon sac. Je profitai de la chaleur pour couper un peu de pain et de lard avant que le froid ne les rende à nouveau durs comme de la pierre.

Ne sachant comment remercier mon hôte, je ramassai un peu de bois mort pour ajouter à sa réserve. Ensuite, je chaussai mes lames et repartis.

Les trois nuits suivantes, je longeai le marais comme il me l'avait dit, trouvant de loin en loin des abris de fortune pour me reposer. Daer dormait presque continûment, engourdi par le voyage.

La quatrième nuit, je traversai un gros bourg. Les aboiements des chiens auraient dû réveiller le voisinage, mais personne ne sortit du poste de douane plongé dans l'obscurité. Juste à la sortie du bourg, après une série d'écluses rapprochées, le canal donnait dans un fleuve. Je m'engageai dessus, plein de confiance. Au bout d'une lieue, le cours d'eau s'élargissait et il n'était plus entièrement pris par le gel. Un peu partout, les trous creusés par des pêcheurs en fragilisaient la surface. Je ne patinais que sur les bords, en m'aidant des branches d'arbre prises dans la glace qui s'enfonçait parfois sous mon poids avec un crissement désagréable de griffes sur une vitre. Je perdis plus d'une fois l'équilibre et j'échappai de peu à plusieurs bains glacés. C'était épuisant et périlleux. La sueur me coulait dans les yeux, j'étais en nage, et pourtant tout ce que je portais sur moi, gants, écharpe, capuche, manteau, tout était couvert de givre.

À une demi-heure de là, je trouvai sur ma droite l'entrée d'un canal étroit bordé d'une voûte d'arbres. Il y faisait bien plus sombre que sur le bord du fleuve, bien plus noir que dans une cave, mais la glace y était compacte et solide sous les pieds. J'avançai là-dedans à la manière du vieux Braz, à l'aveugle. Le froid me glaçait les os, je partageai avec Daer les dernières gouttes de genièvre sans parvenir à me réchauffer. À contrecœur, je dus ouvrir le livre de Nez-de-Cuir pour en arracher les pages et les disposer sous mes vêtements en couches superposées. Quand le matin arriva pour me délivrer de cette nuit terrible, j'avais épuisé le reste de mes forces. Je me traînai jusqu'à une ferme, indifférent à l'accueil qu'on m'y réserverait.

Les doigts raides comme du bois, je cognai à la porte de la maison. La tête d'une vieille femme se montra dans l'entrebâillement, aussitôt suivie de celle d'un chien, juste en dessous. Tous deux me flairaient, la truffe en avant, mais lui montrait les crocs, alors que la vieille n'avait qu'une dent. Je calmai la bête en posant simplement une main sur son front, comme m'avait appris à le faire le vieux Braz. Je poussai doucement la porte. Le chien gémit un peu, il tourna sur lui-même avant de se coucher sous la table. Un chaudron fumait dans l'âtre. La vieille femme m'aida à m'asseoir sur le banc et à me débarrasser de mon manteau, ce qui libéra le matelas de papiers que j'avais glissés dessous. Toutes ces images, collées par le froid et la sueur, se détachaient maintenant et tombaient en vrac à mes pieds comme si je m'étais déplié en dizaines de fragments. La vieille femme regardait, médusée, ce recueil d'os, de tendons et de veines dispersés autour de moi. Elle fit un drôle de signe comme pour chasser le mauvais œil. J'étais trop las pour donner des explications. Je ramassai les feuilles pour les faire sécher.

Elle n'avait que du bouillon d'herbes à m'offrir, je protestai que c'était un festin pour mon ventre creux. Daer fit comme à son habitude le difficile, il en accepta trois gorgées, et encore, de très mauvaise grâce, et en recrachant la dernière. Rassasié, je restai un long moment face au feu, captivé par la ronde éphémère des flammèches qui dansaient autour du chaudron. La fatigue me faisait piquer du nez, je m'endormis, bercé par le chuchotis de chuintements et de crépitements de cette chaleur apaisante. J'entendis dans un demi-sommeil la porte s'ouvrir. Plus tard, c'est un courant d'air froid qui m'indiqua le retour de la vieille. Mon premier geste, à mon réveil, fut de rassembler les feuilles qui avaient séché et pour certaines d'entre elles, noirci.

La vieille femme ne savait pas lire, alors je prétendis que ces dessins d'écorché cachaient un code, que j'étais une sorte de messager, que tout cela était de la plus haute importance et devait, bien sûr, rester absolument entre nous.

Je lui demandai si nous étions loin de la mer.

Elle réfléchit. En empruntant les canaux et en coupant à travers champs, c'était un trop long voyage. Quant au fleuve, il fallait attendre que la glace le prenne entièrement pour le descendre, parce qu'il n'était pas navigable dans ses eaux vives, et trop dangereux pour patiner le long de ses rives gelées. Je vis clairement le doute s'installer sur sa face lorsque je lui dis que je venais d'Antvals. La distance lui semblait impossible à couvrir en patins et en si peu de temps, surtout la nuit. Elle ne me croyait plus. Elle me trouvait bien jeune, d'un coup, pour convoyer des messages secrets. Bien pauvre, pour se voir confier un manuscrit qui valait peut-être le prix de sa maison. Et qu'est-ce que je faisais avec cet oiseau aveugle ? On avait l'impression qu'il allait se mettre à parler. Et si j'étais sorcier ?

Je la remerciai pour son hospitalité. Je rassemblai en hâte les pages du livre, je les glissai dans la besace et je repartis, sous son regard désapprobateur et les grondements de son cabot. Le ciel était bas, d'un gris sale. Plutôt que de retourner au fleuve, impraticable, je continuai sur ce canal dont la voûte boisée me rappelait les chemins creux de ma Bretagne. C'était une erreur. Il y avait un village un peu plus loin. Une écluse couverte de stalactites se dressait devant moi. Deux hommes de la douane volante se tenaient près des portes. Ils avaient l'air de m'attendre. Ils me crièrent d'avancer jusqu'à eux. Je fis demi-tour, m'élançai dans la direction opposée. J'entendis une détonation, un sifflement. Un *patacrac !* Des éclats de bois. La balle de mousquet s'était enfoncée dans un tronc à deux mètres de moi. L'écho de la fusillade ne s'était pas évanoui qu'une deuxième détonation retentit, roulant comme la première. Plus légère, elle me coupa pourtant le souffle et me coucha sur la glace.

La joue sur le verglas, je luttai pour reprendre mes esprits. Daer sautillait dans tous les sens, il me piquetait le nez et les oreilles. Il avait raison, il ne fallait pas s'endormir, si je ne voulais pas geler sur place en y laissant la moitié de mon visage, mais je ne pouvais plus bouger, mon corps était en plomb, le peu d'air que j'aspirais se frayait un passage au couteau en m'arrachant les bronches. Un liquide chaud coulait dans mon dos. J'entendis le crissement des patins des douaniers. Ils me soulevèrent, un sous chaque bras, et m'emportèrent.

On m'avait ôté mes habits et revêtu d'une grande chemise. J'étais allongé sur un bat-flanc dans une pièce nue, à l'exception d'une grande table et d'un poêle en faïence. Pris de fièvre, je grelottais sous une couverture de laine, le dos serré dans une bande de tissu comprimant contre mon omoplate une grosse bourre de charpie.

Le bourgmestre entra pour m'interroger. C'était un brave homme, complètement dépassé par les événements et perplexe devant le livre démembré dont les feuilles s'étalaient sur la table. Il se demandait si j'étais un voleur ou un savant, ou les deux à la fois, mais il préférait ne pas prendre de risque, et me garder sous clef quelques jours, en attendant d'en apprendre un peu plus. En l'absence de médecin, sa domestique un peu simplette venait changer la charpie et me portait à manger. Elle gloussait en entrant, posait la gamelle, retirait mon bandage en m'arrachant consciencieusement la peau du dos, remettait un bout de chiffon, puis repartait en gloussant. C'était la seule distraction de la journée. Les élancements dans mon dos ne me laissaient aucun répit. Je n'arrivais à rien faire, ni dormir ni me lever, aucune position n'étant vraiment supportable.

Un matin, la demoiselle poussa la porte, toujours en gloussant, mais accompagnée du pibil. Il faut dire que Daer avait un ascendant particulier sur les simples d'esprit, il donnait l'impression de la piloter à travers la pièce depuis les hauteurs de son bonnet. Il fit sa petite parade de salut en roucoulant de sa voix de fausset, la tête renversée en arrière, puis sauta sur mon épaule pour venir me souffler au nez son haleine fétide. Je ne sais pas où il était passé pendant tout ce temps, mais quelqu'un l'avait approvisionné récemment en genièvre et, vu l'affection qu'il portait à sa nouvelle compagne, elle devait avoir accès à la réserve. Les salutations achevées, il inspecta mon dos à petits coups précautionneux. Il ressortait de son diagnostic en latin de cuisine que l'omoplate avait été touchée sans être cassée, que la blessure était *nondum gravissima* et que la balle, une balle de carabine, précisa-t-il, d'un diamètre inférieur aux balles de mousquet, probablement à bout de course et freinée par le sac et le paquet de *pagina d'al atlas anatomica merveillossa* qu'il contenait, s'était logée entre deux côtes et l'omoplate, d'où il était impossible de la retirer. Cette démonstration impressionna grandement la demoiselle, qui gloussa de plus belle tandis que Daer se rengorgeait en faisant une petite révérence.

Huit ou dix jours après mon arrestation, les douaniers me rendirent mes vêtements. Ils avaient ordre de me reconduire à Antvals. Ça ne les réjouissait pas vraiment d'avoir à faire tout ce chemin alors qu'il gelait à pierre fendre. Le plus grand regrettait de ne pas m'avoir achevé. En plus de ses propres bagages, il devrait porter dans son havresac l'atlas anatomique plus ou moins bien ficelé, un truc tout juste bon pour allumer un feu, selon lui.

Pour moi non plus, ce n'était pas une partie de plaisir. Le retour fut bien plus pénible que l'aller, même si on avait l'avantage de voyager de jour et de bénéficier d'un gîte pour la nuit. Patiner avec une corde au cou et le dos en marmelade, ça vous arrache les tripes à chaque glissade. Ma blessure suppurait. La fièvre qui l'accompagnait augmentait chaque soir et, quand on arrivait à l'étape, les jambes me manquaient. Je fis beaucoup de dettes : tous les frais du voyage étaient à mon compte, les deux types commandaient des flambées et se goinfraient comme des ogres en descendant leur pinte tous les soirs, et Daer les accompagnait, c'est tout juste s'il ne trinquait pas à leur santé, à croire que ce petit salopard avait déjà oublié que ces deux-là avaient bien failli avoir ma peau.

À Antvals, au bâtiment de la douane, Jorn avait la tête des mauvais jours, elle s'allongea encore davantage quand je lui présentai la note.

– Ça te suffisait pas de tousser, fallait en plus que tu te débrouilles pour faire le bossu ?

– Demande à tes copains de la douane. Ils m'ont tiré comme un lapin.

– Entre les leçons du vieil Abraham et les frais de ton escapade, tu vas finir par me ruiner avant même de commencer à me rembourser. Donne-moi une raison pour m'empêcher de t'envoyer au pilori.

– Ce n'est pas compatible avec ton ambition de me voir devenir docteur…

Il soupira. Il avait l'air fatigué.

– Tu ne me facilites pas la tâche. Cette blessure dans le dos, ça va mieux ?

J'étais décontenancé. C'était la première fois qu'il se souciait de ma santé.

– Je m'occupe de tes dettes, continua-t-il. Retourne voir le vieil Abraham. Il s'inquiète.

– Et si je refuse ?

– Gwen, ne sois pas idiot.

Il tira sur sa pipe, et continua de me fixer bizarrement.

– Ne fais pas ce que je dis. Fais ce que tu as à faire.

Je m'écroulai d'un coup, terrassé par les efforts que j'avais dû fournir pour ce terrible voyage de retour.

L'EXAMEN DE MÉDECINE

L'hiver dura encore trois longs mois. Je me rétablis lentement de ma blessure, en alternant mes leçons chez le vieil Abraham et quelques visites au château des Poux. Si mon escapade avait sensiblement augmenté mon prestige auprès des chiffonniers, elle l'avait encore diminué aux yeux de la fille aux cheveux noirs, qui grimaçait devant la torsion infligée à mon buste. Même lorsque je pus enfin retrouver une position plus déliée, elle se contenta de m'adresser la parole de loin en loin, sans mépris apparent, mais sans marque d'affection. Et je souffrais plus de cette distance affichée que de la balle logée dans la chair de mon dos. Cela me déchirait les poumons, me laissait le cœur en miettes, à battre sans rime ni raison, et je devais me tenir au mur en sortant de cet endroit où régnait en souveraine la belle indifférente.

Ce gros dindon de Demetrius Van Horn vint par une belle journée de printemps annoncer personnellement à Jorn la date de l'examen de médecine. Il devait y avoir une quinzaine d'autres candidats venus des alentours. C'était évidemment beaucoup trop tôt pour moi. Mais Abraham Sternis, qui était de loin le meilleur professeur de toute la région, jugea que j'étais prêt. Il n'avait jamais encore rencontré quelqu'un avec une pareille mémoire, me rapporta Jorn. Il est vrai que je connaissais la plupart de ces fichus bouquins par cœur. Il me suffisait de les lire une fois pour en retenir l'intégralité. J'avais emmagasiné quantité de mots savants, je possédais les trois grands répertoires de diagnostics établis par Sisyphe d'Héraklion, les cinq volumes de *La Pharmacopée* de Diogène Sérapius, *Le Grand Livre des simples* de Catule Stomatolite, *Le Traité des bubons et pustules* de Nicéphore Glycomène et ainsi de suite... pour dire le vrai, un beau fatras d'approximations, fondées sur les cycles de la lune, la fréquence des étoiles filantes, la position de la rotule ou les différentes nuances du blanc de l'œil.

Mais j'étais prêt.

Jorn m'avait fait confectionner, pour l'occasion, un habit de velours d'un noir profond. Je m'étais débrouillé pour y faire ajouter une poche secrète, afin d'y installer Daer. J'aurais trouvé injuste qu'il ne soit pas présent à mes côtés, lui qui avait accompagné toutes mes pérégrinations au pays des corps malades. Et puis, assez honteusement, je comptais un peu sur son aide, en cas de trou de mémoire. Les chiffonniers, quant à eux, m'avaient fabriqué un drôle de bonnet rond, bordé d'une peau de belette, parce que ce minuscule animal passait pour être, dans leur esprit, la créature la plus rusée de toute la création. Ainsi, avait précisé Dries, de sa petite voix flûtée, ma cervelle, « couvée par cet esprit merveilleusement agile, pourra se faufiler entre les chausse-trappes semées par les examinateurs et triompher de tous leurs pièges ». Alignés en rang d'oignons, les autres approuvaient d'un grave hochement de tête. Il y a des cadeaux qui ne se refusent pas. Celui-là me venait de compagnons qui m'avaient accueilli comme leur égal, moi, le traîne-misère né en Bretagne, le pou du rebouteux. Je serrai la main de Dries pour les remercier de tout mon cœur. Je les quittai comme un qui va à la guerre, le buste droit, mais la poitrine creusée d'angoisse devant l'épreuve à venir. Alors que je m'éloignais, j'entendis courir dans mon dos et me sentis soudain retenu par la manche. Je me retournai pour me retrouver face à face avec Saskia. J'avais la gorge nouée. Elle promena le dos de ses doigts sur ma joue puis, encadrant mon visage de ses deux mains délicates, elle posa un baiser sur mes lèvres en soufflant tout bas :

– Bonne chance, petit rebouteux...

La première personne que je vis en entrant dans la grande salle de l'amphithéâtre où devait se tenir l'examen, ce fut Silde. Elle était pourtant bien discrète, perdue dans la foule, tout là-haut dans les gradins. Ensuite mon regard glissa jusqu'à la masse sombre des examinateurs, perchés derrière un alignement de pupitres posés sur une estrade, une plume d'oie à la main, un large cahier ouvert devant eux. Leurs têtes, coiffées d'une toque carrée de satin noir, émergeaient de vastes collerettes d'un blanc immaculé et, au milieu de ces visages allant du pâle flegmatique au sanguin couperosé, douze paires d'yeux nous attendaient sans aucune aménité, nous, les candidats.

La première épreuve était facile, il suffisait de répondre aux questions tombées du haut de ces pompeuses sommités : quels sont les quatre éléments ? les quatre qualités ? les quatre humeurs ? les quatre tempéraments ? les quatre facultés ? Comment se gouverne l'esprit animal ? Où se loge l'esprit vital ? Quelles sont les fonctions de l'esprit naturel ? De quelle partie du zodiaque dépend la colère, quels sont sa nature et ses flux ?

Ce feu roulant de questions suffit à éliminer plus de la moitié des candidats, qui répondaient au petit bonheur la chance. Quand il s'agissait d'aller fouiller dans leur cervelle, ils donnaient l'impression de racler le fond d'un pot. On aurait fait marcher tout un régiment au tambour, rien qu'en frappant sur tous ces crânes vides, et cette enclume d'Ignaas n'aurait pas déparé dans le lot…

La seconde épreuve était une épreuve écrite en latin. Mon sujet portait sur les différentes formes de fièvre : fièvres quotidiennes, fièvres tierces, quartes, intermittentes, pituitaires, atrabilaires ou bâtardes. C'est un domaine où j'étais à mon aise. Je remis ma copie avant l'écoulement du quatrième sablier et je sortis du bâtiment.

Jorn m'attendait au *Souffle de la baleine.*

– Alors, comment ça s'est passé ?

– Bien, je crois.

– Bravo, petit Gwen, on va faire de toi quelqu'un.

– Jorn ?

– Oui ?

– Pourquoi on fait ça ?

– Mais pour nos affaires, petit Gwen, pour nos affaires.

C'est tout petit Antvals, il y a d'autres villes, ailleurs, plus vastes, et la maladie les frappe autant qu'ici.

Je le considérai un long moment. Sa grosse face blonde, son teint vermeil, ses yeux pétillants, le tout constamment enveloppé de nuées de fumée bleue montant paresseusement du fourneau de sa pipe : ça demeurait pour moi une énigme.

– Jorn ?

– Oui ?

– J'arrête ça.

– Quoi, ça ?

– L'espionnage, les menteries, la dissimulation.

– Tu veux dire la vie ? T'arrêtes de vivre, alors ? Si tu refuses tout ça, tu feras jamais un bon médecin.

– Mais pourquoi, Jorn, pourquoi ?

– Parce qu'un bon médecin doit savoir tout regarder en face. C'est un animal à sang froid. Si tu ne traverses pas l'écœurement et le dégoût, tu te laisseras toujours gouverner par tes émotions. Il faut être sans pitié, sans colère, sans envie. Crois-moi, je t'ai rendu service. Je t'ai ouvert les yeux.

Il se renversa pour boire sa chope d'une traite, sa pomme d'Adam dansant comme un bouchon agité par les flots qu'il engloutissait. Il reposa la chope d'un bon coup sur la table, rota, s'essuya la moustache d'un revers de la main.

– T'inquiète pas, petit Gwen. Je suis là. Je veille.

Je repartis, découragé.

Le verdict sur les copies rendues ne tomberait pas avant une bonne semaine. Je retournai chez Abraham Sternis me préparer à la dernière épreuve, l'épreuve d'anatomie.

Je me replongeai dans les livres d'anatomie du vieil Abraham. Il en est de deux sortes : ceux qui « construisent », en partant du squelette, sur lequel viennent se greffer l'ensemble des viscères, vaisseaux, tendons, muscles, ainsi de suite jusqu'à la peau, laquelle recouvre le tout comme un vêtement de gloire étroitement ajusté ; et puis ceux qui « dépouillent », en partant de l'enveloppe charnelle, et qui taillent dedans pour en retirer, un par un, ces mêmes éléments, jusqu'à ce qu'apparaisse la carcasse, en la dépiautant jusqu'à l'os, aussi consciencieusement que le ferait un boucher détaillant un animal abattu. Les premiers parlent de l'homme idéal, machine vivante et architecture de Dieu, les seconds observent la nature humaine et interrogent ses entrailles avec le détachement du mécréant. Il faut avoir ces deux versions en tête quand on pratique l'anatomie, être capable de trancher dans ces amas de chair indistincts et toujours avoir à l'esprit la loi supérieure qui les organise.

Nous n'étions plus que trois pour la dernière épreuve. Il n'en sortirait qu'un seul vainqueur. Il y avait donc trois grandes tables de marbre dans l'amphithéâtre. Sur ces trois tables, trois corps allongés sur le dos, blancs, rigides, sans vie, nus, à l'exception d'un linge couvrant leur sexe. Deux d'entre eux, m'avait-on dit, étaient des condamnés à mort, qu'on avait étouffés pour l'occasion, le troisième avait été trouvé dans la rue. Sur les travées tout autour, et jusque dans les galeries les plus haut perchées, une foule bruyante et joyeuse s'interpellait comme à la kermesse. Le jury, sur l'estrade, était composé de cinq docteurs ; malheureusement, sur les cinq, j'en connaissais deux, dont l'un qui me fit flageoler sur mes jambes : Demetrius Van Horn, le président, qui me poursuivait d'une haine maladive, et surtout, juste à sa droite, Nez-de-Cuir, le chirurgien des jardins de Fer, mon maître en anatomie. Derrière le jury, toute la faculté des docteurs et apothicaires, en tenue de cérémonie, chacune des Douze Provinces représentée par sa délégation. À ma droite, sur les premières marches, je vis Jorn, en grande conversation avec l'un de ces docteurs que j'eus du mal à reconnaître sous sa toge de cérémonie, Abraham Sternis. Jorn me fit un signe de la main. Le vieux docteur inclina discrètement la tête pour me saluer.

Van Horn frappa un coup de maillet pour annoncer l'ouverture de la séance, puis il se lança dans un interminable discours en déclinant les titres honorifiques de tous les membres de l'assistance, à commencer par les siens, qui étaient longs comme un jour sans pain. Ensuite, il demanda aux candidats d'approcher, et il remit à chacun de nous une enveloppe contenant les indications sur la partie que nous aurions à disséquer et à commenter.

On m'avait donné la table du milieu.

Ça se remit à papoter d'un bout à l'autre des travées, un babillage ponctué d'exclamations lorsqu'on reconnaissait un compère à l'autre bout du théâtre, une sorte de grande machine à débiter les conversations, tout ce que le langage peut receler de vanités singulières et d'euphorie communicative lorsqu'une foule veut se réjouir d'être rassemblée. Je fus repris par mes anciens vertiges. Je voyais tournoyer toutes ces faces de carême trouées de bouches agrandies d'où sortait une bouillie de voix, de rires et de cris rebondissant d'un banc à l'autre.

Le brouhaha, qui enflait tant et plus, s'arrêta soudain lorsque le maillet du président de séance s'abattit une seconde fois, avec la violence d'un coup de tonnerre. Soudain, ce fut comme si chacun prenait conscience de nos frères humains, ces trois pauvres gisants étendus là, nus et face tournée vers le ciel, entourés du silence qui semblait sourdre de leur peau si pâle…

Nous tirâmes au sort un assistant. Le mien vint me rejoindre en me souriant de ses énormes dents de cheval, je reconnus cet âne bâté d'Ignaas. Mais il portait sur un plateau des instruments, et pas n'importe lesquels, des instruments d'argent, les propres instruments de Nez-de-Cuir.

Ce dernier m'observait depuis l'estrade. Il me parut plus petit qu'aux jardins de Fer, ou peut-être était-ce la proximité de l'imposant Van Horn qui réduisait ses proportions. Il me fixait intensément, et je pouvais suivre sa respiration au rythme des dépressions qu'elle imprimait à son masque de cuir. J'avais trahi la confiance de cet homme, je l'avais dépouillé du seul bien auquel il tenait, cet atlas anatomique qui était le trésor de sa bibliothèque. Pourtant, je ne lisais pas d'hostilité dans son regard, ni de rancœur ou d'amertume, plutôt un encouragement, quelque chose comme une attente. Je me promis de ne pas le décevoir.

Je pris un scalpel, en vérifiai le tranchant sur mon ongle, puis je m'avançai vers le cadavre qui m'était échu, en le remontant des pieds vers la tête, orientée vers la tribune. Des trois hommes allongés, c'était le plus grand. Un corps massif et blafard, une pomme d'Adam proéminente, le menton piqueté de poils blancs, des cheveux en broussaille. Avant même d'arriver au visage, j'avais reconnu ses mains, pesant sur le marbre de tout leur poids de chair morte. Des mains épaisses, larges comme des rames, de vrais battoirs, des mains d'assassin, les mains désormais livides et inutiles du meurtrier d'Yvon, les mains de Jeer.

Je pivotai vers Jorn. Il souriait. On aurait dit un chat qui vient de déposer une souris sur le seuil de la maison. Salaud de Jorn ! Il s'était débrouillé pour me faire ce cadeau.

Les deux autres candidats avaient déjà commencé. Je les entendais annoncer les progrès de leur dépeçage avec la fatuité des gens ravis d'avoir une occasion d'étaler leur savoir. Seulement, il y avait quelque chose d'infiniment triste dans cette énumération d'organes : non content d'ouvrir des corps, on avait eu l'indécence de nous imposer de le faire le plus rapidement possible. De l'habileté dans le geste et de la vitesse dans la décision, voilà ce qu'on demande à un bon chirurgien, aimait à dire Demetrius Van Horn, qui ne possédait aucune de ces qualités. Alors les deux novices y allaient de bon cœur, ils débitaient avec la même ardeur et la chair et le commentaire.

J'entendis la voix du vieux Braz : « Gwen, ne fais pas ça. Tu connais cet homme. Même s'il a été ton ennemi, tu le connais. Tu l'as côtoyé. Respecte-le. Tu es un rebouteux, souviens-toi, nous autres, nous n'ouvrons pas les corps… » Je m'avançai encore, tout tremblant. La douleur dans mon dos s'était réveillée, je sentais la balle sous l'omoplate. L'air entrait dans mes bronches en courtes saccades, je les entendais gémir et siffler à son passage.

Je soulevai lentement le bras gauche de Jeer pour dégager la région du cœur. Il était froid, lourd, triste. J'aperçus la tache sous l'aisselle, une tache sombre dont le relief gonflait la peau d'une épaisseur violacée. Ni son aspect ni sa couleur ne pouvaient tromper. Cela porte un nom. On appelle ça un bubon.

La lame de mon scalpel se brisa en tombant au sol.

Je dis, d'une voix blanche :

– Cet homme est mort de la peste !

Les autres continuaient, encouragés par les plaisanteries douteuses qui avaient repris leur cours. Demetrius, tourné vers son confrère de droite, faisait un éloge appuyé des mérites de son élève, un grand type aux yeux globuleux qui menait la course avec un entrain d'équarrisseur. Personne ne m'avait entendu, ou peut-être bien que tout le monde s'en foutait. Non, pas tout le monde. Nez-de-Cuir s'était levé, il prenait à part le président de séance. Je le vis descendre la volée de marches qui menaient de l'estrade à la scène de l'amphithéâtre, puis me rejoindre en quelques enjambées nerveuses. Il se pencha sur l'endroit que je lui indiquais, souleva le bras à son tour, le tourna dans l'autre sens, chercha d'autres marques. Il leva les mains en direction de la tribune. Demetrius Van Horn, qui ne l'avait pas quitté des yeux, abaissa son maillet. La première fois n'y suffit pas, il fallut des coups répétés et vigoureux pour mettre fin au tohubohu.

Alors Nez-de-Cuir, à son tour, annonça la terrible sentence :

– Zet hobe a la beste !

Cela en fit glousser quelques-uns. Mais c'étaient des rires jaunes parce que, à la façon d'un caillou jeté dans l'eau, la nouvelle se fit jour dans les esprits, se propageant en cercles de plus en plus larges, jusqu'à gagner les dernières travées où la foule se confondait dans la pénombre. Il y eut un grand fracas de cris, de pupitres renversés, de piétinements ébranlant les planchers de bois. La salle se vida à la vitesse d'une barrique défoncée, à flot continu, une véritable diarrhée humaine qui la laissa aux trois quarts vide, et chamboulée de bas en haut. Les docteurs, les magistrats nous rejoignaient. Ils n'y pourraient rien, le diagnostic était irréfutable, hideux dans sa simplicité, et monstrueux dans les malheurs qu'il présageait. L'homme était bien mort de la peste.

Une des premières conséquences s'afficha sur Demetrius Van Horn. D'abord incrédule, il se décomposa sous nos yeux, son arrogance et sa superbe fondirent d'un coup, on ne vit plus que le masque effrayant de la peur qui remodelait sans merci les traits de son visage. L'homme ne tenait plus que par ses habits, là s'était réfugié ce qui lui restait de prestige et de dignité. Et qui pouvait dire si ce n'était pas le sort qui nous était à tous réservé, à plus ou moins brève échéance ? Déjà, les docteurs des autres délégations, ramassant en grande hâte leurs affaires, prenaient congé, ils obéissaient au sauve-qui-peut général, en courbant la tête pour ne pas subir les premiers l'aveugle balancement de lame de la Grande Faucheuse.

Impassible, Jorn tirait sur sa bouffarde. Il invita ceux qui restaient à le rejoindre au *Souffle de la baleine* pour tenir conseil. Abraham Sternis me prit par le bras, m'incluant d'office dans ce comité restreint. J'avais, pour autant qu'il m'était possible de calculer, dix-sept ans, et aucune envie de mourir ici. Et je n'allais pas laisser une simple tache noire décider toute seule de mon destin.

Au *Souffle de la baleine*, nous étions un peu plus d'une dizaine : Demetrius Van Horn, qui reprenait peu à peu des couleurs, Jorn, Silde, Nez-de-Cuir, Ignaas, Abraham Sternis, l'œil plus alerte que jamais, un autre docteur, Adrian Gerrit, membre du jury, en train d'essuyer tranquillement sa paire de « verres à lire », Gaspar Van Deerman, un des postulants au titre de docteur, c'était celui qui était à ma droite pendant l'examen, moi, et enfin Daer, qui fit rire tout le monde en sortant de sa cache et qui trouva le moyen de terroriser ce brave Ignaas, toujours convaincu qu'il avait affaire à un sorcier à plumes.

Nez-de-Cuir prit la direction des opérations, c'était lui qui avait le plus d'expérience en matière d'épidémie. Il convenait de faire incinérer le cadavre du pestiféré sur l'île aux Chiens. Ensuite, prévenir la population, mobiliser la douane volante pour vérifier si d'autres cas se signalaient, quand et dans quel quartier, préparer des réserves de plantes aromatiques, armoise principalement, et de bois à brûler. Enfin, il fallait choisir un endroit qui pourrait servir d'hôpital, si possible sur une île, pour éviter les contaminations.

Jorn traça un plan de la ville et indiqua comment isoler les quartiers en cas de propagation de l'épidémie. Je pensai aux chiffonniers, je devais les prévenir au plus vite, brûler toutes les pelleteries où pouvait se nicher le « venin » de la maladie, faire de nouveau une grande lessive. Abraham Sternis et Nez-de-Cuir insistèrent sur les précautions à prendre, notamment sur un modèle d'habit de médecin préconisé pour les épidémies, comprenant une longue robe enveloppante, et un étrange masque en forme de bec d'oiseau, qui devait être régulièrement soumis à des fumigations pour éloigner les miasmes.

Chacun de nous avait une tâche à accomplir.

Les progrès de l'épidémie furent si lents qu'ils nous firent croire tout d'abord à une fausse alerte. On releva deux autres cas la semaine qui suivit, puis cinq, puis une accalmie d'une dizaine de jours, au cours de laquelle il ne mourut que trois personnes et, pour l'une d'entre elles, la peste n'était pas avérée. Les maisons infectées étaient aussitôt isolées, et seuls les médecins étaient autorisés à visiter les pestiférés. Ils sauvèrent d'ailleurs deux malades grâce à leurs bons soins. Beaucoup de gens, qui avaient déjà fui la ville à ce moment, revinrent, rassurés par ces bonnes nouvelles. Il se fit des plaisanteries sur cette épidémie souffreteuse qui avait eu les yeux plus gros que le ventre.

Puis la peste se déclara dans le quartier des entrepôts, elle s'y installa et commença à prélever une vie par-ci par-là, comme on grignote, distraitement, du bout des dents, avec une désinvolture qui trompa son monde. Elle ne frappait pas partout de la même façon, aux uns elle faisait éclore des bubons aux aisselles, au cou, à l'aine, en leur infligeant d'insupportables douleurs, aux autres une fièvre foudroyante qui ne se déclarait qu'après une longue période d'incubation. Cette dernière forme, particulièrement sournoise, ne pouvait pas se deviner, même par ceux qui la portaient, inconscients du complot ourdi par leurs propres entrailles : ainsi font les incendies, qui couvent un long moment dans les brandes avant de laisser libre cours à leur folie ravageuse, et dévorent en quelques instants ce qui les a si patiemment nourris.

Dans les deux mois suivants, la propagation explosa, gagna tous les quartiers, s'allumant ici ou là, épargnant telle maison, détruisant telle autre, sautant d'une cour à l'autre, glissant le long des berges, se jouant des murs et des portes, avançant à sauts et à caprices, à la manière du cavalier dans les jeux d'échecs. Il était trop tard pour fuir. Plus personne n'était à l'abri. Une chaleur inhabituelle, moite et pesante, s'installa avec les derniers jours du printemps, accompagnée d'une prolifération d'insectes de toutes sortes. Les canaux puaient. On signala d'étranges apparitions dans le ciel nocturne. Et tout le monde avait peur.

Le pays de l'Ankou

On ramassait les morts à pleines brassées.

Au matin, on les trouvait entassés, pêle-mêle, hommes, femmes et petits enfants, abandonnés au seuil des maisons. On avait renoncé à les ensevelir, on manquait de bras pour le faire, et puis la décomposition des cadavres, activée par la chaleur humide, ne faisait que multiplier les germes de la maladie. Alors des barques les emmenaient pour être brûlés sur l'île aux Chiens. Il n'y avait plus assez de tissu pour faire des linceuls. C'était une triste moisson, et qui se renouvelait jour après jour.

On dressait des bûchers à tous les carrefours pour chasser les pestilences. Toute la ville était imprégnée des fumées de ce vain combat contre la puanteur. Moi, je portais cet étrange masque à bec de corbeau, je marchais sur les traces de la Grande Faucheuse, je m'introduisais dans les maisons à la recherche des survivants, une crécelle à la main pour prévenir de mon arrivée, j'enjambais des corps saisis dans leurs derniers instants, gisant tels qu'elle les avait cueillis, sans égard pour leur dignité, leur âge ou leur condition. Un drôle de jeu, à quoi elle s'amusait. Elle épargnait le nourrisson, mais se débrouillait pour que la jeune mère, couchée dans les draps à ses côtés, ne puisse plus jamais lui donner le sein. Ricanant de ce bon tour, elle traversait la cour pour s'en aller décimer toute une famille dans la fleur de l'âge, à seule fin de laisser la doyenne, une pauvre vieille femme impotente, remâcher le silence et le vide qui pèseraient sur le reste de ses jours.

Elle surprenait les gens aux moments les plus imprévus en pourrissant leurs derniers instants. Bien malin qui aurait pu dire si elle s'en prenait à leur esprit naturel, vital ou animal. Elle n'en avait cure, je crois, du moment qu'ils abandonnaient toute volonté, foulaient aux pieds leurs amitiés, trahissaient leurs amours, reniaient les lumières de la raison en se jetant dans les bras de la superstition, en croyant, les pauvres, reculer le moment où s'abattrait le couperet. Dans les spasmes de l'agonie, beaucoup avaient les lèvres retroussées sur ce rire grimaçant qui portait l'empreinte douloureuse de son passage, et c'était une insulte à la face des survivants, un crachat de plus jeté à leur peine.

Au palais des Échevins, bourgmestre, magistrats et officiers civils essayaient de juguler le mal. On y tenait sur un registre le décompte des morts de la veille. La douane volante était chargée de l'entretien des feux et de l'approvisionnement de la ville. Elle assurait aussi la police, marquait les maisons atteintes et veillait à la fermeture des accès de la ville. Beaucoup de charlatans profitaient de ces temps troublés pour écouler leur camelote, élixirs, onguents miracles, images saintes, horoscopes, et toute la quincaillerie que des âmes éperdues d'épouvante sont prêtes à acquérir pour s'éviter l'inéluctable. Demetrius Van Horn était de ceux-là. Il avait vendu tous ses objets de valeur pour acheter à prix d'or de la graisse de tortue, il s'en était enduit tout le corps avant d'aller se terrer au fin fond de sa cave, et c'est là que la mort était venue le surprendre, moins de trois jours plus tard. Elle l'avait emporté dans la première grande vague de la maladie.

Un nouveau fléau fit son apparition. Une marée brune, grouillante, velue, qui grimpait les escaliers comme un torrent remontant vers sa source. Ils étaient arrivés par dizaines de milliers, et je n'en avais jamais vu autant, ni de si gros : des rats. On avait beau promettre récompense pour chaque centaine abattue, il en sortait de partout. Jorn avait lancé contre eux le bataillon des chiffonniers, les garçons en faisaient un carnage à coups de frondes et de lance-pierres, mais les rongeurs se multipliaient, c'était comme arrêter une rivière à coups de trique. Et dans cette guerre perdue d'avance, il fallait compter les pertes dans les rangs de mes amis du château des Poux, car la peste ne les épargnait pas, eux non plus. Je m'y rendais régulièrement, pour seconder Saskia, qui s'occupait des plus petits.

Chacun, à sa place, se démenait sans compter, à toute heure du jour et de la nuit, médecins, particuliers, gens de la douane ou de la truanderie. Jorn avait pris la main sur les autorités, il connaissait la ville dans ses moindres rouages. Il embrassait cette situation nouvelle avec son énergie coutumière, bravant le manque de sommeil d'un œil rieur. Il était partout à la fois, me donnait du « petit docteur » avec un brin de fierté dans la voix. Sa vision d'ensemble, conjuguée aux stratégies élaborées par l'infatigable Nez-de-Cuir, étaient notre seul espoir de venir à bout du fléau.

Silde recevait les orphelins et les rescapés des familles décimées. Avec d'autres femmes de la ville, elle formait un autre front face à la peste, en retirant de ses griffes ceux qu'elle avait une première fois épargnés. Mais un matin, elle se leva pour s'écrouler presque aussitôt, en poussant un grand cri. Elle avait les « marques ». Quand je vins la visiter, elle était au fond de son lit, méconnaissable, les yeux éteints, mangés de bistre, la peau terreuse, les cheveux collés au front par une mauvaise sueur. Jorn faisait les cent pas et Nez-de-Cuir, accouru à son chevet, lui prenait le pouls. Il découvrit sous la chemise de lin les bubons, déjà durs comme du bois, et les frictionna longuement avec un emplâtre à base d'antimoine et de vif-argent. Ensuite, nous la veillâmes à tour de rôle. Parfois j'imposais mes mains au-dessus d'elle, en priant de toutes mes forces, à travers mes larmes, le vieux Braz, pour qu'il me vienne en aide. Mais ce n'était pas là affaire de rebouteux. Ni, peut-être, de médecin. La fièvre augmenta, et la douleur en proportion. Silde se tordait dans les draps, haletante, secouée de spasmes brûlants et de convulsions glaciales, le front ravagé par les stigmates d'un intolérable mal de crâne. Nous restâmes longtemps, les uns et les autres, sans pouvoir dire un mot. Finalement, les bubons crevèrent. La semaine suivante, Silde put à nouveau tenir sur ses jambes. Elle fut une des rares à guérir de la maladie, encore ne fut-ce possible que parce qu'elle en avait les « marques ». Ceux qui avaient contracté la forme « invisible » n'avaient aucune chance d'y survivre.

Durant cette épreuve, Jorn sombra dans une forme de stupeur, le regard incertain et les paupières agitées de soubresauts. Il avait maigri, ce qui le faisait ressembler à Loïc Kermeur. Puis sa formidable nature reprit le dessus. Il recommença la lutte de plus belle. Toute la fortune qu'il avait amassée fondit pour combattre l'épidémie, et tout le courage qu'il avait en réserve, il le dépensa pareillement pour nous l'insuffler, chaque fois que l'un de nous se laissait gagner par le désespoir. C'était ce dont nous avions le plus besoin. Car il n'est rien de pire que de quitter cette terre en se vidant comme un fruit pourri. Personne ne souhaite mourir ainsi. Et pourtant, cela nous guettait à tout instant.

Sauf moi, selon Abraham Sternis, qui prétendait que je ne risquais rien parce que j'étais immunisé. Quand je lui demandai d'où il tirait pareilles sornettes, il m'affirma que c'était le cas de tout rebouteux accompagné d'un pibil.

– Enfin, Gwen, se récria-t-il, agacé, tout le monde sait ça. C'est comme pour le temps et les tortues.

Le matin, je continuais ma quête malheureuse de survivants, l'après-midi, j'allais à l'hôpital, qu'on avait installé dans un entrepôt non loin de sa maison. Les malades qui entraient là n'avaient qu'une faible chance d'en sortir. Les bubons mûrissaient sur ces corps décharnés en tendant la peau jusqu'à la faire éclater. Beaucoup en devenaient fous de douleur. Nez-de-Cuir et Sternis s'affairaient à les soulager, ils posaient les emplâtres, incisaient les ulcères et baignaient les fronts brûlants. Tous deux étaient pareillement exténués. Silde allait d'une couche à l'autre porter le bouillon qui assurait un maigre sursis à ceux qui pouvaient encore desserrer les dents.

Gaspar Van Deerman, le jeune docteur qui avait passé l'examen en même temps que moi, luttait pour retarder sa fin prochaine en mordant le drap de son lit. Il avait l'air d'une bête enragée. J'avais le cœur serré à la pensée que son corps, qui avait si peu vécu, rejoindrait bientôt l'état de celui sur lequel il s'était penché le scalpel à la main. J'avais appris, depuis, à le connaître ; il m'avait accompagné dans ces explorations désespérantes, jonchées de victimes pitoyables, à la recherche de celles qui pouvaient encore être sauvées. Comme je regrettais le dur jugement que j'avais porté sur lui, pendant ce triste concours d'anatomie. La peste nous renvoyait tous à l'humilité de notre prime condition. Ignaas usait de sa force de cheval pour trimbaler de pleins chaudrons qu'il mettait à bouillir, et cette force avait dans ces heures sombres autant de valeur que le peu d'esprit que je lui avais si souvent reproché.

Nez-de-Cuir, à son tour, contracta la maladie. Elle le maltraita de la pire des façons, le soumit à tous les tourments possibles et imaginables, elle s'acharna sur ce petit homme sec qui avait voué son existence aux malades, elle le couvrit de tumeurs et d'indurations, écrasa son crâne dans un étau, broya son dos, enflamma sa langue, engorgea ses poumons, le fit fondre en sanies purulentes.

Nous ne pûmes rien faire pour endiguer cette entreprise de dévastation. À la fin, elle brisa sa volonté, elle en fit un pauvre pantin en proie au délire qui nous couvrait d'insultes, elle lui fit rendre grâce, là, devant moi, devant nous, et tous nous étions impuissants, pleins de colère et de sanglots, et je jure que je crus bien épuiser tout ce qu'un corps peut contenir de larmes à le pleurer. Rien ni personne, je crois, ne pourra jamais me consoler de la perte de cet homme dont le visage mutilé vivait si intensément par le regard, un regard qui m'avait accueilli, accompagné, pardonné, soutenu, aimé. Lui, Nez-de-Cuir, avait été mon maître. Mon maître et, pourquoi fallait-il que je m'en rende compte si tard, mon ami.

On ne voyait pas le bout de cette hécatombe. On n'en voyait pas la fin. On n'en voyait pas le sens. Le petit Dries, au château des Poux, perdit la vie à son tour, non pas emporté par la peste, mais tout bêtement en avalant un os de travers, et c'est comme ça que la mort toute-puissante nous le ravit, en se jouant de nous une fois de plus, dans un lugubre et sarcastique éclat de rire.

Il aurait fallu des milliers de charrettes noires pour emporter les âmes de tous ces malheureux. Parfois, le grondement de ces roues, je croyais l'entendre multiplié à l'infini résonner sous la voûte de mon crâne.

J'y étais.

Au pays de l'Ankou.

Le brasier de l'Île aux Chiens

À la fin de l'été, la ville d'Antvals avait perdu plus du tiers de sa population et le reste était rongé d'épuisement et de chagrin. Abraham Sternis m'accompagnait dans les tournées. Sous nos houppelandes sombres et nos rostres en forme de bec, nous avions l'air de grands oiseaux perdus dans un dédale de portes clouées et de fenêtres condamnées. Le château des Poux, d'ordinaire si bruyant, semblait à la dérive près du canal. Plusieurs garçons y luttaient encore contre leurs fièvres purulentes. On venait les visiter deux fois le jour. Les autres avaient ordre de les approcher le moins possible. Mais c'est un fait que le nombre des victimes diminuait. On avait fermé l'hôpital. L'épidémie acheva de se retirer comme elle était venue, peu à peu, sur la pointe des pieds, en grappillant encore quelques vies. Là-dessus, un grand vent chassa les lourdes chaleurs et l'invasion de mouches qui ajoutaient à la puanteur ambiante la gêne de leur harcèlement vibrionnant.

Ce vent soufflait encore lorsque les cloches du beffroi convoquèrent l'ensemble de la population. Les gens affluèrent sur la place du palais des Échevins. Le bourgmestre, du haut de son balcon, lut le décret annonçant la fin de l'épidémie. Il serait faux de dire que la foule laissa éclater sa joie, ce ne fut, au contraire, qu'une traînée de conciliabules et de questions. Trop d'inquiétude et de tristesse subsistaient encore autour du fléau. On n'en revenait pas de lui avoir échappé, mais on pleurait toujours ceux qu'il avait emportés. Et les familles se comptaient, car beaucoup n'avaient plus de nouvelles les unes des autres.

Les magistrats avaient fait disposer sur la place des braseros auxquels chacun pouvait allumer une torche, et c'est munie de ces flambeaux que la foule marcha jusqu'aux quais, où l'attendaient des dizaines de barques. Empruntant le grand canal, la flottille prit la direction de l'île aux Chiens. On avait dressé là un gigantesque mannequin de paille et de papier, en forme de squelette, appuyé sur une faux et pointant sur la ville le regard aveugle de ses orbites creuses. Et il semblait plus grand encore lorsqu'on était parvenu à ses pieds. Comme il était enduit de poix, les torches jetées dessus l'embrasèrent d'un coup, avec un grand *Vlouf!* dont nous sentîmes tous le souffle, et l'on vit Mme la Mort se tordre dans les tourbillons de feu, les explosions d'étincelles et les torrents de fumée noire. À son tour de trembler en se consumant dans les fièvres ardentes, à son tour de vomir par une bouche dévorée d'ombre, à son tour de gémir en grimaçant, à son tour d'élever en vain vers le ciel la supplique d'un grand bras maigre et tordu ! Personne ne riait. Personne ne chantait.

On ne se gênait pas, plutôt, pour la maudire et lui cracher dessus, et tout le temps de son agonie, des tambours voilés de crêpe battirent une marche funèbre pour accompagner le ronflement des flammes. Quand il ne resta plus qu'un gigantesque tas de cendres, les magistrats firent étendre sur le tapis de braises rougissantes de grandes brassées de plantes aromatiques pour purifier une dernière fois l'air de sa présence. La foule se dispersa en toussant dans cette épaisse nuée blanche chahutée par le vent, elle grimpa dans les barques, et chacun de lancer des regards inquiets en arrière : c'est sûr, elle est partie, la peste ? Elle a bien disparu ? En tout cas, l'île aux Chiens s'évanouissait dans la fumée.

Je n'eus pas besoin de repasser l'examen de médecine, les échevins décidèrent que mes services rendus aux habitants me donnaient de plein droit le titre de docteur.

Jorn invita tout son monde à fêter ma nomination au *Souffle de la baleine*. Il y avait une bonne centaine de personnes entassées dans la petite salle du cabaret. Le gaillard tenait sa forme des grands jours, et je fus à nouveau saisi de cette incroyable disposition qu'il avait de charger l'existence, autour de lui, de densité et d'énergie. Probablement que des orages tournaient et grondaient dans le torse en barrique de ce type, et comme c'était bien de savoir que la peste n'était pas venue à bout de son irréductible appétit de vivre, comme c'était bon de penser qu'elle n'avait pas réussi à éteindre le feu crépitant de ses éclairs.

Dans l'élan de son enthousiasme, il me donna dans le dos une claque si vigoureuse qu'elle réveilla la douleur de la balle nichée sous mon omoplate et que je manquai m'étouffer dans ma chope. Furieux, je lui balançai en retour un coup à me briser le poignet qu'il encaissa en arrondissant la bouche sur un hoquet de surprise, et cela nous fit tous éclater de rire, jusqu'aux larmes, sans pouvoir s'arrêter, pendant d'interminables minutes.

En fait, on avait tous bu plus que de raison, et poussé jusqu'à l'incandescence notre irrépressible besoin d'ivresse et de vertige. Même Silde, la très sage, qui nous avait rejoints, avait un petit coup dans le nez. Elle passa une bonne partie de la soirée à essayer de faire chanter Daer, mais le pibil, avec son esprit de contradiction habituel ne voulut rien entendre, il ne pensait qu'à dormir. Et c'est bien cette nuit-là, prolongée jusqu'au matin, qui marqua pour nous la fin de la peste, et de l'horrible train de malheurs qui l'avait accompagnée depuis le début du printemps.

L'automne vit la chute des feuilles et l'arrivée de nouvelles familles. Leurs barques étaient chargées à ras bord, meubles, ballots, basse-cour, cochons, que sais-je, c'était chaque jour un drôle de ballet, le père de famille accostant, un papier à la main, à la recherche du logis que la douane leur avait attribué, les autres déchargeant la cargaison, et toute la domesticité de suivre par les ruelles, courbée sous le poids des bagages comme une procession de mulets. Souvent, les chiffonniers proposaient leurs services, ils servaient de guides, de portefaix. Ils serraient de près les filles nouvellement débarquées, les plus hardis leur volaient un baiser pendant que le père et la mère se dépêtraient au milieu des palabres imposées par les officiers de la douane, jamais en reste d'une ou deux pattes à graisser. Les marchés renaissaient. L'agitation sur les canaux renaissait. La ville renaissait. La vie renaissait.

Un beau matin, je vis la silhouette extravagante de Tord-Boyaux, l'arracheur de dents, qui recommençait ses grands mouvements de chapeau sur le marché aux poissons. Il avait eu la prudence, ou l'intelligence, de quitter Antvals dès le début de l'épidémie. Nous tombâmes dans les bras l'un de l'autre, puis il me tint à distance, les mains sur les épaules, à me considérer d'un œil neuf.

– Tu as pris du poil au menton, on dirait.

Ben oui, je portais courte barbiche, et moustaches clairsemées, et bel habit aussi, et Daer ne quittait plus son nouveau sac de satin noir fermé par des boutons d'ivoire. Sans compter ce grand dadais d'Ignaas, que j'avais pris à mon service pour me véhiculer en barque, dès qu'il y avait nécessité.

– Fais attention, rebouteux, tu vas finir comme le gros Demetrius, à te pavaner comme ça, continua Tord-Boyaux de sa voix graillonnante. Et pour te parler bien franc, ça me ferait peine.

Il déboucha son redoutable élixir de vipère, s'en attribua une bonne rasade et poursuivit, l'air songeur, en parlant comme pour lui-même :

– Et même, ça me ferait grand honte de ta part.

– Je suis médecin, maintenant, mon cher Tord-Boyaux. Chacun son métier ! répondis-je en manière d'excuse.

Il porta la main à son grand feutre à plumes, et plongea pour en balayer le sol dans une large révérence, plutôt ironique :

– Serviteur…

Ma réputation solidement établie, l'argent se mit à tomber dru. Abraham Sternis laissait à ma disposition une partie de sa maison pour recevoir ma clientèle, encore que je consacrais l'essentiel de mon temps à des visites. Certains, en ville, m'avaient attribué des guérisons miraculeuses, du temps de la peste, et je soupçonnais Jorn d'être derrière tout ça. Il m'avait vivement déconseillé de les démentir. De toute façon, il fallait toujours qu'il y ait quelque chose de tordu avec lui. Autrement, ça ne l'amusait pas. Bien que je m'en défendisse, j'y prenais goût. D'ailleurs, tout avait du goût, même la couleur du ciel. Eussé-je été oiseau, j'aurais plongé dedans pour y nager jusqu'à plus soif, j'aurais lancé mon cri pour l'entendre porter loin au-dessus des canaux, plus loin que les marais, tout là-bas jusqu'au bout du monde…

Je trouvai un relieur dans le quartier des libraires. Je lui passai commande d'un nouvel habit pour le livre d'anatomie, une somptueuse couverture de vélin avec une reliure en soie pour les pages démembrées. Il ne posa pas de question sur le trou qui transperçait les cahiers, et je me fis seulement la réflexion que si la balle m'avait touché le dos, non loin des poumons où se concentraient d'ordinaire les plus obscures de mes angoisses, elle avait transpercé de part en part cette grande figure de papier juste à côté du cœur.

Je retrouvai la carte, pliée en quatre, glissée entre l'ancienne couverture et la page de garde. La Bretagne me semblait bien loin maintenant, et peut-être inaccessible. Il y avait ici, à Antvals, de quoi faire une vie, comme me l'avait dit Matias, une belle vie sans doute. Du doigt, je suivis la résille des canaux, et la constellation de lacs et d'étangs qui conduisaient à la côte, je repérai même le bourg où j'avais été abattu. Je n'étais pas alors si loin du but, le fleuve menant à la mer, j'avais posé les patins dessus, après c'était affaire de navigation et de chance, et en tirant vers l'ouest, en descendant toutes ces côtes sablonneuses jusqu'aux côtes de France, en cherchant le bout du monde, fatalement on arrivait à la pointe tridentine, la Finis Terræ de ma Bretagne natale. Mais à quoi bon, et pour y retrouver quoi ? La morve en hiver et la disette en été. Des bigotes, des teigneux et des malfaisants. Une bicoque en ruine, la tombe d'un rebouteux. Il y avait mieux à faire, franchement.

Alors je brûlai la carte, tout comme nous avions brûlé la figure de la mort.

Et je la regardai se réduire en cendres avec une joie mauvaise.

Que le vieux Braz, surtout, ne vienne plus m'importuner.

Les oies sauvages

Un soir que je rejoignais Jorn au *Souffle de la baleine*, je m'inquiétai de le voir inhabituellement triste et assombri. Je pris des nouvelles de Silde, qui montrait encore des signes de faiblesse après la dure épreuve qu'elle avait eu à subir. Mais elle n'était pas la cause de cette soudaine mélancolie, et elle allait chaque jour un peu mieux. Je voulus le divertir en lui déballant les travers de quelques-uns de mes patients, mais son œil ne s'allumait plus comme avant au récit de ces trahisons, son attention glissait ailleurs, et quand elle revint à moi, je crus y voir une interrogation que les mots ne pouvaient satisfaire. Je me sentis désemparé. Peut-être qu'il n'avait plus besoin de tous ces ragots pour consolider son pouvoir. Ou bien alors, il était passé à autre chose. Avec lui, c'était toujours difficile de se rendre compte.

– Finalement, me dit-il en soupirant, la peste t'a rendu service…

J'encaissai mal le coup, mais je voulus le prendre à la rigolade.

– Il n'y a pas qu'à moi, Jorn. Les chiffonniers ont fait leurs petites affaires, eux aussi, avec toutes ces maisons vides. Ils auraient eu tort de ne pas en profiter.

– Les chiffonniers, il en est resté un bon paquet sur le carreau...

– La peste, elle ne choisit pas, elle fauche au hasard. Moi aussi, j'aurais pu y passer..

– C'est égal, je te préférais avant, Gwen. Quand t'avais un peu de trouille au ventre et davantage de scrupules.

Il s'était levé, lourdement. Il enfila son paletot, reprit appui de tout son poids sur le bord de la table pour me parler, comme on y pose un fardeau. Il me donnait l'impression d'avoir rapporté de ces territoires indistincts où son esprit l'emmenait une lassitude infiniment triste, et j'y reconnus l'empreinte de la peste, comme une séquelle de son cruel passage parmi nous, les vivants.

– Reviens me voir quand tu auras vraiment quelque chose d'intéressant à me dire, Gwen. Parce que là, tout ce fatras, tu vois, c'est, comment dire, pitoyable...

Je sortis perplexe.

Je revis le mouvement de sa main accompagnant cette dernière phrase, un balayage brièvement suspendu en l'air, complètement désabusé. Pourquoi changeait-il, tout à coup, les règles du jeu ?

La peste n'avait pas fait que tordre des corps, elle nous avait retournés comme des gants. Voilà ce que je ruminais en reprenant ma tournée, le lendemain matin, tandis que je longeais le grand canal, tout en répondant machinalement au salut des bourgeois qui me donnaient du « bonjour, monsieur le docteur ». Sauf, peut-être, pour quelques-uns qui étaient entrés dans cette épreuve tout armés, avec un caractère bien trempé et la tête froide. Abraham Sternis, par exemple, n'avait pas bougé d'un iota. Confronté au chaos des horribles passions humaines soulevées par l'épidémie, il n'avait jamais abandonné cette forme de bonté inébranlable qui le caractérisait. Maintenant qu'il s'essoufflait dans les escaliers, son œil et son esprit, au tranchant intact, continuaient à se poser toujours aussi généreusement sur le monde qui l'entourait. Nez-de-Cuir, le chirurgien dévoué, n'aurait sans doute pas changé, lui non plus, s'il avait survécu. Longtemps je l'avais cru incapable de compassion, mais il avait montré pendant cette sinistre période toute l'étendue de son humanité, et il était allé bien au-delà des sacrifices qu'on peut attendre d'un médecin pour soulager les souffrances de ses semblables, avant d'être happé à son tour par la maladie. Et même alors, il s'était battu jusqu'au bout, pied à pied, jusqu'à son dernier atome…

À ce seul souvenir, je fus pris d'un sanglot, un spasme d'une violence inouïe qui me saisit de bas en haut comme une crise de vomissements, et me laissa pantelant, dos contre le mur, au bord de la syncope. Une troupe d'oies sauvages traversa le ciel en cancanant. Le V qu'elles formaient occupait toute une portion de nuages. Est-ce bien là où vont ceux qui nous quittent, dans ce grand vide qui nous surplombe, et qui scande nos vies en passant inlassablement du jour à la nuit ? Le curé de mon village l'affirmait, et moi je n'en croyais rien. Mais j'aurais tout donné pour battre des ailes, pour ne plus sentir ce poids qui nous colle à la terre, et qui nous laisse voir les étoiles que pour mieux nous faire regretter de ne pouvoir les atteindre

J'allai trouver Silde. Elle aussi, la peste l'avait durement éprouvée, mais cette saloperie avait échoué à lui ravir la gaieté qui faisait la trame de ses jours. Elle se démenait pour les nouvelles familles arrivant en ville, maintenant. Silde accueillait tout le monde de la même façon, beaux habits ou pas, docteur ou petit rebouteux, bourgeois ou Égaré.

C'est toute la ville qui faisait peau neuve, et qui effaçait, méthodiquement, les traces du désastre qui l'avait meurtrie. Les gens, eux, sont faits de chair, leurs blessures sont plus longues à résorber, et pour certaines, elles ne cicatrisent jamais.

Maintenant que j'en avais les moyens, je pouvais suivre à la lettre les prescriptions imprimées dans les livres de médecine de la bibliothèque d'Abraham Sternis. Je pouvais commander à loisir toutes sortes d'ingrédients et c'était un de mes plaisirs que de me rendre au marché aux herbes pour y traiter avec les apothicaires, les herboristes et les droguistes. Le tout-venant, Ignaas s'en chargeait pour moi, on trouve partout de l'oseille ou de l'ail sauvage. Je me réservais pour de plus nobles produits, l'ambre et le camphre, l'huile de lys et l'essence de rose, la très rare pierre bézoard et la poudre de momie qui vaut bien deux fois son poids en or…

J'avais installé un laboratoire au rez-de-chaussée de la maison d'Abraham : alambic, fourneau, cornues de verre, rien ne manquait. Sur mes indications, Ignaas mettait à cuire ou à bouillir, broyait au pilon, filtrait, touillait, écumait, distillait, tandis que, de mon côté, je pesais de minuscules quantités sur une balance faite du cuivre le plus léger, l'œil allant et venant sur des livres ouverts devant moi. Au mur, les indispensables tables d'astrologie, car il est dit que telles opérations requièrent telle phase de la lune ou telle portion du ciel pour obtenir de meilleurs résultats. Daer ne se passionnait pas pour ces expériences, il préférait rester dormir près du poêle, dans un panier, et ne se réveillait que lorsque l'alambic entrait en ébullition…

Et tout cela, je pouvais le payer grâce à ma nombreuse clientèle, c'était une des retombées de l'épidémie, cette préoccupation obsessionnelle qu'avaient les gens pour le mal ; ils voyaient partout du venin, dans l'air et dans les eaux, dans les bêtes rampantes et dans les bêtes volantes et jusque dans le regard qu'on leur adressait. Ils envoyaient leurs domestiques frapper à ma porte à la première alerte. Ma bourse augmentait d'autant, mais ça finissait par peser, tous ces soucis, ça me cernait les yeux, ça me creusait les joues, ça chargeait mon haleine, ça appuyait sur le morceau de plomb planté entre mes côtes. Et puis ces incursions aux confins de la magie et de l'alchimie, jusque tard dans la nuit, à chercher des remèdes miraculeux, cet atroce désir de savoir, avec le frisson que donne, dans la pénombre, la proximité de toutes ces substances qui peuvent, à volonté, provoquer une mort foudroyante ou une lente agonie, une folie délirante ou une mélancolie délétère, ce n'était pas non plus sans effet sur mon humeur

Entre le poison et le médicament, il n'y a souvent qu'une infime différence de poids, à peine mesurable, un minuscule scrupule : tout le monde vous dira que la digitale peut tuer ou guérir, que c'est seulement affaire de proportion. Pour les préparations délicates, je n'avais pas d'autre choix que de suivre les conseils de mes prédécesseurs, c'est-à-dire les essayer sur de petits animaux, de préférence de jeunes chiots. J'en vis plus d'un se tordre sur le carrelage, pendant que mon œil sec enregistrait les progrès du principe qui frayait son chemin dans ses entrailles. Si, par bonheur, il se relevait pour trotter sans demander son reste, je concluais que la formule était bonne, et je la consignais dans mon journal.

Je savais qu'Abraham Sternis désapprouvait ces expériences, mais j'étais loin de me douter à quel point. Il fit un jour irruption dans le laboratoire en m'accablant des pires accusations. Bouleversé, j'allai à sa rencontre en tentant de le calmer, mais peine perdue ! Il était entré dans une colère inouïe, invraisemblable chez un homme d'un si grand âge et d'ordinaire si mesuré. Il brisa les flacons de préparation à coups de canne, arracha le tuyau de l'alambic, déchira rageusement mes notes d'observations pour en jeter les morceaux dans le fourneau, transformant mon lieu de travail en champ de bataille, et rien ne semblait pouvoir l'arrêter.

D'un coup, je me mis à le regarder d'un autre œil. Retrouvant le détachement du praticien, je commençai à me demander quelle partie du foie ou de la bile avait mis en branle ce corps hors de lui, quelles transmutations s'opéraient dans l'équilibre délicat de cet esprit nourri de tant de lectures, quels orages traversaient les forges de ce cœur empreint de sagesse, sous la pression du sang bouillonnant de colère. Il serait intéressant de découvrir une dragée ou un élixir pour tempérer l'ardeur de ces fluides et faire repartir toute cette machinerie dans l'autre sens. Il me faisait pitié, mon vieux professeur. Je m'étais trompé sur son compte. Lui qui avait traversé toute l'épidémie sans fléchir, voilà qu'il se mettait dans tous ses états pour quelques chiots de trois mois.

Peut-être que j'avais, sans le savoir, traversé une frontière. Que j'étais devenu un être à sang froid, sans affect, indifférent à la douleur, capable d'inciser des corps uniquement pour disséquer l'anatomie des passions.

Je reculais pas à pas devant les coups de canne d'Abraham Sternis. J'avais beau aligner devant sa raison mes arguments sur le ton le plus posé, cela ne faisait qu'augmenter son exaspération, il les balayait comme les pièces d'un échiquier, avec des larmes qui lui giclaient des yeux.

– Ce que vous faites est indigne d'un médecin, ce n'est même pas digne du pire des rebouteux ! hurlait-il, en s'étranglant d'indignation.

– C'est pourtant vous qui m'avez enseigné que la nature n'existe qu'au seul bénéfice de l'homme, vous vous souvenez ? Que pèse le sacrifice d'un chiot quand on veut soigner les humains ? Rien, rien du tout.

– Vous ! C'est vous, qui êtes un animal !

– Et si la vie de ce jeune chien me permettait, à moi, de sauver plus tard celle d'un nourrisson ?

– Allons donc ! Vous vous mentez à vous-même ! Vous ne savez même pas à quoi ça servira ! Vous vous égarez dans les élucubrations de vos expériences. Prenez garde. On ne revient pas de l'horrible endroit où elles vous emmènent !

Notre dispute fut interrompue par l'arrivée d'un chiffonnier.

Le garçon, encore essoufflé, m'annonça que N'a-qu'un-œil était gravement blessé. Je plantai là le vieil Abraham et sa vertu outragée, j'attrapai Ignaas par la manche, dégringolai les marches de l'escalier à toute vitesse et sautai dans la barque amarrée devant notre porte.

Au château des Poux, N'a-qu'un-œil gisait sous ce ciel vertical de peaux suspendues qu'il devait prendre, du fond de son délire, pour un immense troupeau de nuages au pelage roux. Il avait fait une chute. La pointe d'un os sortait de sa jambe gauche, et ses cheveux étaient poisseux de sang. Je lui donnai à boire trois drachmes d'opium dissous dans de l'hydromel et je passai sous ses narines une solution de camphre pour endormir sa douleur, puis je le fis déposer dans la barque pour le transporter à la maison d'Abraham. Tous les chiffonniers l'accompagnèrent sur la berge du canal. Saskia tenait Arno par la main. Elle me lança un regard implorant.

N'a-qu'a-un-œil avait mon âge, mais il était d'une constitution infiniment plus robuste. Je savais la place qu'il tenait dans cette confrérie de chasseurs de belettes. C'était un habile poseur de pièges et un meneur qui faisait montre d'une vaillance peu commune dans toutes les bagarres. Moitié par bravade, moitié pour me convaincre, je jurai qu'on le reverrait gambader sur ses deux pieds avec l'arrivée du printemps. Les chiffonniers approuvèrent cette prophétie d'un air grave. Aucun ne se serait permis de mettre ma parole en doute.

On installa le blessé sur la grande table du laboratoire.

Ignaas le fixa solidement avec des liens de cuir et lui mit dans la bouche un bâillon. La blessure à la tête avait beaucoup saigné, mais elle ne m'inquiétait pas. Six points de suture, et puis voilà. Pour celle de la jambe, c'était une autre paire de manches. Une vilaine plaie et une double fracture. L'os du tibia brisé, avait traversé la peau au tiers inférieur de la jambe. Nez-de-Cuir, dans un tel cas, pratiquait d'office l'amputation. Je voulais tenter une autre méthode, préconisée dans un livre que je m'étais procuré au marché des apothicaires. Abraham Sternis n'était pas familier de la chirurgie et il était encore tout agité de notre dispute. J'avais besoin de lui à tout prix. Il ne s'agissait plus de spéculations ni d'expériences, mais bien de sauver quelqu'un. Il accepta de m'assister. Ignaas, quant à lui, était tout heureux de retrouver les gestes qu'il avait répétés des centaines de fois à l'infirmerie des jardins de Fer. Pour remettre en place le tibia et le péroné, j'allais être obligé d'inciser et d'agrandir la plaie.

Je me lavai abondamment les mains avec un distillat d'eau de rose. Je commençai par nettoyer la plaie de ses caillots, avec de l'esprit de vin, et je vis, en l'examinant, deux minuscules esquilles d'os, dont l'une, logée dans la partie postérieure, menaçait une artère. Elle était particulièrement difficile à atteindre, mais je réussis à la retirer. Ensuite, réduire la fracture. Éponger à nouveau les pertes de sang. Recoudre la peau déchirée en laissant un drain pour l'écoulement de la plaie. Appareiller la jambe pour la maintenir en place. Faire un bandage et poser deux briques tièdes entourées de chiffons de chaque côté de la jambe.

N'a-qu'un-œil perdit plusieurs fois connaissance, son pouls filait, il était bien au-delà de la souffrance, dans cet endroit où le corps n'est plus qu'un seul nerf à vif, un endroit où personne ne souhaite jamais aller. L'opération avait duré deux heures. Tout indiquait, pourtant, qu'elle avait réussi. Mon maître aurait été fier, je crois. Abraham Sternis me sourit, Ignaas me tapa sur l'épaule, avant de se laver les mains à grande eau en sifflotant. Je veillai le blessé toute la nuit sans interruption. Au matin, épuisé, je m'endormis, encore assis à son chevet.

N'a-qu'un-œil ne survécut pas à la blessure. La plaie s'infecta, la gangrène l'emporta en moins d'une semaine. Saskia vint le voir tout à la fin de son martyr. Elle repartit sans un mot. Plus jamais, je le savais, je n'oserais me présenter au château des Poux. Chez les chiffonniers, on ne reprend jamais sa parole, et j'avais bel et bien trahi la mienne...

Avec l'arrivée de l'hiver, il y eut l'habituelle éclosion de flux morveux, de fièvres frissonnantes et de cathares en tout genre. Cependant, comme l'année précédente, le froid sec et intense qui s'installa sur Antvals trancha dans la population des malades : en gros, on y survivait ou on y succombait, et le médecin n'y pouvait pas grand-chose. Le manteau blanc de la ville se reflétait dans le miroir des canaux gelés, j'avais une nouvelle paire de patins, avec de vraies lames en acier, pour glisser d'un quartier à l'autre. J'aimais le faire la nuit, sans autre but que d'avaler les distances, et passer silencieusement le long des façades tandis qu'au-dessus des cheminées s'étirait la fumée de chaque maison endormie, comme une haleine de rêves exhalée. Parfois, je rencontrais une bande de chiffonniers en maraude. Ils relevaient leurs pièges, avec la discrète agilité des chats, leurs proies pendues à la ceinture. On se regardait, figés comme des animaux à la lisière de notre territoire, et chacun poursuivait son chemin.

C'est au cours d'une de ces nuits que je m'aventurai jusque dans le quartier des vanniers. Je voulais voir si la cabane de Matias était toujours là. Matias qui, comme tant d'autres, avait succombé à l'épidémie – je ne l'avais appris qu'à la toute fin de l'été.

Je déchaussai les patins pour me frayer un passage entre les roseaux, que le givre rendait cassants comme du verre. La neige, gelée en surface, crissait sous les pas avant de céder, on y enfonçait jusqu'aux genoux. La cabane était abandonnée, l'appentis croulait sous le poids de la neige. Je poussai la porte de l'épaule. Dedans, rien n'avait changé, hormis le vide sur le mur, à l'endroit où j'avais dérobé la carte. Je ne savais pas trop ce que je venais faire là. Le souvenir de la fille aux cheveux noirs n'y était sans doute pas pour rien, mais j'étais venu, je crois, chercher tout autre chose. J'allai m'asseoir sur le banc, de l'autre côté de la table, face à la fenêtre, là où j'avais surpris en grande conversation Jeer et Matias. Je remâchai l'échec de l'opération de N'a-qu'un-œil, la colère d'Abraham Sternis, le cortège de misères et de doutes qu'il fallait affronter. Je revis le vieux Braz et mon village de Bretagne. Je restai un long moment dans l'obscurité, engourdi par le froid, prostré, immobile, les mains jointes entre mes genoux serrés, incapable de penser à rien, la buée de ma respiration seule prouvant qu'il y avait bien ici, en cet endroit du monde, un être vivant. Je m'attendais presque à voir surgir mon fantôme de l'autre côté de la fenêtre. Ou peut-être bien la tête d'un renard, poussant la porte de son museau. Au lieu de quoi j'entendis résonner dans le silence cette interrogation qui m'avait percé le cœur : où es-tu, petit rebouteux ?

Nulle part...

Dans le froid, dans le noir...

Rien d'autre, ici, dans la maison vide sous la neige, qu'une maigre caverne palpitante de sang tiède, repliée sur un amas de songes creux...

Le lendemain, je me rendis au bâtiment de la douane. Jorn consultait des liasses de paperasses, des relevés concernant les octrois payés par les bateaux de marchandise, les taxes sur les marchés, sur le sel, les animaux, c'était toute l'économie de la ville que son œil balayait, tandis qu'il la tenait serrée dans ses grosses mains rugueuses. Il me fit asseoir, acheva d'examiner des colonnes de chiffres et de denrées, se cala enfin, les coudes appuyés sur la table, sa lourde tête reposant sur ses deux poings refermés, le sourcil relevé en attente du contenu de ma démarche.

Comme je me taisais, il désigna le tas de papiers d'un air satisfait.

– Les affaires reprennent, comme tu vois. Les trois marchés débordent, l'argent des taxes rentre à flots. Antvals ne s'est jamais si bien portée, les caisses sont pleines. Qu'est-ce qui t'amène de si bon matin ?

– Tu te souviens, Jorn, du papier que tu m'avais montré à Waarm.

– Quel papier ?

– La somme que je te dois. Comme domestique, tu disais…

– Ah, oui… oublie ça, Gwen. On n'en est plus là, toi et moi.

– C'était combien, exactement ?

– N'y pense plus, je te dis.

– Si, justement, j'y pense. Tu avais raison, je te dois quelque chose, dis-moi simplement combien. Les leçons du vieil Abraham, l'atlas de Nez-de-Cuir, les frais de mon transfert l'hiver dernier, tout ça, je te l'ai déjà remboursé…

– Je ne te comprends pas. On est des amis, non ?

– Ça ne change rien. Je veux repartir, Jorn.

– Où ça ?

– Chez moi. Dis-moi juste combien je te dois. Je l'ai compris, si je ne te paie pas, je ne serai jamais libre.

Il bascula en arrière, ferma les yeux, prit une longue inspiration, les mains jointes derrière la nuque. Rebascula en avant, pour me fixer davantage.

– Gwen, tu es un Égaré. Chez toi, c'est ici, à Antvals.

– C'est pourtant toi qui m'as parlé d'autres villes… Bruguelude, par exemple.

– Oublie ça. Ici, on est les rois. Tout le monde t'apprécie, en plus. Et tu rends service, vraiment, j'en parlais avec le bourgmestre, pas plus tard qu'il y a deux jours. Tu as toute ta place. Alors pourquoi veux-tu partir ?

– Je ne peux pas rester, c'est tout. Je suis resté pendant la peste, c'est elle qui n'a pas voulu de moi. J'ai de l'argent, maintenant, je peux te payer, sans doute bien plus que ce que tu avais fixé.

Il écarta les mains.

– Qu'est-ce qui t'empêche de partir, au juste ?

– Je ne sais pas. On avait un pacte, tous les deux. Je veux être en règle. Je crois que c'est une condition. Et puis, il faut passer la douane, tu le sais mieux que moi. Elle est partout, elle surveille tout, j'en sais quelque chose. Donne-moi un sauf-conduit, je te l'achète, ça aussi.

– Laisse-moi réfléchir, Gwen.

– Mais quand pourras-tu me le dire ?

– Demain, à la maison.

Je passai donc le jour et la nuit suivante à faire le compte de tout ce que je possédais. Finalement, Jorn avait raison, on peut s'enrichir avec ce drôle de métier, pibil ou pas. Même la peste m'avait enrichi. Pas directement, non, mais tous les convalescents que j'avais soignés, et tous les patients qu'on m'avait recommandés, ils ne venaient pas que des quartiers pauvres. Et puis, pendant tout le temps des leçons chez Abraham Sternis, j'avais conservé une clientèle discrète, mais non négligeable. En revendant le laboratoire, les ingrédients accumulés, les livres que je m'étais procurés sur mes propres fonds, il y en avait pour une petite fortune. Ignaas pouvait rester au service du vieil Abraham. Ça me soulagerait de savoir que mon vieux maître n'était pas seul.

Je fis mes visites du matin. Ensuite, j'allai faire un tour au marché aux draps pour acheter des étoffes que je voulais offrir à Silde.

Elle et Jorn m'attendaient.

Jorn avait allumé sa pipe. Il me fit asseoir en face de lui, Silde se mit entre nous.

Je fis glisser vers Jorn le papier que j'avais préparé. La somme que j'avais inscrite dessus dépassait de très loin celle qu'il m'avait réclamée à Waarm. Il le laissa sur la table sans le déplier, ses deux grosses mains posées de part et d'autre.

Silde se tourna vers moi. Elle était au bord des larmes.

– Nous ne voulons pas de cet argent. N'est-ce pas, Jorn ?

– Non, souffla-t-il, sans me regarder. Vraiment pas...

– Ça veut dire que je ne suis pas libre, c'est ça ?

– C'est à toi de voir, Gwen. J'en ai discuté avec le bourgmestre et les échevins. On a encore besoin de toi quelque temps comme médecin. Ça ne court pas les rues, tu sais, depuis que la peste les a décimés dans tous le pays.

– Quoi ? Vous avez encore besoin de moi ? Combien de temps, Jorn, combien ? Deux mois ?

Il secoua sa grosse tête.

– Dis-moi combien, Jorn ? Trois mois ? Trois mois encore ?

– Quatre. On a quelqu'un qui vient s'installer au printemps prochain.

– Si je refuse, qu'est-ce qui se passe ?

– Rien, rien du tout. Tu pars et voilà tout, quand tu veux. Aujourd'hui. Demain. Quand tu veux.

– Je ne comprends pas.

– Ce n'est pas un pacte. C'est un service que nous te demandons.

– D'accord. Quatre mois. Et après, tu me donnes toutes les autorisations.

Je lui serrai la main. Je sortis de la maison. Il faisait grand soleil, les patineurs sillonnaient le canal en tous sens, je descendis me joindre à eux, glissant d'un groupe à l'autre, entre les vendeurs d'anguilles fumées, de marrons chauds et d'oublies, les joueurs de crosse, les familles qui se promenaient, les traîneaux passant dans un bruit de grelots. J'avais les poumons dilatés, et la petite balle de plomb, fichée sous mon omoplate, familière désormais, je l'acceptais comme une parcelle de ce monde glissant sur les veines blanches qui circulaient d'un bout à l'autre de la ville, elle me poussait dans le dos, comme un pur fragment de bonheur.

LE SORCIER D'ANTVALS

Quatre mois, c'est beaucoup, mais ce n'est pas si long, pensais-je. La ville assoupie, recroquevillée autour des poêles et des cheminées, ne vivait plus qu'au ralenti. Quand le vent du nord soufflait, il n'y avait plus âme qui vive dans les ruelles ou sur les canaux. J'avais tout le temps, après mes visites, de retourner à mes grimoires et à mes éprouvettes. J'aurais pu continuer mes recherches sur la machine humaine et passer de longues nuits glacées à vérifier sur de pauvres animaux les effets d'hypothétiques potions miraculeuses, mais Abraham Sternis avait sérieusement ébranlé le bien-fondé de ces divagations d'alchimiste. Son coup de grisou en avait miné les soubassements. Le cœur n'y était plus, je dirais.

Je préférais le passer, ce temps qui me restait, à discuter avec lui. Le vieil Abraham, quand il lâchait la bride à sa parole, pouvait déployer des mondes infiniment plus vastes et lumineux que tous ceux que j'aurais pu imaginer. Il s'agitait à peine, rarement ses mains s'élevaient pour accompagner une phrase, mais son esprit !... C'était un vrai feu follet, un lévrier courant gaiement dans la lande. Chaque fois qu'il levait un souvenir, une pensée, cela faisait comme le départ d'un oiseau surpris dans les broussailles. J'avais à peine le temps d'en admirer le plumage ou la singularité du vol, que déjà il était plus loin, plus vite, à en soulever un autre. J'écoutais, j'apprenais. Je le relançais sur d'autres pistes et lui repartait sur de nouvelles voies. Daer n'y trouvait pas à redire, il n'aimait rien tant que rester au coin du feu, à somnoler dans cette étrange berceuse que produisent les conversations, lorsqu'on n'en perçoit, à distance, que le murmure venteux et la caresse des bribes, sans avoir besoin de prêter attention au fil qui en constitue la trame.

Je dispersai à perte le reste de mon laboratoire. J'envoyai Ignaas au marché aux herbes, avec toute latitude pour vendre au prix qui lui conviendrait ce que j'avais patiemment accumulé, et si le bougre y trouvait son compte, en me roulant de toutes les façons possibles, eh bien, franchement, ça m'était bien égal. Je ne gardai dans ma pharmacopée que les simples, les remèdes éprouvés ; dans ma bibliothèque, qu'une quinzaine de livres tout au plus, dont l'atlas anatomique, encore que j'en connusse par cœur la moindre notice, la moindre vignette. Et puis, dans ma pratique, j'essayais, le plus souvent possible, de faire à nouveau appel au fluide du père Braz.

J'allais visiter Jorn et Silde, en ami.

Je continuais, surtout, mes longues promenades nocturnes.

Or, il faut toujours se méfier des villes qui dorment. On ne sait jamais quels rêves les tourmentent. Quels cauchemars bondissent d'un lit à l'autre. Ce qui couve au fond des âtres, quand les braises y ravivent de vieilles peurs enfouies depuis le fond des âges.

Voilà, en peu de mots, l'incident qui précipita les événements.

C'était juste à la tombée de la nuit, je longeais un alignement de jardins, lorsque j'entendis des pleurs et des cris étouffés venant de l'autre côté d'une haie. Cette haie plantée d'aubépines et de houx était dense et broussailleuse, mais je finis par y trouver un passage en me coulant sous les branches. De l'autre côté, j'aperçus deux enfants dans la pénombre. Le plus petit se tenait la gorge en émettant un drôle de râle. Il savait tout juste marcher. L'autre, qui ne devait pas avoir plus de trois ou quatre ans, restait planté là, incapable du moindre geste, et sanglotait en laissant échapper des appels désespérés. J'allai tout droit vers le petit. Il s'étouffait, son visage virait au bleu foncé. Je me plaçai derrière lui, le soulevai et, les mains nouées sous son diaphragme, je le comprimai d'un coup sec en remontant. À la seconde tentative, il recracha en toussant une baie rouge coincée dans sa gorge. À peine remis de ses émotions, il se cramponna à la main de son frère. Tous deux repartirent vers le fond du jardin, sans se retourner, encore tout effrayés de ce sauveur surgi à quatre pattes du fouillis de branches noires comme une bête sortie de son terrier.

J'avais tout oublié de cet épisode quand les vagues qu'il produisait commencèrent à battre au pied de ma maison.

Car il se dit bientôt qu'un être mi-homme mi-loup profitait de la nuit pour voler les enfants.

Ce n'étaient que des vaguelettes, le début d'une rumeur, mais voilà, il faut toujours se méfier d'une ville qui dort. Cet être fantasque, ce fantôme dévoreur d'enfants, on en trouva bientôt la trace ici et là, et singulièrement au marché. Il se dit qu'il avait tenté de faire manger des graines de houx, puissamment toxiques, à deux gamins, afin de les empoisonner, sans doute parce qu'il voulait les emporter dans son antre. Puis on apprit qu'il sortait aux heures les plus sombres, pour hanter les canaux, que même les chiffonniers le craignaient, eux qui sont pourtant de hardis compagnons de la lune, à tu et à toi avec les chats et les hiboux. Qu'un tel monstre puisse se cacher en ville, ramper dans les haies les plus inextricables, se faufiler dans les conduits des cheminées, nager sous la glace et prendre à volonté forme humaine ou animale, cela faisait froid dans le dos. Je crus naïvement qu'en cessant mes promenades, le spectre disparaîtrait du même coup des conversations. Que tout cela s'évanouirait dans la brume des contes marmonnés à la veillée. Mais il était trop tard.

Chaque fois qu'il se rendait chez les apothicaires, Ignaas en revenait en bégayant de terreur. Non seulement il prenait pour argent comptant ces fables colportées d'un étal à l'autre, mais il les alimentait sans s'en rendre compte, en répondant naïvement aux questions qu'on lui posait. Il ne voyait pas qu'il faisait lui-même partie de l'histoire.

Car qui était-il d'autre, sinon le commis de ce jeune « docteur » logé à l'autre bout de la ville chez le vieil

Abraham, un « docteur » qui, soit dit en passant, n'avait jamais passé son examen et qui, comme par hasard, avait découvert sur le cadavre de son ennemi le premier bubon annonçant la grande peste. Or, la peste l'avait mystérieusement épargné, lui qui ne s'était pas tenu un jour à l'écart de ses miasmes. Et donc, cet Ignaas, ce géant à dents jaunes, le fournissait en jeunes chiots, et peut-être pire encore. Tout le monde savait qu'il achetait des consciences sur le marché aux herbes. Pourquoi ? Pour protéger ce fameux Gwen de Waarm. Un sorcier sans âge (il paraissait jeune, mais on le disait âgé de près de quatre cents ans) voué à la magie noire, qui passait son temps à fabriquer toutes sortes de poisons et de venins, secondé dans son entreprise par un oiseau aveugle tout droit sorti de la cuisse du diable. À cela, bien des gens répondaient que je les avais soignés, et bien soignés, et que plus d'un condamné au silence éternel me devait la chance de pouvoir encore dégoiser sur mon compte.

Mais les rumeurs sont comme des tumeurs, de simples semences au départ, de minuscules grains qui croissent de leur propre malignité, et qui, cédant brusquement à l'excès de génération qui les travaille, ne se découvrent qu'au moment de leur maturation, en libérant tout le mal qu'elles ont accumulé. Celle-ci avait gonflé pendant plus de trois mois d'hiver.

Une nuit, la vitre derrière laquelle Abraham Sternis polissait ses lentilles de longue-vue vola en éclats. Un deuxième caillou, lancé par la même main invisible, manqua de peu le crâne du savant.

Le lendemain, Jorn vint me prévenir que les choses avaient décidément pris une sale tournure, « incontrôlable » était son mot, je crois. J'en avais suffisamment discute avec lui. Jusque-là, je m'étais retranché derrière ma simple bonne foi, ayant en tête toutes les horreurs subies par le vieux Braz. Les gens de mon village ne l'avaient pas ménagé, pour ce qui est de l'accusation de sorcellerie. Lui se contentait de mettre ce genre de chose sur le compte de la « connerie des hommes », les risques du métier, en quelque sorte.

Jorn se mit en rogne. Je n'avais pas complètement saisi, dit-il, la gravité de la situation. On m'accusait ni plus ni moins que de sorcellerie, ici, à Antvals, et la plupart des gens me voyaient déjà sur l'île aux Chiens. Il insista pour nous héberger. Je refusai. Si les choses en étaient à ce point, ma seule présence constituait un danger pour tous ceux de mon entourage. J'irais m'installer dans la cabane de Matias, si nécessaire.

– Gwen, cet endroit est beaucoup trop isolé.

– Alors, j'avance mon départ.

– Ce n'est pas le moment. On est en plein dégel, les canaux sont impraticables, il faut attendre.

– Attendre, toujours attendre.

– C'est l'affaire de quelques jours, vraiment. Gwen, j'ai fait tout ce que j'ai pu. J'ai proposé au bourgmestre d'éditer un avis, de te faire protéger par la douane volante. Il a refusé. C'est dur à dire, mais il croit toujours le dernier qui a parlé. Il fait partie de ceux qui pensent qu'il n'y a pas de fumée sans feu.

– Très bien. Je vais dès ce soir dans la cabane. On avisera plus tard.

– Je t'accompagne.

– Il n'en est pas question. Tu n'as jamais cessé d'être là, il est temps pour moi de me débrouiller seul. Occupe-toi d'Abraham Sternis et d'Ignaas, plutôt. Eux n'y sont pour rien.

– Toi non plus.

– Je ne sais pas. Après tout, je t'ai servi d'espion pendant des mois, j'ai tué ces chiots pour ces expériences…

– Ça fait de toi un sorcier ? Le premier paysan venu en noie autant à chaque printemps !

– Je quitterai la cabane de Matias le plus tôt possible. Je compte sur toi pour le sauf-conduit.

– C'est idiot, Gwen. Complètement idiot.

Ignaas se tordait les mains, affolé par les événements. Je le rassurai en lui disant que Jorn veillerait sur lui, et qu'il serait à l'abri du besoin. Il découvrit ses larges gencives chevalines pour exprimer son contentement, mais l'angoisse n'avait pas pour autant quitté son regard, si bien que ces deux sentiments contradictoires, et pour ainsi dire superposés, s'affichèrent au même moment sur sa longue et triste figure. Je fis mes adieux au vieil Abraham en le serrant longuement dans mes bras. J'enfournai dans un sac quelques provisions, un peu d'argent, l'atlas de Nez-de-Cuir, j'attrapai Daer, passai dans une courroie à mon épaule une grosse couverture roulée en boudin, et je me mis en route sans plus attendre. Jorn avait raison, la glace commençait à se fissurer, d'ici deux ou trois jours, on ne pourrait plus y circuler en patins.

Arrivé sur l'île, je grimpai vers la maison de Matias mais, changeant brusquement d'avis, je me faufilai dans l'appentis, faisant déguerpir une petite hermine qui y avait élu domicile. Elle disparut en une dizaine de bonds, ondulant gracieusement dans son beau pelage d'hiver, toute blanche avec le bout de sa queue trempé dans l'encre noire, et je me surpris à m'excuser de l'avoir dérangée. D'ici, je pourrais mieux surveiller les roseaux et la porte de la cabane. Inutile de dire que je ne dormis pas de la nuit. Pourtant, elle fut très calme, à peine troublée par le hululement d'une chouette. Au matin, le soleil fit miroiter le canal. La moindre brindille s'illumina, scintillante sous le givre. J'allai inspecter la glace. La température, plus douce de jour en jour, allait encore la fragiliser. Je mangeai quelques provisions et fis une courte sieste. En principe, Jorn devait m'apporter le sauf-conduit, et me laisser une barque, mais je ne le vis pas de la journée. Quelque chose l'avait retenu. Alors, profitant des dernières lueurs du crépuscule, je tentai le tout pour le tout, mais la surface céda sous mon poids au bout d'une vingtaine de pas, et ma jambe gauche plongea tout entière dans l'eau glacée. Je me relevai en grognant. La courroie du patin s'était rompue, la lame avait coulé au fond de l'eau. Je revins sur l'île clopin-clopant, furieux contre moi-même.

Vers le milieu de la nuit, j'entendis dans le lointain des clameurs et des cris. Je me dressai en repoussant la couverture. Il y avait des lueurs dansantes, rouges, orangées, avec de brusques éclats dont les reflets allumaient les canaux, et comme ça venait du côté de la maison d'Abraham Sternis, je conclus de tout ce tintamarre que des gens tentaient de l'incendier. J'entendis trois lourdes détonations, des coups de mousquet, mon cœur commença à battre la chamade, je ne pouvais pas rester sans rien faire. Je courus vers la berge, mais la glace oscillait sous mes pas avec des craquements bizarres, elle était trop instable, et j'en eus très vite l'explication. Une barque s'approchait. Quelqu'un brisait la mince couche gelée devant l'étrave. Au rire qu'il lança en accostant, et à son imposante stature, je reconnus Ignaas. Derrière lui, plus difficile de savoir, il faisait trop sombre pour distinguer qui que ce soit, si bien que j'attendis avant de m'avancer davantage. J'avais de bonnes raisons de me méfier d'Ignaas, on ne savait jamais de quel bord il était. Les bruits et les lumières, là-bas, s'atténuaient. En tout cas, ce n'était pas un incendie, la lumière en aurait été beaucoup plus violente.

L'autre silhouette sauta de la barque. Je la reconnus à son pas. C'était elle, et pourtant je n'arrivais pas à y croire : Saskia. Elle ne perdit pas de temps en formules de politesse.

– Il faut partir, Gwen, tout de suite. J'ai ton sauf-conduit, et aussi deux dizaines de pièces d'or dans cette bourse de cuir, c'est Jorn qui te les envoie.

– Qu'est-ce qui se passe, là-bas ?

– Une bagarre…

– Une bagarre, avec des torches ?

– Ils ont voulu incendier la maison du vieil Abraham, mais Jorn était déjà là, avec des officiers et des gens de la douane. Il a pu éviter le pire. Il s'est interposé. Il y a des blessés, rien de grave, les douaniers ont reçu l'ordre de tirer en l'air…

– Mais qui peut en vouloir au vieil Abraham ? Puisque je ne suis plus chez lui…

– Des voisins ont prétendu le contraire. Du coup (elle marqua un temps, prit une inspiration, lâcha le reste de la phrase d'un seul souffle), les garçons du château des Poux ont monté une expédition.

– Les chiffonniers ? Mais pourquoi ?

Elle haussa les épaules.

– Ils en ont tous après toi.

– Même Arno ?

– Surtout lui.

J'étais abasourdi.

– Il y a eu l'Ankou, ensuite ta promesse trahie pour N'a-qu'un-œil, et maintenant, toutes ces histoires qui courent sur ton compte…

– Ces sornettes ! Tu y crois ?

– Si j'y crois ? Imbécile ! Et qu'est-ce que je ferais ici ?

– Mais eux ?

– Bien sûr qu'ils y croient. Ils te prennent pour une sorte de loup-garou. Pour l'instant, Jorn arrive à les calmer, mais ils finiront par venir fouiller ici. En dehors des limites d'Antvals, tu ne risques plus grand-chose, ils n'iront pas au-delà de leurs territoires de chasse. On va te déposer un peu plus loin, tu pourras prendre une autre barque. Tu as tout ce qu'il faut ?

– Oui, je crois. Merci, Saskia.

Je grimpai dans leur barque, et je pris mon poste à l'arrière pour pousser sur la perche. Saskia poussait à l'avant, tandis qu'Ignaas brisait la glace, en laissant derrière nous le sillage noir de notre chemin tracé dans l'eau. Nous trouvâmes effectivement une autre barque amarrée un peu plus loin, plus légère. Y transborder mes affaires ne prit que quelques secondes. Saskia me tendit un papier, mais je ne pouvais rien lire, il faisait trop sombre.

– Tu auras besoin de ça aussi, fit-elle en attrapant une lanterne de cuivre.

Elle en alluma la chandelle. Je dépliai le papier, l'approchai de la lumière vacillante. Jorn y avait tracé, assez grossièrement, le chemin des principaux canaux jusqu'à Bruguelude. Il avait indiqué ici et là quelques points de repère, dont je reconnaissais un certain nombre, puisque je les avais croisés l'hiver précédent.

Ignaas me serra la main en ôtant son bonnet. Le geste me fit éclater de rire et, par un mimétisme auquel je ne l'avais jamais vu résister, Ignaas en fit autant. Il me tendit la masse avec laquelle il brisait la glace. Je la pris en main, elle était d'un maniement difficile car, il fallait frapper suffisamment fort pour briser la croûte sans la laisser s'enfoncer sous l'eau. Une lanière passée autour du poignet évitait de la perdre.

Saskia était restée à bord de ma barque, nous n'étions qu'à une paume l'un de l'autre, et son visage disparaissait au gré des caprices de la lanterne, au bord de l'extinction. Je glissai ma main sous ses longs cheveux et, appuyant doucement sur sa nuque, je l'attirai vers moi jusqu'à ce que nos lèvres se rejoignent. Le baiser qui suivit me traversa comme une épée de feu, il me fit découvrir ce qu'aucun livre, aucun atlas sur le corps ne pourra jamais décrire, et c'est elle qui la première se détacha, parce que moi je n'en aurais jamais trouvé la force.

Elle grimpa dans sa barque et, tandis que je la contemplais une dernière fois, elle murmura :

– Adieu, petit rebouteux.

Chacun de notre côté, nous nous enfonçâmes dans la nuit

Le voyage, sur les canaux à demi gelés, fut éprouvant. J'avais forci cette dernière année, à soulever des corps pendant la peste, à courir les canaux en long et en large, mais j'en eus vite plein les bras et plein le dos de balancer cette masse. En outre, cela voulait dire se déplacer au bout de la barque pour peser de tout son poids sur la perche, revenir à l'avant pour briser la glace, retourner à la perche, et ainsi de suite. Mes efforts cessèrent lorsque j'abordai enfin des canaux plus larges, car un chenal d'eau libre y était ménagé entre leurs berges pour favoriser la navigation.

J'arrivai sur le grand fleuve. Il était trop profond pour user de la perche, et charriait des glaçons énormes. La barque étant dépourvue de gouvernail, je n'avais aucun moyen de la diriger, à moins de me laisser emporter au fil de l'eau, au risque de m'écraser entre deux blocs de glace ou contre la pile d'un moulin. J'attendis donc le passage d'une embarcation de plus fort tonnage, et comme elles étaient encore bien rares à s'aventurer, le pilote monnaya mon passage au prix fort.

Bruguelude s'annonça par une grande fortification qui en gardait l'entrée. Elle donnait sur une vaste rade au-dessus de laquelle planaient des milliers d'oiseaux de mer. Je comptai plus d'une cinquantaine de tours, clochers, beffrois : la plus grande ville que j'eusse jamais vue de ma courte vie. Elle présentait un réseau de canaux dense, mais aussi des rues pavées, un port de pêche, un autre de commerce au long cours, des dizaines d'entrepôts et de greniers répartis sur les deux rives de l'estuaire et, malgré le froid et le vent, une animation de tous les instants. On était loin, ici, de l'indolence de Waarm, ou du petit monde d'Antvals.

La mer des krakens

Grâce au sauf-conduit de Jorn, trouver une chambre près du port ne me posa aucune difficulté. Même si la chambre était sombre et sale, même si la logeuse, une vieille souris moustachue à la voix aigrelette, n'en confiait la clé qu'avec réticence, il n'y avait qu'à descendre l'étroit escalier pour prendre de plein fouet le vent du large et se mêler au grand battement de cœur de la cité.

Je me rendis d'un pas décidé sur les quais, à la recherche d'un embarquement. Amarrés par dizaines contre des alignements de pilotis, les navires attendaient. C'étaient de grands vaisseaux de bois à coque ronde, pourvus d'un château à l'avant comme à l'arrière, la poupe haut levée sur l'eau, le grand mât surmonté d'un nid-de-pie, la toile roulée et soigneusement ferlée sur les vergues. D'énormes grues à tambour en déchargeaient parfois les cales, mais pas un seul de ces fiers voiliers, pour autant, ne semblait en partance. Plus bas sur l'eau, des barques de moindre tonnage, gréées de voiles auriques couleur prune, prenaient plaisir à danser sur les vagues, allant d'une rive à l'autre, ou s'aventurant plus loin sur la rade.

Les marins que je trouvai là venaient de tous horizons, cependant ils me firent vite savoir qu'aucun pilote ne prendrait la mer en pleine saison des krakens.

– La fin de l'hiver, c'est le moment de la fraie, pour ces bêtes-là, alors il ne faut même pas y songer, précisa l'un d'eux en crachant par terre. Tous les vaisseaux sont à quai. Il n'y a que quelques pêcheurs pour quitter la côte, et encore, ils ne vont pas trop loin et ils s'empressent de revenir avant la tombée du jour.

Je ne me décourageai pas pour autant. Si Jorn m'avait appris quelque chose, c'est bien l'utilité de fréquenter les endroits où les langues se délient, et je me mis en quête d'un cabaret propice à cet exercice. Trop louche, on ne me laisserait pas entrer. Trop propre, il n'y aurait rien à y glaner. À force de passer et repasser dans les petites rues derrière mon logis, je finis par me décider pour l'enseigne du *Pot à tabac*, qui grinçait au-dessous d'une potence rouillée. Ça méritait son nom, il fallait non seulement en franchir le seuil, mais aussi la fumée, dont l'épais brouillard embrumait l'établissement du sol au plafond. Je m'installai au fond de la salle, face à la porte, commandai pour moi une chope et un fond de genièvre pour Daer. Il se trouva évidemment un ivrogne pour venir m'importuner, et poser tout un tas de questions d'une voix pâteuse sur le drôle d'oiseau assis sur la table. Le bonhomme attendait surtout de se faire payer des coups à boire. Je le rinçai à proportion de son gosier, aussi large qu'une porte d'écluse. Des vaisseaux partant vers l'ouest, il n'en connaissait pas, personne ne s'y risquait à cette époque de l'année. Je l'aiguillai sur les krakens, le pauvre diable s'en étrangla à moitié. Personne ne parlait de cette saloperie. Lui n'en avait jamais vu, et c'était tant mieux. Il se leva et prit la tangente en saluant les habitués au passage. Et voilà ! Mauvaise pioche ! Trois chopes pour apprendre ce que des dizaines de gars m'avaient déjà seriné depuis la veille. Je rentrai dépité.

Le lendemain, je fis une longue marche sur les quais. Tous ces navires à l'ancre me donnaient le bourdon. On ne voyait que la mer, depuis le port, et les grands nuages qui étendaient leur ombre sur elle, avant de voguer vers d'autres lointains. Au bout de la digue, une tour massive marquait l'entrée du port. Un grand mât la dominait, et tout en haut de ce mât battait une oriflamme, toujours la même : krakens en vue. L'information venait de beaucoup plus loin sur la côte, où des postes de la douane volante, édifiés sur les dunes, n'avaient d'autre tâche que de surveiller l'horizon. Et cette maudite oriflamme restait toujours en place, quel que fût le temps. De tels monstres marins ont beau vivre des centaines d'années, ça ne les empêche pas de venir se reproduire à chaque printemps.

Je retournai à la fin du jour au *Pot à tabac*. J'avais résolu, plutôt que de tester d'autres lieux, de m'en tenir à celui-là, et d'y revenir régulièrement. À force, il finirait bien par sortir une solution de ce cul-de-sac. Au bout d'une semaine, j'y étais connu comme le loup blanc. Non pas sur ma bonne mine, ni sur mes libéralités, encore que ma bourse me permettait d'être généreux, mais pour les pitreries de Daer, qui s'était entiché d'un nouveau public, et qui trouvait le genièvre de la maison à son goût. Ruisdael, le cabaretier, se pointait à ma table en clopinant sur sa jambe de bois, et lui en offrait de lui-même une seconde ration juste pour le plaisir de s'asseoir et rire un bon coup. Car Daer, une fois désaltéré, faisait le clown debout sur la table. Il avait décidé de restituer à cette petite population de fiers-à-bras et de boit-sans-soif tous leurs us et coutumes en mimant leurs travers et leurs gloires. Au début, cela me valut quelques rudes alertes, et je vis plus d'un couteau sortir de sa gaine, parce que l'humour n'est pas la chose la mieux partagée du monde. Mais comme je faisais tout autant que les autres les frais de cette petite comédie et que Ruisdael constatait l'augmentation de sa clientèle, rien de fâcheux n'arriva. Les distractions n'étaient pas si nombreuses, ici.

Les jours passaient, et l'oriflamme flottait toujours en haut du grand mât. Le dégel s'achevait, on ne voyait plus de glace dériver dans le fleuve. Il y avait peut-être trois ou quatre semaines que j'errais comme une âme en peine, lorsque la porte du *Pot à tabac* s'ouvrit sur trois nouveaux clients, des taciturnes, qui d'emblée allèrent se rencogner au fond de la salle. L'un d'eux, se retournant pour passer commande, croisa mon regard. Je le reconnus immédiatement. C'était Jordens, le frère de Matias. Je ne balançai pas longtemps. Je me levai et j'allai le trouver. Je lui demandai des nouvelles de Nils, son petit garçon, à qui j'avais remis le poignet en place. Bien, me répondit-il, en me laissant une place sur le banc. Il me présenta à ses comparses, et j'offris une tournée. Ils burent leur pot d'une traite sans décoincer un mot. J'attrapai Jordens par la manche, et je chuchotai, comme pour moi-même :

– J'ai besoin d'un bateau.

– C'est pas ce qui manque, y en a plein le port.

– Pour faire route à l'ouest.

– Personne ne fait ça.

– Sauf les contrebandiers.

Les deux autres commencèrent à me lorgner sans aménité.

– J'ai de quoi payer.

– Pas ici, fit Jordens, tu connais le grand vivier ?

– Non.

– Derrière la halle aux crabes, au bout de la rue des Anguilles. J'y serai demain, à la même heure.

Je retournai à ma place. Les trois hommes sortirent. Ruisdael jeta un sale œil dans leur sillage.

– Méfie-toi, Gwen, me dit-il, c'est de la racaille. Ils ont plus d'un cadavre sur la conscience.

Daer s'était réveillé, la voix de Ruisdael lui donnait toujours soif. Je les laissai à leurs affaires, il n'y avait pas plus copains que ces deux-là. Une fois qu'il était passé sur l'épaule de Ruisdael, ce dernier faisait ensuite tout le service avec lui. Je dînai en compagnie de Mooritz, un charpentier barbu qui louait son savoir-faire et sa force de travail à tous les armateurs du coin, un gars capable de raconter la vie d'un bout de bois flotté, rien qu'à le tenir entre ses mains, depuis la forêt qui l'avait vu naître jusqu'au naufrage qui l'avait jeté à la côte.

– Tu connais Jordens ?

– Un conseil, Gwen. T'embarque pas avec un type comme ça. C'est une quille tordue, il est pas franc du gouvernail.

La nuit était bien avancée quand je retournai à ma cambuse. Il pleuvait comme vache qui pisse, les toits se transformaient en déversoirs et le pavé en ruisseau. Courbant le dos sous mon manteau remonté en capuche, je me mis à courir sous l'averse. Soudain, j'entendis crier mon nom, ça venait d'une ruelle, un long boyau étroit et noir qui serpentait au milieu d'un fouillis de cabanes goudronnées, de filets de pêche et de paniers à crabes. La voix reprit, plus faiblement. Je m'engageai en frissonnant. Daer n'était pas tranquille, il planta ses griffes dans ma paume. Je butai contre un tas de cordages, me rattrapai à une palissade gluante. Je connaissais cette voix, ce n'était pas celle de Jordens. Je trébuchai encore, ce boyau n'en finissait pas. À certains endroits, j'avais de l'eau jusqu'aux genoux, et dire que dans ces cabanes enterrées dans la crasse et le bitume vivaient des gens… encore la voix, et puis le roulement d'une charrette, plus loin, sur le pavé mouillé. Je débouchai près des darses du bassin de commerce, au pied d'une de ces grues qui ont forme de moulin à vent et dont le treuil est actionné par une cage à écureuil que peuvent faire tourner plusieurs hommes en grimpant dedans. Je regardai à droite et à gauche. Rien. Personne. La voix, c'était celle de Kermeur. Loïc Kermeur. J'en étais sûr. À des années de distance, je la reconnaissais. Tout le port était vide, écrasé sous l'averse. J'avisai une dizaine de canons prêts à être embarqués, ils étaient noirs, menaçants, leur gueule luisante sous la pluie, sans doute sortaient-ils depuis peu des jardins de Fer. Mais pas de charrette.

Je ne pouvais retourner dormir. J'errai à travers la ville, trempé jusqu'aux os. Au matin, j'entrai pour me réchauffer dans une gargote qui vendait de la soupe de poisson. La pluie tomba toute la journée en rafales obliques, le vent s'était levé, toute la ville n'était plus qu'une vaste rumeur noyée d'embruns. J'allai encore sur le port. L'oriflamme, à l'entrée de la rade, se tordait dans tous les sens.

Je retournai au *Pot à tabac*. Ruisdael avait fait une flambée, je m'installai à ma place habituelle, histoire d'attendre l'heure du rendez-vous bien au chaud, et je piquai un roupillon, affalé sur la table, bien à l'abri du vent qui sifflait dans la charpente. Quand je me réveillai, toute la salle était secouée de rire. Daer faisait encore le clown, juché sur l'épaule de Ruisdael comme un perroquet. En les voyant si complices, l'oiseau et le cabaretier, il m'apparut soudain que je devais laisser derrière moi le pibil, parce qu'il appartenait à ce monde, et qu'il serait toujours heureux à cet endroit. Je le regardai une dernière fois : plus laid que jamais, à demi déplumé, la voix d'un pilier de comptoir mais possédé par le démon de la scène, il s'adonnait tout entier à sa nouvelle ivresse, celle des applaudissements. Je payai discrètement et, profitant de l'animation, je m'éclipsai sans dire adieu à mon petit compagnon de médecine.

Je pris la rue des Anguilles, errai un temps dans la halle aux crabes, encombrée de nasses, de paniers, de baquets la plupart vides, à part l'étal d'un vieux pêcheur qui vendait là, en tout et pour tout, une paire de homards, et qui attendait le client. J'allai lui demander où se trouvait le grand vivier, il me désigna une espèce de grange, et un passage dans la palissade qui la fermait.

– C'est derrière, faites attention à bien marcher sur la passerelle.

Je me glissai par l'ouverture, ça donnait sur un immense bassin, pratiquement sous les pieds. Un étroit chemin de bois en faisait le tour. Des ombres glissaient sous l'eau, et si c'étaient des poissons, eh bien, ils étaient franchement énormes. Jordens m'attendait de l'autre côté.

– Fais gaffe aux gloutons.

– Les gloutons ?

La pluie tambourinait sur le toit, aussi j'avais du mal à l'entendre.

– Ça, là, les poissons que tu vois nager dans le vivier. Il y a une grande poche d'eau dans leur estomac, c'est dedans qu'ils gardent tous les poissons qu'ils avalent. Vivants. Ça les rend meilleurs. Tu suspends un glouton par la queue au-dessus d'une cuve, et il te régurgite tout ce qu'il a dans le ventre. Tu as de quoi en payer un ?

Je l'avais atteint maintenant. On se serra la main.

– Pour quoi faire ?

– Pour passer les krakens. Sans glouton, on ne passe pas.

– J'ai de quoi en payer un, Jordens. Tu as un bateau ?

– On embarque à la marée. C'est dans quatre heures. Tu viens avec l'argent. Douze couronnes.

– Douze couronnes ? Tu es fou ! On tient plus d'un an, ici, avec ça.

– Deux pour le glouton, deux pour toi, deux pour moi, deux pour le pilote, deux pour le bateau, deux pour le pibil.

– Le pibil ne vient pas.

Il fit mine de réfléchir.

– Va pour dix couronnes. Rendez-vous au port de pêche. Tu as des bagages ?

– Juste un livre.

– À tout à l'heure.

J'allai chez un marchand d'accastillage acheter une épaisse toile cirée pour l'atlas anatomique, et je la fis coudre à même le livre. Je répartis l'argent qui me restait, les dix couronnes d'un côté, et sept pièces d'or que je dissimulai dans une poche cousue dans la doublure de mon manteau. Je n'avais besoin que de passer la frontière, franchir cette mer des krakens, après, je me débrouillerais. Je fis une dernière promenade sur la rive du fleuve. À l'heure dite, j'allai sur la jetée du port de pêche, sous une pluie drue, froide et oblique.

Jordens siffla brièvement, deux doigts portés à la bouche. Il m'attendait, sous le quai, dans une barque de pêche.

J'embarquai. La pluie cinglait la voile, pas une étoile en vue, mais le bateau tenait bon, son étrave plongeait vaillamment dans les vagues courtes et rageuses qui secouaient les membrures. Je vis, dans le halo du phare qui se reflétait dans toute cette masse liquide couleur de bitume, une ombre qui nous suivait en glissant sous les eaux. Je tressaillis. Jordens la désigna d'un coup de menton.

– C'est le glouton, il est attaché, ne t'inquiète pas.

On franchit l'entrée du port, l'oriflamme fouettait la nuit comme un présage, après ce n'était que ténèbres hurlant au-dessus de nos têtes, abîmes grondant sous nos pieds. Le pilote maintenait la barre avec tout le poids de son corps dans les rafales. J'écopais avec Jordens, aucun de nous n'osait parler. Soudain, une secousse agita notre embarcation, l'effet se fit sentir jusqu'à la pointe du mât. Quelques secondes après, la barque vibra à nouveau.

– Le glouton ! hurla Jordens, en tirant son couteau.

Il trancha la corde qui retenait l'animal, dont le dos luisant apparut à la crête d'une vague. Il plongeait à la manière des dauphins, sa nageoire dorsale comme un éperon dressé vers le ciel. La mer avait pris une teinte pâle, livide, une lueur sale se diffusait à sa surface en remontant des profondeurs. L'air se chargea d'électricité, je vis des éclairs courir à la crête des vagues. Le glouton, en trois ou quatre spasmes, vomit un flot de poissons vivants qui se dispersèrent à toute vitesse dans un bouillonnement terrible et, au cœur de cette ébullition glauque, d'énormes tentacules apparurent. Il se fit un grand carnage de toute cette masse frétillante. Jordens se précipita sur l'écoute de la voile et serra le vent, nous prîmes une gîte soudaine, au risque d'embarquer l'eau qui fusait au ras du franc-bord. D'autres tentacules firent plus loin leur apparition, l'un d'eux s'empara du glouton qui se cabra furieusement, avec des soubresauts d'une violence inouïe, mais le souple bras le tenait par toutes ses ventouses, et il disparut au fond.

Nous eûmes quelques minutes de répit, assez pour imaginer que le danger était derrière nous. Brusquement, un large fouet visqueux s'enroula à la base de notre mât. Jordens y planta son couteau, puis il s'empara d'une hache et, à coups redoublés, il l'abattit sur le tentacule, qui s'arracha et glissa d'un coup. Libérée, la barque bondit en avant, reprit son assiette, fila à nouveau sur les vagues, mais déjà un autre kraken surgissait du néant, abattant trois de ses monstrueux appendices ; des serpents gros comme des troncs d'arbre, et l'un avait glissé jusqu'au pilote, enlaçant impitoyablement sa poitrine. Je me lançai dessus armé du seul couteau, pendant que Jordens s'acharnait à coups de hache sur ceux qui entouraient le mât, et puis la bête qui nous tenait dans son étreinte hissa la tête hors de l'eau, je vis des yeux atroces et fouettés de pluie, des yeux pâles et froids, sans fond, comme ceux que devait avoir l'Ankou, la barque chavira, la mer bascula sur le ciel, j'agrippai la corde qui entourait le livre de Nez-de-Cuir, et je coulai à pic, buvant l'eau par le nez, buvant l'eau par la bouche, buvant l'eau par les oreilles, buvant l'eau par les poumons, puis la nuit totale, la balle de plomb dans mon dos, plus lourde à chaque seconde qui m'entraînait plus bas dans l'abîme, et la phrase qui rebondissait sans fin dans les artères battant encore au rythme de mon cœur affolé :

Où es-tu, petit rebouteux ?

Où es-tu, petit rebouteux ?

Où es-tu, petit rebouteux...

La Charrette noire

La baie des Trépassés, c'est là où, dit-on, reviennent les âmes des marins péris en mer. Je n'ai jamais été vraiment marin, mais c'est pourtant là qu'on m'a retrouvé, un soir d'avril 1918, plus mort que vif, accroché à un paquet de toile cirée qui avait miraculeusement servi de flotteur. Un goémonier m'a ramassé sur la plage. Il m'a chargé comme un sac en travers des paniers remplis d'algues de son cheval et il m'a emporté, les pieds ballottant d'un côté et la tête de l'autre. C'est sans doute ça, je veux dire les cahots du chemin et l'oscillation grinçante des paniers au rythme des lourds sabots ferrés, qui m'a fait recracher l'eau remplissant à moitié mes poumons.

Ce type, un certain Jakez, m'a déposé devant la porte de la chapelle de Plogoff, puis il est reparti avec son bourrin. Quelqu'un d'autre a pris le relais. Quelqu'un qui devait sans doute juger mon état suffisamment préoccupant, et qui avait peut-être les moyens de me véhiculer puisque, en définitive, je me suis réveillé à plusieurs kilomètres de là et, quelques jours après, à l'hôpital de Brest, dans une grande salle qui sentait l'éther, la sueur et l'eau de Javel, foulée par le pas nerveux de femmes en blanc coiffées de grandes cornettes. Il n'y avait pas que des noyés à cet endroit, beaucoup de blessés y étaient soignés, et certains avaient des plaies si affreuses qu'il était presque impossible de comprendre la cause. Moi, j'avais le dos et la poitrine bandés, je respirais à petites gorgées, dans un demi-sommeil traversé par le cri des mouettes invisibles. Un homme en blanc s'est penché sur moi, il a sorti de sa poche une bille de plomb irrégulière, qu'il a tenue entre le pouce et l'index, à hauteur de mes yeux. Les rideaux des hautes fenêtres, derrière lui, dispensaient une lumière vacillante et blafarde. Sa voix venait de très loin, et je luttais de toutes mes forces pour prendre pied dans cette réalité mouvante qui, étrangement, parlait le français qu'on m'avait appris à l'école.

– Vous aviez ça sous l'omoplate. Il a fallu vous opérer. J'ai dû vous l'enlever. Et vous aviez deux côtes salement amochées. Dieu sait si j'en ai vu des projectiles, mais ce truc-là, jamais ! Vous avez été attaqué par des pirates, ou on vous a tiré dessus dans un magasin d'antiquités ? a-t-il demandé en manière de plaisanterie.

Outre que j'étais encore bien faible pour répondre, et que j'avais du mal à saisir le sens de chaque mot, je me dis que personne ne me croirait. J'entendis une des infirmières chuchoter à l'oreille du chirurgien-major que j'avais perdu la mémoire. Je fis un signe de la main, en clignant brièvement des paupières, avant de replonger dans mes rêves.

Au bout d'un mois, je suis sorti, on m'a remis mes affaires, l'atlas de Nez-de-Cuir dans sa toile cirée, mon manteau déchiré, et puis aussi de nouveaux vêtements, une veste trop grande, une chemise de coutil, un pantalon de gros drap, une paire de souliers. Tout ça, je n'ai pas tardé à comprendre d'où ça venait : des types qui n'avaient plus besoin de leurs habits, il s'en fabriquait des milliers chaque jour.

Je suis parti à la recherche de ma mère, j'ai retrouvé la conserverie de sardines qui l'employait, d'où on me renvoya sur sa logeuse, qui m'expliqua que la grippe l'avait emportée. Je me suis rendu sur sa tombe. Il y avait le nom de mon père gravé à côté du sien. Je me suis demandé si elle l'avait rejoint, dans cet autre royaume, si elle nageait avec lui, entre deux eaux, paume contre paume, ou bien si lui était venu se coucher auprès d'elle, sous la terre, pour enfin lui tenir chaud. Du temps de leur vivant, ils ne se voyaient pas beaucoup, elle à l'attendre et lui à remonter les filets par tous les temps et, quand ils se voyaient, c'était pour s'engueuler. Non, plus probablement, il n'y avait plus personne là-dessous, que le vent qui emportait mes larmes et la lointaine rumeur du ressac autour de la pierre. J'ai déposé un bouquet de bruyères en fleur, et je leur ai souhaité de reposer en paix.

Je suis sorti du cimetière, notre village était comme tous ceux que j'avais traversés, vidé de ses hommes valides. Il ne restait plus, en dehors des femmes, que les enfants, quelques vieillards et de malheureux estropiés. Pour tout le monde, j'étais revenu mais, comme je ne parlais à personne, on en conclut que j'étais simplet, et que j'avais perdu la mémoire.

Il n'y avait pas une vie qui ne soit bouleversée, pas une famille qui puisse vraiment se compter. Ma petite tragédie ne pesait rien dans ce grand malheur partagé. Ça m'arrangeait bien, parce que je ne me voyais pas donner des explications. Je trouvai à m'employer ici et là dans de petits travaux pour gagner de quoi manger, ce qui est un bien grand mot pour ce temps de vache maigre, où seule la disette était en abondance.

Dans la maison du vieux Braz en ruine, couverte de mousse et envahie par les orties, un noisetier avait élu domicile au milieu de la pièce à vivre, le lit clos était défoncé, le moindre recoin tapissé de toiles d'araignées. Je passai deux semaines à faucher, couper, entasser, brûler les arbustes et les mauvaises herbes. Il y avait, dans un tiroir du buffet, trois enveloppes moisies. L'humidité en avait dilué les adresses. Je les mis à sécher, puis je les ouvris en prenant garde de séparer l'enveloppe de la lettre sans déchirer cette dernière, ce qui n'était pas une mince affaire car elles étaient en partie collées. Donc, après dépouillement : deux lettres pour le père Braz ; l'une, c'était une erreur de l'administration militaire, du grand comique troupier, elle contenait son ordre de mobilisation officiel, en lui demandant de rejoindre son régiment dans les plus brefs délais ; l'autre venait du notaire, qui lui confirmait la mise en ordre de ses affaires, et confiait la lecture de sa prose aux bons soins de M. le curé (un grand naïf, ce notaire). La troisième m'était directement adressée, à l'adresse du vieux Braz, elle venait de Loïc Kermeur :

Mon vieux Gwen, je ne suis pas sûr d'être encore de ce monde lorsque tu me liras. Je profite d'une permission à Paris pour t'envoyer ce mot. Demain je remonte au front, autant dire en enfer. On est là comme des rats, les mitrailleuses nous fauchent, les gaz nous arrachent les poumons, les bombes nous tombent dessus et réduisent les copains en bouillie. Une putain de loterie, où on est sûr de tirer le mauvais numéro. On attend juste notre tour. Jusqu'ici, la montre du vieux Braz m'a plutôt porté chance. Je sais qu'elle t'appartient. Je regrette tout ça. Je te la rendrai quand la guerre sera finie. Faut pas que ça t'étonne. Sincèrement, je regrette le mal qu'on t'a fait. On t'appelait Gwen le Tousseux. Mais des braves gars aux poumons en charpie, ici, c'en est plein et, crois-moi, ça ne fait rire personne. Si tu peux éviter de mettre le petit doigt là-dedans, fais-le. Reste à l'écart. Je ne connais plus personne qui sait pourquoi on se laisse massacrer. Si tu reçois cette lettre, donne-moi des nouvelles d'Yvon, moi, je n'en ai pas.

Soldat Kermeur,

19e régiment d'infanterie de ligne, 11e corps d'armée.

On était à la fin août. Les nouvelles n'arrivaient pas très vite, on savait seulement qu'une grande contre-offensive des armées françaises et alliées contraignaient les Allemands à reculer. En septembre, les choses se sont accélérées, en octobre, l'issue ne faisait plus de doute. Mais c'est seulement le 11 novembre que les cloches ont à nouveau sonné, cette fois-ci pour annoncer la victoire et l'armistice, la fin de cette Grande Guerre que je n'avais pas vue.

Le village a vécu dans l'attente de ceux que l'Ankou avait épargnés. Il n'en est pas revenu beaucoup, et pas en très bon état.

Kermeur, il était porté disparu.

Moi, j'étais décidé à vivre ma vie ailleurs. Je suis allé voir le notaire pour mettre en vente la maison du vieux Braz, on ne peut pas dire que les clients se bousculaient. J'ai trouvé un receleur qui voulait bien des pièces d'or qui me restaient, récupérées dans la doublure de mon manteau. Avec l'argent que j'en ai tiré, je suis monté à Paris, c'était la première fois que je prenais le train. Dans le quartier de Montparnasse, j'ai trouvé à me faire employer dans un des nombreux cafés qui entouraient la gare.

Tous les lundis, je me rendais à la Bibliothèque nationale, au département des cartes et plans. Je recherchais tout ce qui pouvait ressembler à ces mystérieuses Douze Provinces. J'ai trouvé là de nombreuses cartes anciennes des Pays-Bas, avec leur géographie fluctuante de lacs et de canaux, de terres noyées sous les eaux ou reprises à la mer, et tous ces noms de ville à sonorité rauque, dont aucune ne correspondait vraiment à ce pays dans lequel j'avais vécu quatre années retiré du monde. Le bibliothécaire qui me fournissait les ouvrages, au fur et à mesure des fiches que je remplissais, a fini par m'accompagner dans mes recherches. Je ne sais comment j'en suis venu à lui parler de l'atlas anatomique, mais il a montré pour celui-ci un si vif intérêt que nous avons pris rendez-vous un soir. Quand j'ai ouvert le grand livre sur la table, il n'a pu s'empêcher de pousser un cri, ce qui m'a fait sursauter, venant de la part d'un homme si réservé. Après l'avoir longuement feuilleté, il m'a déclaré, avec des tremblements dans la voix, que c'était un ouvrage d'une rareté absolue, ajoutant que, si je voulais m'en séparer, à coup sûr le conservateur du département des sciences serait prêt à l'acheter, et que, dans la négative, il se chargerait lui-même de me trouver un collectionneur.

C'est comme ça que ce livre venu de nulle part est entré à la Bibliothèque nationale, il y dort encore probablement, au département des manuscrits rares, sous la cote « 1087 OudBraz » …

Avec l'argent que j'en ai retiré, j'avais largement de quoi assurer mes arrières. Et voilà que le même jour, le notaire m'annonçait que j'avais un acquéreur pour la maison du vieux Braz. Alors, je suis retourné au village. C'est là, en concluant la vente, que j'ai trouvé la seconde lettre de Kermeur.

Mon vieux Gwen,

Tu es sûrement surpris de trouver cette lettre. J'ai toujours ta montre, et je me suis juré de te la remettre en main propre, mais tu comprends que je ne peux pas me permettre de retourner au village : officiellement, j'ai disparu. Je te laisse mon adresse, c'est en bord de mer, juste après la frontière : auberge de La Charrette noire, route de Panne. Tu peux y passer quand tu veux. Je te serre la main, et j'espère sincèrement que tu me rendras visite.

Loïc Kermeur.

Je suis reparti dès le lendemain pour Paris. De là, j'ai pris le train pour le Nord, en fait une suite de tortillards, ralentis par les convois militaires et les destructions. J'ai traversé toutes ces villes à dos de briques, noircies par le charbon, avec leurs petits jardins déshabillés par l'hiver, leurs silhouettes courbées sur le pavé, leurs fabriques abandonnées, certaines horriblement mutilées, dardant contre le ciel le moignon décharné d'un clocher. J'ai vu la terre labourée et trouée de cratères, les arbres déchiquetés par les orages d'acier, les épaves rouillées dans les fossés par centaines, et puis, encore et toujours, des compagnies de soldats, déployées en longues lignes décousues : on continuait à chercher les morts, à retourner la terre.

À Dunkerque, j'ai pris la ligne qui menait en Belgique à travers le sable des dunes. Je suis descendu à Zuydcoote, et j'ai longé la plage. Il faisait presque nuit lorsque j'ai enfin aperçu l'auberge, seule face aux vagues, et son enseigne mystérieuse, *La Charrette noire.*

J'ai poussé la porte, la salle était chichement éclairée par les lampes à pétrole, il n'y avait pas plus d'une dizaine de clients. Certains y parlaient flamand, une langue très proche de celle que j'avais entendue dans les Douze Provinces. Un grand gaillard est sorti de derrière le zinc, il a marqué un temps d'arrêt, tout comme moi, et m'a pris dans ses bras.

– Gwen ! Gwen le Tousseux !

– Kermeur !

– Ne prononce pas ce nom ici ! Je m'appelle Jan Klereemers, ici !

Nous avions, je crois, tous les deux bien changé. Mais lui beaucoup plus que moi. Il avait vraiment forci, et pris de l'embonpoint. Il n'avait rien d'un militaire, avec ses cheveux poussés à la bohème en boucles blondes, et l'espiègle moustache qui cachait une cicatrice au coin de sa bouche. Même carrure, même grosse tête rouge de bon vivant, même rire ; je ne pus m'empêcher de remarquer combien il ressemblait maintenant à cet homme du monde d'où j'étais revenu, Jorn. On s'est installés à une table, il a rempli deux verres, puis il s'est levé en me faisant signe d'attendre. Il est revenu avec la montre du vieux Braz. Je l'ai prise dans ma main, elle me semblait plus légère que dans mon souvenir. La chaînette, coulant au creux de ma paume dans un cliquetis liquide, me fit tressaillir au souvenir de mon maître. Je refermai le poing dessus, et je la tendis à Kermeur.

– Elle est à toi, maintenant, ça ne veut plus rien dire, pour moi, de la garder.

– Mais c'est le vieux Braz qui te l'a donnée.

– Peut-être pour que tu me la voles, qui sait ? Le vieux Braz m'a donné bien d'autres choses, et qui ne me quitteront jamais. Garde-la. C'est toi que je suis venu voir. Comment ça se fait que tu es porté disparu ?

– C'est une longue histoire. Je ne vais pas revenir sur cette saloperie de guerre. Regarde les types attablés ici. L'un a perdu la jambe, l'autre un œil, l'autre là-bas, ça ne se voit pas, mais il y a laissé un poumon. Et ils ont eu de la chance, c'est ça le pire. Moi aussi, j'ai eu mon compte : trépané, je suis. Tu sais, on était vraiment en sursis. On voyait tous nos potes décaniller les uns après les autres. De ceux qui sont partis en même temps que moi de Brest, de la même compagnie, on tient sur les doigts de la main. On avait une mascotte, une petite tortue, et on l'enviait tous un peu, à pouvoir rentrer la tête et les pattes dans la carapace, parce que c'est ça qu'on se faisait faucher en premier, nous autres, quand ça canardait trop fort ! Petite-Mère, on l'avait appelée. Ça me fait sourire, rien que de me rappeler sa petite tête pointue. Rien n'était trop beau pour elle, on lui donnait même de notre tabac. Une fois, y a un type de ma compagnie qui s'est amusé à la mettre sur le dos, pour la voir gigoter, en l'agaçant du bout de sa baïonnette. Il s'est pris direct un bourre-pif de ma part. Ça me dégoûtait qu'on puisse, à elle aussi, faire du mal, comme s'il y avait pas assez de toute cette souffrance autour de nous... Donc, une nuit, j'étais au fond de l'abri, j'essayais de dormir, Petite-Mère installée bien au chaud sur la couverture et, soudain, je sens que ma propre tête se détache... Elle roule le long de mon bras comme une boule au jeu de quilles, tu vois, et elle vient tranquillement se placer pour regarder Petite-Mère au fond des yeux. Je me suis réveillé en sursaut. Petite-Mère a dégringolé par terre. J'étais en sueur, les deux mains plaquées sur les oreilles, dans un état de panique que tu peux pas imaginer. Je me suis levé, les guiboles en coton. Je suis sorti dans la tranchée me griller une cigarette, histoire de me calmer. Le gars qui était de garde ne tenait plus debout, et moi, de toute façon, je ne pouvais plus dormir. J'étais caporal, alors je lui ai donné l'ordre d'aller se reposer, je lui ai dit que je prenais sa garde. J'avais un quart de mauvais café dans la main et de la boue jusqu'aux chevilles. La nuit était claire, le secteur calme, un secteur tout au nord de la Somme. Chez nous, comme chez ceux d'en face, tout le monde était à bout. Un coup de feu a claqué sur ma droite, un type qui paniquait, je suppose, ça s'est réveillé aussi sec de l'autre côté, ils n'étaient pas loin, je les ai entendus brailler l'alerte. Ils ont fait aboyer une mitrailleuse, pour bien marquer le coup. Quand ils ont vu que ça ne répondait pas, ils se sont calmés. On avait l'habitude, les uns et les autres, tu sais. Seulement, va savoir pourquoi, il y en a un qu'a eu l'idée de nous balancer une marmite avec un de leurs foutus mortiers. Pas de quoi s'affoler, ces trucs-là, on les entend toujours venir. Justement !

Voilà que l'obus m'arrive dessus, je me jette par terre, il traverse en sifflant l'ouverture de l'abri, et *boum !* Il est venu péter, tiens-toi bien, pile là où je dormais cinq minutes avant. Le pauvre gars qui venait de prendre ma place : explosé, plus de tête, décapité ! Notre petite tortue, je l'ai cherchée partout sous les décombres. Mais elle s'en est peut-être sortie, ces bestioles ça survit mieux que nous, dans les trous. En tout cas, pour moi, j'ai compris que c'était le dernier avertissement. C'est là que j'ai vraiment décidé de disparaître.

« Quelques jours après, on a lancé une attaque, les gradés devaient trouver qu'on s'encroûtait. À minuit trente, coup de sifflet, et tout le monde à grimper sur le parapet, baïonnette au canon. Il pleuvait dru, la boue nous collait aux godillots, et les autres nous alignaient comme au champ de tir. Là-dessus, notre préparation d'artillerie arrive trop tard, et trop court : elle nous tombe dessus ! On se prend nos propres obus sur la cafetière, et toute la quincaillerie d'en face en prime. Je dégringole dans un trou d'obus, il était déjà bien habité, mais les pauvres gars couchés dedans ne se réveilleraient jamais. Il y en avait un qui ne ressemblait plus à rien. J'ai enlevé sa plaque de matricule, j'ai mis la mienne à la place. Ça continuait à pleuvoir à verse, je ne sais pas comment j'ai fait pour remonter les parois gluantes mais, quand je me suis redressé entre les barbelés, le no man's land était semé de mourants et de cadavres. Il y a eu une grosse explosion, et voilà, extinction des feux, plus de Kermeur ! Le souffle m'avait presque entièrement déshabillé. On m'a ramassé, trimballé dans une tranchée, chargé à l'arrière d'une charrette. C'est bizarre, parce que le seul souvenir que j'en ai, c'est d'avoir appelé ton nom, deux ou trois fois, en traversant le pavé d'une ville très ancienne et plongée sous la pluie, mais je pense que c'est un rêve, ça aussi. Après ça, rideau. Hôpital de campagne, avec un morceau d'acier dans le crâne qu'il a fallu retirer, et ensuite envoyé sur la côte, ici, pour la convalescence. C'est là que j'ai rencontré Silke, ma fiancée. Je te la présenterai demain, l'auberge lui appartient, bientôt on va se marier.

– Mais tes parents, la ferme au village ?

– Loïc Kermeur est mort. Il n'est plus de ce monde, et c'est tout. Tu dors chez nous, bien entendu ? Ta chambre est prête.

Le lendemain, lorsque je suis descendu dans la salle commune, j'ai vu s'affairer une jeune femme, et je crois que je me suis frotté les yeux pour y croire, parce qu'elle ressemblait comme deux gouttes d'eau à Silde. Elle préparait du café, et elle m'a souri comme si elle me connaissait depuis toujours. C'était la fiancée de Kermeur, faut-il vraiment s'en étonner ? Nous avons pris le petit déjeuner tous les trois.

Un café au lait. Des tartines beurrées. Le bonheur d'un nouveau jour. Une ou deux fois, je me suis demandé si je ne rêvais pas. Si Petite-Mère, la tortue des tranchées, n'était pas venue mourir à Waarm, sous le nom de Mère-Grand, en remontant son sablier. La fiancée de Kermeur m'observait, avec ce regard candide, résolu et légèrement moqueur qui m'avait accueilli à mon arrivée à Waarm, de l'autre côté du temps.

Kermeur me demanda ce que j'avais fait pendant la guerre. Je ne savais pas vraiment quoi lui répondre, mais ce n'était pas trop dur de broder sur trois fois rien, la routine qu'il connaissait, la vie au village et les hommes qui ne reviennent pas, mes ennuis de santé, ma perte de mémoire. Il avait appris la disparition en mer d'Yvon le Rouquin, le cotre de son patron coulé par un *U-boat*.

J'avais vécu quatre ans hors du monde, et cela m'avait semblé davantage. Mais, pour extraordinaires qu'aient pu être mes aventures, elles l'étaient bien moins que d'avoir survécu, comme Kermeur, à ce vent de folie meurtrière qui avait écrabouillé des millions de gens dans les champs de notre pays en leur plongeant le nez dans la boue et dans le sang. Le vieux Braz avait bien raison.

La plage, derrière la fenêtre, s'étendait à perte de vue. Nous nous sommes levés en même temps. Kermeur a posé une veste de l'armée sur les épaules de sa fiancée, et nous sommes partis en promenade. On a marché un long moment, sans rien dire, sur le sentier des douaniers. Kermeur était en confiance. Il s'est arrêté pour griller une cigarette et m'a glissé qu'il ne se privait pas de faire passer du tabac en contrebande, certaines nuits sans lune.

– Méfie-toi des douaniers, Kermeur, méfie-toi des douaniers... Et surtout, méfie-toi de la douane volante.

Il a ri. Silke s'est penchée vers moi.

– La douane volante, qu'est-ce que c'est que ça ?

J'ai fait un geste pour éluder la question. Un court instant, j'ai senti vibrer ce moment, comme si l'étoffe du temps pouvait se déchirer. Le sable crissait légèrement sous nos pieds, on a encore marché, Kermeur m'a demandé :

– Et toi, Gwen, qu'est-ce que tu vas faire ?

J'ai respiré un grand coup. Les changements de lumière et la grande respiration des vagues nous dilataient la poitrine. Tout était si neuf, dans ce matin d'hiver. Si neuf et si ancien, le sable, les nuages et la mer. On a levé la tête en même temps, avec ce bruit de moteur qui a surgi dans le ciel. Le pilote, là-haut, dans son biplan, nous a fait un signe de la main. Il a volontairement coupé le moteur quelques instants, glissé dans le silence, comme ces trois points de suspension que tu peux voir, là-bas, tout au bout de la phrase…

Silke a repoussé une mèche que le vent agitait devant ses yeux. On avait tous les trois le nez en l'air. Le pilote, là-haut, a remis les gaz. Il a fait une grande volte, il est repassé au-dessus de nous en rase-mottes et s'est éloigné en balançant les ailes pour nous saluer. Alors j'ai répondu :

– Ce que je vais faire ? Je vais voler, Kermeur, voler de mes propres ailes !